皇后玫瑰貓耳朵

The Queen, the Rose, and the Cat's Ear

汪星曼——著

Content

目次

【奇幻名家推薦】

奇特的想像力構成奇異的世界觀；童話般的故事反映寫實的社會。作者在本書中藉由多線敘事描述了一個魔法奇幻與階級制度共存的社會，它美麗得讓人驚嘆，同時也殘忍得令人不寒而慄。書中角色的慾望與煩憂在這背景下活靈活現，帶動讀者心靈起伏、迫不及待想翻開書頁探索一個新世界。

——**小葉欖仁**（台北國際書展大獎入圍&第四屆金車奇幻獎決選入圍作家）

猶如印和闐和安蘇娜姆的相愛，皇后決定竊取權杖顛覆世界；當地球女孩走入月亮通道，錯綜複雜的迷霧已在彼端等待。我喜歡作者筆鋒帶來的絢麗動畫既視感，快快翻開書頁，和角色一同探索十三森林吧！」

——**海德薇**（知名奇幻作家，已出版《禁獵童話》系列、《消逝月河之歌》、遊戲合作小說《AURORA 7 希望之子：光之繼承者》）

相當平暢易讀的多線交織故事，以形象化又能屢屢深入人物心思的動感敘事，從現實夾縫中帶出一座隱微、瑰麗又不失寓意的奇想世界。

——**王麗雯**（第一屆金車奇幻小說獎／第二十一屆台北文學獎雙首獎得主）

第一章　喬生的眼睛

無庸置疑，喬生是本世紀最偉大的記錄員。

不，比那更純粹的：唯一。

是的，再也沒有比他更優秀詳實的書寫者。記錄員每一個世紀甄選一次，參賽者數目總在十萬上下，比賽項目由淺入深，從對實物的描寫，例如桌、椅、門、窗，到自然萬物動中有靜、靜中有動的描寫，最終至抽象的聲音、氣味、光線等的描繪。勝出者除了可繼續編撰世紀之書——玫瑰辭典外，還可擢升為皇室一員，並受封貴族頭銜，除了享有終生薪俸，死後屍體可置放於玻璃棺內，眼睛鏤空，與皇室棺木並列，且以萬株紫櫻樹護守，肉身永不凋零。

喬生獲勝的最大原因之一，在於他把事物具象化的能力。不，他不是詩人，更不是小說家，他的想像力貧弱，但他的文字豐美精確。例如他寫橘子的甜味，那精準度宛如有人剝了橘子放進你嘴裡；又例如他寫一枚缺月，他會寫於幾點幾分零幾秒，無雲遮蔽，月亮表面呈現百分之零點二的淡粉，百分之五六點四的亮銀，外加方程式推算而出的陰影面積。此外，他一板一眼的書寫姿態，他格局方正的筆跡，以及不快不慢的書寫速度，也是他勝出的原因之一。

當他正式就職御前紀錄員的那天，皇后朵拉從薩月宮深處派來十輛金色馬車，馬蹄在半空中輕踏，緩緩下降，搖晃的鈴聲遠遠近近響遍十三森林，似乎在宣揚著他壓倒性的勝利。當天，依照慣例，皇后朵拉為喬生舉辦「換光儀式」。所謂的「換光儀式」，便是取走記錄員眼睛的顏色。當顏色褪去的剎那間，喬生感到強烈的劇痛，彷彿有人將他的眼睛薄薄地撕開一層，他摀住眼睛，身體忍不住顫抖，流下了紅色的眼淚。

「跪下。」朵拉的聲音在耳邊冷冷響起。

喬生早已忍受不住這樣的痛楚，雙腿一軟，整個仆倒在地。

「我拿走你的屬性，從今以後，你的心將無限寬廣，你的視野將覆蓋大地。」模糊中，喬生聽見朵拉以宣誓的語氣說道。

接著，奇蹟似地，喬生感到一股灼熱的氣流自胸臆間往上衝升，並在雙眼窩間來回激盪著，不停發出嗶剝嗶剝嗶剝的聲響，彷彿蜘蛛織網似的，在他眼裡四處流竄；過了好一會兒，他開始感到眼睛些微刺癢，而適才流出的液體早已蒸發烘乾。

「好了，你可以睜開眼睛了。」

喬生甩了甩頭，用手揉了揉眼睛，緩緩地，睜開。

「你看見甚麼了嗎？」

橫在他眼前的，是一面鏡子。

從鏡子裡，他看見一張臉。

他的心裡掠過一種奇異的感覺，那是自己的臉嗎？他說不上來。

但真正吸引住他的，是那雙眼睛。

都說眼睛是靈魂之窗，沒錯啊，推開窗望出去，他看見廣漠無垠的天空，那深深的葡萄酒色，彷彿暴風雨來臨前的雲層，以漩渦狀的方式緩慢旋轉，朝中心深深陷落下去，但瞳孔並不是全然的漆黑，而是有什麼細微的東西在閃爍著。他再靠近一點看，不禁「啊」的一聲發出輕嘆，上面居然映照著日月星辰，像深紫絨布上鑲嵌的鑽石，一個微型宏觀的平面宇宙。

「這是……」喬生因為過度驚訝，而說不出話來。

「不錯，」朵拉點點頭，為他補充似的往下說：「這是第一個世紀年，每五個世紀為一個循環，天空的顏色依序為紫、藍、黃、橙、紅，身為皇家的記錄員，你的眼睛必須如實反映天空的顏色。此外，要成為皇室的一員，就得改頭換面，平民的輪廓不能被皇室所認可。」

「是的，我懂了。」喬生服從的說道。

「阿葵巴！」朵拉皇后輕喚一聲，便有一個小丑樣貌的人從她身後跳了出來，手上拿著一個白色大禮盒，上面綁著粉紅大蝴蝶結。

朵拉伸出手，阿葵巴便微微鞠躬，恭敬地以雙手把禮盒放到她手上。

喬生看了他一眼，只見他身穿燕尾服，整張臉是均勻不一的慘白色，像年久失修而不斷刷上新漆的老牆壁。鼻頭部分是紅色大圓點，眼睛是不停加框的黑，眼窩深深凹陷下去，幾乎看不見眼白，嘴巴則掛著一個誇張上揚的紅色微笑。

「這就是**玫瑰辭典**！」朵拉右手高舉著禮盒，大聲說道。

一聽到這個名字，薩月宮內兩旁原本排排站立的皇宮貴族，紛紛跪了下來，發出轟隆隆的巨響，無人敢逼視那本古老的法典。此時，喬生仍然呈現跪著的狀態，他低下頭，內心「噗通、噗通」地跳著。

「你！是被選中的記錄員！」不知何時，朵拉的左手拿著一支權杖，抵著喬生的後腦勺：「在未來的一整個世紀內，你將延續以往所有的自然法則，撰寫玫瑰辭典，你的文字將維持十三森林所有生物的平衡！」

語畢，朵拉便命令喬生伸出雙手，他照做，雙手微微顫抖著。

當朵拉把禮盒交給他時，喬生感到些許訝異，他以為那會是很沉重的一本書，沒想到卻比羽毛還輕盈，彷彿放到他手上的，只是一個空盒子。

「現在我正式宣布，你成為了皇家記錄員！」朵拉大聲的宣誓，整座皇宮肅靜一片，她的語言滾落，沿著水晶地板一路滑行，響遍整座薩月宮。

喬生依然低垂著頭，他紫色的眼睛骨碌碌轉著，心裡一片空白。

「好了，你可以起來了。」過了一會兒，他聽見朵拉這麼說道。

喬生站了起來，環顧四周，所有名流貴族仍然跪著，連頭都不敢抬起來。此時，阿葵巴的左肩上不知何時多了一隻蝸牛，頭上觸角伸得長長的，似乎正打量著喬生。

「這是鬼蝸牛，你未來的助手。」朵拉介紹道。

喬生不禁再把視線投向鬼蝸牛，它的身體為乳白色，殼的兩旁長著兩朵深紅大花，幾乎遮住殼的樣式，此外，那自由伸縮的觸角頂端為兩個圓形黑球。

「鬼蝸牛雌雄同體，是皇室培育而出的新品種，」朵拉接著說，「它殼上的兩朵大花是耳朵，花張得越開，可以接收的音量範圍、頻率等就越廣，也可錄音，而那觸角的頂端則是眼睛。」

「你好。」鬼蝸牛突然開口說道。

喬生不禁有點被嚇到，沒想到這個長相奇異的生物會說話，他甚至看不出它的嘴巴在哪裡。

「你……你好。」喬生趕緊回答。

「去找你的主人吧！」朵拉向鬼蝸牛下命令。

突然間，鬼蝸牛騰空飛起，像長出透明滑翔翼似的，穩穩地降落在喬生的右肩上。喬生微微側頭掃視了一下，發現鬼蝸牛也正用觸角瞪著他看，他又趕緊把頭轉向正面。

「你們都起來吧！」一聽到皇后的指令，兩旁貴族紛紛站起身來。

「從今天開始，薩月宮將不分晝夜，連日舉辦七七四十九天的嘉年華會，大家盡情享用吧！」朵拉高舉權杖，那權杖射出萬丈光芒，就在這七彩迷離之間，眼前突然出現百桌宴席，上面鋪滿玫瑰花瓣，擺著純銀燭臺，並燃起金色燈火，以蜂蜜封釀的水果蛋糕高如塔樓，上千個玻璃杯裡被斟上滿溢的醇酒，百位舞孃凌空而行，撫弄七弦琴……，群眾見狀，一掃適才緊繃沉悶的氣氛，情緒變得高昂起來，紛紛大聲鼓掌叫好，就連阿葵巴也發出「嘻、嘻、嘻」的笑聲，而鬼蝸牛的耳朵則快速地一張一合，也許接收到這種頻率也變得亢奮似的。喬生用那雙換取的眼睛，看著眼前的一切，像是身體裡某些重量被抽走似的，他整個人騰雲駕霧，踩不到底。

「喂，喝吧。」突然間，阿葵巴端了杯酒到他面前。

他原本想拒絕，卻找不到一個好藉口……他小心翼翼地啜了一口。

「再多喝一些吧！」阿葵巴催促著。

他喝光了整杯酒，胃裡的碳酸泡泡一直往上冒，讓他有種作嘔欲吐之感。

「感覺如何？」

是誰在問他？他分辨不出來，因為他的視線早已模糊成一片，身體從內部開始慢慢變得攤軟，「匡噹」一聲，他手上的杯子掉落，裡面的酒潑灑了出來。

他緩緩地往後倒下，昏死了過去。

第二章　貓耳朵

當蓓蓓抵達這棟大樓時，她深深的吸了一口氣。

這是一棟專門租用給中小型公司的辦公大樓，建築物外牆設置玻璃帷幕，線條乾淨而具現代感。但大樓旁邊卻有些雜亂，一些垃圾與紙屑隨地散落著。

她摸索了一陣子才找到大樓的入口，走進去時，右手邊有個小小的櫃台，櫃台後站著一個警衛，看起來年紀很輕，戴著一副金框眼鏡。

「來做什麼？」警衛開口問，但口氣並不是很友善。

「面試。」她回答。

「哪一間公司？」

「貓耳朵工作室。」

「身分證。」雖然不滿於他命令式的口氣，她依舊打開皮包，拿出身分證給他。

他接過去後，指著櫃台的一個簽名簿冊，機械性的說：「在這邊簽上妳的名字，寫上電話號碼，公司名稱，時間寫下午兩點半。」蓓蓓一一照做，她快速掃描了一下，看到很多人來面試貓耳朵，名字、字跡推測應該都是女性。

「一個助理的工作職缺也這麼搶手嗎？」她好奇的想著。

等她寫完後，警衛打開寫著「十」的那個小抽屜，把她的證件放進去，再拿出一張卡片，交給她：「進電梯後，按完樓層號碼要用卡片感應，才能關上電梯。公司在十樓，出電梯後先右轉再左轉直走到底，就看到了。」

謝過警衛後，她走進電梯，依照指示的關上門。她轉過身，看著半身鏡裡的自己，用手順了順髮型，再對著鏡子微笑。

「叮」的一聲，電梯門打開，她走了出去，

她在左轉右繞的過程中，經過約三、四間公司，分別是旅行社、銀行、留遊學代辦中心等。高中輟學的她其實沒有太多選擇，她沒有想學的東西，沒有想去的地方，也沒有非見不可的人，她唯一想的，就是離開「那裡」。而「貓耳朵工作室」在網頁上也只語焉不詳的介紹是個為客戶「尋找失物」或「解決問題」的地方，目前正需要一位助理來處理雜務，除了接待客戶外，還包括了整理檔案文件、以及處理書信往來。從字面上來看，蓓蓓看不出這是什麼公司，也不知道自己該處理什麼類型的文件，但她一點也不在乎，她急需要錢，她總覺得錢恍若雙翅，可以將她高舉，並飛越現實。

「完美啊。」她輕聲說。

她花了五秒鐘修改履歷，就按下「寄出」鍵。

現在，她正站在公司門前，思索著該怎麼進去。

玻璃門上掛著一塊小而精緻的木製招牌，刻著「貓耳朵工作室」。而從門口望進去，正對著一大片的落地米色窗簾，右邊是白色牆壁，牆上漆著色彩熱情奔騰的抽象畫，但除此之外，視覺上的死角讓她看不到任何屋內的擺設。她再左右張望，發現門邊有個紅色圓形按鈕，她按了下去，裡面響起「叮咚」的聲音。

一男人前來開門，微笑著說：「許小姐嗎？」

她跟著微笑回應：「是的，我是。您是……」

「我是唐安禮，」他伸出手來：「叫我安禮即可。」

他們握過手後，他引她進去，並指了指沙發的方向：「請先坐一下。」

辦公室的設計簡潔而優雅，米白窗簾旁擺放著紅色長型沙發，旁邊站著一盞球狀立燈，沙發前是白色的大四方形桌子，面對著白桌的左邊牆壁擺放著大書櫃，裡面堆積著各式各樣的書籍。而書櫃旁是電腦桌和椅子，再進去則是一間透明隔間的小辦公室，電腦桌和辦公室間有一條狹長走道，蓓蓓推測咖啡的香氣從那裡傳出來。

「妳喝咖啡嗎？」他從走道走了出來，手上拿著兩杯咖啡。

她現在較看清楚他的外貌；他高而瘦，約三十至三十五歲之間。

「嗯，謝謝！」蓓蓓用十分禮貌的語氣回答。

「放輕鬆吧！」似乎感受到她的拘謹，他試著請她放鬆。

他把其中一杯咖啡放到她面前，問：「要糖或奶精嗎？」

「喔！不用了，非常謝謝你！」蓓蓓加重語氣的說。

他笑了笑，把另外一杯也放下，從身後拖了一張圓型紅椅，坐在蓓蓓的對面。在這當下，蓓蓓趕緊從皮包裡抽出紙本履歷，雙手遞到男人面前。

他臉上的笑意更深了，一邊喝著黑咖啡，一邊讀著她的履歷。

第一次，有人這樣讀著她的過去。

蓓蓓的心不禁緊緊縮了一下。

當然，這不是她第一次面試，找工作這段時間以來，前前後後也面試了二十來家的公司，當然投遞出的履歷更遠遠超過這個數字……，每每接到面試的電話通知，她總是努力準備面試題型，或是仔細查詢公司資料。但大部分的面試官，除了草草問她幾個無關緊要的問題外，就是不停的質詢她為何高中輟學，雖然她總用家中經濟因素擋掉，卻很難說服主考官。她曾經先後在兩家公司工作過，一次是超市的收銀員，另一次則是藥局的銷售員，但總是做了約一、兩個星期就落荒而逃……因為，她的瞳孔停止轉動了。

她可以不漂亮，不出色，但她不能失去自己的眼睛。

沉默了約三、四分鐘後，那男人終於讀完她的履歷表，他突然起身，走到書櫃前，從紊亂的書堆裡抽出一個罐子，把蓋子打開，走了回來，放到蓓蓓面前。

「請選一個餅乾吃吧！」

蓓蓓有些愣住，但她還是把手伸進去，抽一個出來，那形狀，是貓的耳朵。

她放進嘴裡，咬下去的那一刻，內含的奶油餡料噴灑而出，在滿嘴芬芳中，她的瞳孔突然轉動兩下，眼前閃過關於「那裡」的片段回憶，她不知道自己的臉部表情是否起了變化，因為男人看她的眼神變得複雜起來。

等她吃完後，他開始自我介紹：「我是這間工作室的負責人，妳很年輕，大約十八、十九歲吧？」他再看了一眼她的履歷：「妳過去沒有正式的工作經驗，告訴我妳輟學的原因。」

於她而言，安禮有著讓人信任的態度。因此，她給了他一個接近事實的答案：「因為對學校的系統感到厭煩，與其如此，不如早點工作以適應社會的規則。」

他有些訝異的看著她，亦或他期待另一個答案嗎？過了幾秒後，安禮又恢復了那意味深長的笑容，說：「我想問的是，妳對我的公司有什麼了解嗎？」

蓓蓓想了一下，她曾經試著搜尋相關資訊，卻相當有限，她找不到該公司的官方網站，或是任何客戶的推薦留言。

「我想，貴公司是屬於接受客戶委託，並為客戶解決棘手事件的公司。」說完後，蓓蓓感到有些窘迫，她知道自己並未觸到重點。

安禮微微笑了笑，唇邊出現些許細紋，但眼角卻光滑平整：「我在網路這個虛擬介面上給的資料不多，即使是和客戶間的信件往來，也都以極其機密的方式寄送，或是以類似密碼的簡潔文字書寫。另外，我為客戶處理的不是一般案件。別擔心，也不是兇殺、外遇或迷姦之類的案子，這些事物太粗暴了。」

「粗暴？」

「是的，貓耳朵為客戶提供更深層面的服務。」

「更深層面……？」感到困惑時，蓓蓓會無意識的重複關鍵字串。

「遺失的記憶、碎裂的心、或受傷的靈魂，只要給我一點線索，我都能幫助客戶找到最根本的原因。我說『幫助』，是因為大多數的時候，人們得靠自己解決問題。甚至，客戶如果想回到過去的某一個片段，我們都可以做到。當然，他們只能觀看，不能介入，因為歷史無法被改寫。」

蓓蓓驚訝的說不出話，無意間，她的瞳孔又轉動了兩下。

「我還有其他幾位助手，他們分散在世界各地，」他緊盯著她的表情，繼續往下說：「他們分別都有不同的能力，除了蒐集客戶情報外，有的善於傾聽，有的嗅覺敏銳，有的甚至可以預測未來，雖然無法百分之百的準確，但對於處理案件而言，已經有很大的幫助了。」

安禮似乎陷入了自我對話中：「但是，有特殊能力的人畢竟是少數中的少數，而在這少數人之中，當然也包括了濫用天賦而自食惡果的人，我曾經開除過幾位員工，那些人擁有讓我讚嘆不已的才華，正因為如此，他們造成的破壞更為驚人……，雖然都被我和助手們聯合處理掉，也把扭曲的部分空間填補回來，但表面上看起來完好如初的平衡，也許內部已經有什麼微細分子被改變也說不定……」察覺到她的沉默，安禮又恢復他的笑容，以較緩和的語氣對她說：「但不要擔心，我的助手們都很值得信賴，一有什麼情報都會馬上向我回覆。」

蓓蓓微微扯動嘴角，卻說不出話，她沒預料到他如此坦白。

「我需要妳的眼睛，所以，」他熱切的說：「當我的助手吧。」

「但是……」蓓蓓遲疑了一下，說：「有時候，我的確可以看到一些事物，卻都很不穩定，只有在碰撞到某些磁場或空間時，眼前會有一閃而逝的影像，很清晰，但是沒辦法持續下去，只能放在心中不斷回想、揣測。」

「我相信妳的眼睛，」安禮堅定的說：「妳是有潛力的，我不會看錯人的。」

這是第一次，有人真正信任她。

蓓蓓的心不由得緊縮了一下。

就外表而言，雖然她身材瘦削，長髮披肩，但五官平凡，天生的單眼皮使她較缺少女性化，顴骨有淺顯的雀斑，唇形略為澆薄，看起來並不討喜。在成長過程中，沒有異性真正在乎、喜歡過她，那樣的嘴唇引不起男人親吻的欲望。她唯一喜歡的，是自己如絲綢般柔順的黑髮。她是有一些朋友，卻總是言不及義，觸不到她的心。是的，她是孤獨的，但她並不寂寞，她常常享受著她所看到的影像，祕密般地不停咀嚼，如深夜反覆播放的電影片段……蓓蓓不知道他是怎麼讀出她的天賦，因為，對於「那裡」而言，她的天賦只是一種詛咒，一個羞恥的標記。只有離開，她才能找到心的寧靜。

「來我這裡工作吧！」安禮又再次強調的說。

「這……是我的榮幸。」她深深感動。

「太好了！」安禮臉上綻放出燦爛的笑容，接著，他帶蓓蓓巡視了一下工作環境，並講明她的工作、起薪、福利制度等，問：「下星期二開始上班？」

「當然。」對於自己的好運，蓓蓓還是有些不敢置信。離去前，她深深的向他一鞠躬，說：「謝謝您這麼賞識我，我會好好努力的。」

安禮溫柔的笑了笑，拍拍她的肩膀說：「放輕鬆！我們一起努力吧！」

目送蓓蓓離去後，安禮回到沙發上，修長的雙腿交叉坐疊，從口袋拿出菸和打火機，「啪」的點燃它。他又拿起那張履歷表，仔細端詳她的照片，以及那雙小而烏黑，如動物般的眼睛。或是野獸。

一張模糊的臉從記憶浮現而出，並消散於煙霧之中。

＊＊＊

這是一個溫暖、亮麗的星期二早晨。

當蓓蓓起床時，她只覺得骨頭裡有說不出的慵懶。她睜開雙眼，看了一下床頭櫃的鬧鐘：早上七點四十分。她還有一些時間。她再度闔上眼睛，意識在雲端上飄流，半夢半醒。

突然間，手機瘋狂似的響了起來，將她拉回到現實中。她找了一下，發現它被放在床底下。

「有什麼事嗎？」她沒打招呼，因為這通電話來自「那裡」。

「妳到底在哪裡？」一個尖銳的聲音刺穿她的右耳。

她保持著沉默。

「妳怎麼敢……回答我！」

她考慮要掛上電話。

「好！非常好！聽著，我也不要妳回來，但是妳必須給我錢。我們以前對妳一直都很仁慈……太仁慈了！現在，去拿支筆，聽清楚了，我要給妳我的銀行帳號……」

卡。

她掛斷電話，關機，並塞進枕頭底下。

她現在完全清醒了——多虧了這通morning call。她打開床頭櫃上的窗戶，讓一些新鮮的空氣進來。從她小小的窗戶看下去，她只能看見灰色的房子並排著，骯髒、狹窄的街道在其中蜿蜒，凌亂的散布著電線桿。多年來，她住在這小小的工業城，經常，她覺得那些灰色的房子壓在她的胸口上，無論她逃向何處，她無法從這迷宮脫離，因為那些小小的巷弄沒有出口。

一陣微風輕拂過她的臉龐，驅散她悲傷的思緒。她抬頭看，雖然她的視線被凌亂的屋頂擋住，她仍然能在框架內看見藍天。陽光照了進來，讓她的心情明亮許多。

喔是的，今天是晴天，也是新工作全新的開始。她不應該被這意外的電話所干擾。在賺了更多錢後，她就可以改電話號碼，租一間視野較好的房間。或者，永遠逃離這座城。

一有了這雀躍的想法後，她從床上跳下來，再瞄了眼鬧鐘：八點十分。噢，她沒有太多時間了。她衝進浴室，在十五分鐘內洗刷乾淨，接著，她換上衣服，吃了片土司與喝些溫開水後，便離開房間。

當她抵達貓耳朵時，時鐘指向九點整。

安禮一看到她，便微笑著說：「妳真準時，快坐下吧！」

蓓蓓連忙點頭道謝，並把帶來的文件整齊平放在桌上。

安禮拿了一些資料與表格給蓓蓓填寫，她大約翻看了一下員工條款與福利等規定事項，便簽上了自己的名字。

接著，安禮帶她到電腦桌前坐著，說：「這是妳的辦公桌，因為我習慣獨立作業，只是近來案件量越來越多，我一個人處理不完，所以這是我第一次有貼身助理，其他助理都是在外面辦事並跟我接洽。我先教妳如何登入，之後妳可以自己瀏覽客戶檔案，並更了解這些案件。」

他打開Ｄ槽裡面切割而出的Ｆ槽，進去後，左上角跳出一個輸入帳號密碼的視窗，安禮輸入一些英文字母與數字，說：「以後都用這個帳號密碼登入，另外，每個檔案都有不同的檔名和密碼，我會告訴妳放在哪個資料夾內。」蓓蓓一邊點頭，一邊專心抄寫筆記。進入Ｆ槽後，只見上面列了幾個檔案夾，分別標示著：Finished Files、Tracking Files、Dead Files等。

「Finished Files代表交易完成，」安禮開始邊教學邊解說：「在這裡面的每一筆資料，都表示顧客已經付費，且我們已經處理完畢的檔案。無論顧客的滿意度如何，我們已經調動我們擁有的人力物力，並按照對方要求處理到他們所需要的程度。」他快速按了兩下左鍵，點進去，只見裡面羅列了約上千個Excel檔，安禮大略瀏覽了一下，選了『F-0001534-Tiffany』的物件，要打開來看之前，跑出一個鑰匙形狀的視窗，顯示輸入七位數密碼，安禮吋吋吋的鍵入七個數字後，畫面上出現Excel檔特有的棋盤式方格，上面詳細的記錄著委託人、日期、原由、任務、案件追蹤、費用、付款方式、經手人等，也附了一些連結網址。

「這個案件的委託人是Tiffany，」安禮又繼續往下說：「在紀錄時我們都會使用他們的英文姓名，為了隱私起見，他們的真實姓名與更詳細的個人資料都放在辦公室的那台電腦裡；至於這些網址，它們不是連結到真正的網路上，而是已經建好的頁面。」說到這裡，安禮停頓了一下，問：「到目前為止，有什麼不懂的地方嗎？」

「嗯，我都了解。」蓓蓓邊抄寫著筆記，邊脫下外套，置於椅背。

安禮滿意的點點頭，說：「太棒了！另外，顧客來時，妳要給他們上茶或咖啡。咖啡是較好的選項，因為它可以跟餅乾起化學作用。」

「餅乾？」蓓蓓問：「您是指那狀似貓耳朵的餅乾嗎？」

「是的，」安禮解釋道：「事實上，那是一種藥物。我用麵粉、奶油混了些特殊的花草製作而成。」

「藥物？」蓓蓓無法相信那香甜鬆軟的奶油餅乾是一種藥品。

看著蓓蓓困惑的眼神，安禮又繼續說：「最了解人類精神層面的是植物，它不僅能引出人的內心，並傳達無法言喻的情感。在製作餅乾的過程中，我擷取了藍月莓的透明汁液，並混用香草、蘭花、火龍果等數十種藥材，注入麵糰後再以烤箱高溫烘培，所以吃起來和一般餅乾無異。但是，即使我很懂花草，翻譯植物的語言並不容易，他們說的是很古老的語言，我可以讀取的資訊只有約三、四成，但至少可以引導顧客的談話到某個正確的方向去，等搏取到顧客的信任後，就可以讓交易進行得更順利。」

「哇……」蓓蓓沒預料到即使是片小餅乾也有這種魔力。

「每位顧客都有不同的請求，拿Tiffany當作例子，她想回去她生命裡最美好的一天。」

「哪一天？」

「在她童年裡的一天……她想再陪伴自己的祖母一天。」

「你可以做到嗎？」

「是的，」安禮指著螢幕：「妳看這裡，我們有兩位工程師：Machine和Fantasy，他們專精於時空轉移。除了帶她回到正確的時間和地點，他們必須確保她的安全。此外，她不能觸摸真實的物品，即使是一塊石頭移動位置，歷史也會改變。然而，她可以看見真實的場景，聽到聲音，甚至是聞到氣味……通常在做了時空穿梭後，客戶無法馬上回到現實，因此，我們也有售後服務。」

「噢？」蓓蓓一時說不出話來。

「Machine和Fantasy只精通於化學計算和轉移，他們並不真的了解女人的心。我有另一位助理Rose專門負責安撫客戶。」安禮微笑著說：「為了博取客戶的好感，這項服務當然是免費的。」

看著他的笑容，蓓蓓開始察覺他較商業化的一面。安禮快速的按了幾個鍵，跳回之前的頁面：

「Tracking Files是正在處理中的案件，而放在Dead Files裡面的案件，有以下兩種狀況。一，顧客的要求超乎合理範圍，例如曾有客人要求改變命運，要我們收取他的掌紋，並繡上新的紋路，但那是不可能的。第二……」

「但你們似乎擁有巨大的能力……為什麼你們無法那樣做呢？」蓓蓓感到好奇。

「就像我說過的，我們不能使用任何黑色力量去干擾宇宙的規則。我們無法改變過去，搭起生者與死者的橋梁，也不能改變人的命運，或是延長他們的壽命，因為個人與其他人生命彼此交錯，所以，改變一個人的命運，會破壞宇宙間的平衡。」

「我了解，聽起來很合理。」

「第二，我們遇到無法抗拒的阻礙，或是無法處理的困難，因此交易取消，且顧客也不用付費，這當然造成我們的損失。因此，我們記錄下來，以用於未來的參考使用。」對於Dead Files，蓓蓓依舊相當好奇。

當她想再問更多問題時，他看了看牆上的時鐘，說：「我必須外出一下，晚一點我會再回來。我先告訴妳密碼跟收信匣。」他教她基本的操作後，把鑰匙跟磁卡一併交給她：「附近有些餐廳，妳可以自己去買。」接著，他從口袋拿出名片，遞給她：「有什麼情況打電話給我。」

安禮走後，她感到些許不安，但明亮寬敞的空間設計降低了她的不安全感。她再度打開Dead Files，裡面大約三百多個檔案，她隨意挑選了一個『D-000169-Vivian』的Excel檔，要打開來看之前，她手忙腳亂的去比對該物件的密碼，正當她快放棄時，她終於打開了。

該檔案被建於19XX年，大約18年前。當時的助理為Desire，而「緣由」寫著：「顧客Vivian已婚，育有兩女一男，為全職的家庭主婦。但她的丈夫工作繁忙，無暇顧及於她，她並不想出軌，故來到貓耳朵尋求幫助。」蓓蓓對她感到同情，因為一個孤單的家庭主婦並沒有太多選擇。什麼是她來到這裡的真正原因呢？她點選「任務」，上面顯示著她想回去和初戀情人第一次接吻的那天。

然而，她發現只有三個日期被記錄下來：「三月十四日，第一次和Vivian見面。五月十二日，簽合約。八月二十九日，白屋。註：本案因為Desire的犯罪而註銷，Desire被列為二級罪犯，將受到永遠的放逐與追捕。」

出自於好奇心，蓓蓓找了一會兒，卻沒有更進一步的資訊，這使得她更好奇。他犯了甚麼致命的錯誤嗎？撞進錯誤的年代？扭曲她的記憶？也許她該問安禮？或者不應該？

正在這麼胡亂猜想之際，門鈴響了。

第三章　§ 1539762

「喂！你們幾個，動作快點！」話一說完，藤條便重重的落在他們的手、腳上，發出「唰、唰、唰」的沉重音響。

烈日下，一群奴隸正喘著氣，奮力的踏著步伐往前邁進。他們身穿盔甲，腳戴護膝，只有臉、手臂與大小腿裸露出來。由於適才已經走了約三個小時的路程，他們的汗如雨下，腳上也新增很多擦傷、破皮的痕跡，並滲出血絲。雖然如此，他們的步伐依舊輕快，只是比一開始時慢了許多。他們的背上背著竹製的框簍，裡面空空如也，各放著一枝「密亞特」。「密亞特」的外型是一根長長的竹竿，一端略為扁平，而另一端則繫著以蠶絲編織而成的捕蝶網，在陽光的照耀下閃閃發亮。但是，他們並非真的要去捕捉輕盈的蝴蝶，而是要前往鬼舌之林深處，在樹影下狩獵迅捷、狡猾而兇猛的魚群。

這裡，是十三森林。

以編號做為區隔，數字越小，居民的等級越為尊貴。大體而言，一到四為王宮貴族，五到八為不同等級的平民，九到十二則為奴隸、賤民、流放者等。第一森林，玫瑰之林，只住著皇后朵拉和她的親信、衛兵等人，而以薩月宮為中心點，向四周呈現輻射狀遠遠散出，終端是以玫瑰荊棘層層纏繞而成的圓形障壁，定期以奴隸的血餵養，其上開滿了終年不謝、鮮豔欲絕的玫瑰花。

第二森林，琉璃之林，住著第二等的王親貴族，白日時看起來青蔥蓊鬱，與一般森林並無不同；但是，一旦到了夜晚時刻，林木間便會自動折射出迷離七彩，恍若凝固的煙火，故這裡的皇宮貴族，鎮日嬉戲、拷問奴隸、飲酒高歌等。

藍石之林位於第三，住著公、侯、伯、子、男等不同位階的爵士，所有爵士都以銀灰色的眼睛與藍色的血液而聞名，階級越高，顏色越淺，而溫度也越低。他們驕傲無理，且難以相處。

第四，白雀之林，主要的居民為雀眼、雀舌、雀心精靈，特色是分別在眼梢、舌尖與左胸口處有彩色條紋，此外，他們皆蓄銀白色的長髮，生性疏離冷漠。

到了第五森林，荒泉之林，屬於獵人之林，他們擅長弓箭，身形健美，如野兔般敏捷，需要靠勞力換取部分生活所需，因此，經常可見他們在森林裡狂野奔馳；然而，大多時候，對他們而言，狩獵只是種遊戲。

第六，仲夏之林，這裡的林木會自動散發熱氣，故四季如夏、天氣炎熱，而主要的居民為羞怯、溫和的矮人，臉上有很多受溫度刺激而導致的雀斑，喜食涼爽的松果、露珠，住在低矮的冰屋裡。

第七，黑烏之林，主要的居民為黑商人，他們後頸有烏鴉標記，因此被稱為「烏鴉」。他們相當聰穎狡猾，負責與貴族間的奴隸買賣，而賺進了大把鈔票。

第八為百花之林，這裡長著奇花異卉，相當漂亮而藏有劇毒。說也奇怪，一些有毒的花總含有保護美麗肌膚的秘方，且生長在危險的區域，像是陡峭的岩壁，或是內藏巨蟒、鱷魚的沼澤中。雖然這裡主要的居民為農夫、小販或是樵夫，烏鴉仍然挑選奴隸去採摘花朵，用以為貴族製作精緻的化妝品。

第九，千夜之林，一千個夜晚只有一次日出，這裡的居民屬於夜光動物，視覺相當敏銳，適合為貴族做守衛、獄卒等。

第十，盜光之林，只存在著永恆的夜晚，林裡到處都是懸浮的蠟燭，用以照亮奴隸的路。這裡住著風、火、水、土等不同類系的奴隸，各有各的專長：風奴跑得相當的快，火奴為舞者，水奴為妓女，而土奴善於建造。

十一，下娃之林，只住女人。女奴擅長編織刺繡，因此，她們必須尋找上等絲綢，為貴族編織別緻的服裝。

接下來則是鬼舌之林，也就是他們正在前往的地方，主要住著流放者、罪犯、畸形兒等，烏鴉會處理這些畸形兒的去向，有時候將他們販賣給馬戲團，定期娛樂平民或王宮貴族。

最後一處，第十三森林，可說是獨立於十二森林之外的孤獨森林：灰燼之林。它是一座迷霧森林，林裡長年籠罩著化不開的濃霧，所以從來沒有人進去過。而聽說裡面的唯一居民，是一隻獨角獸。因為從來沒有人敢靠近，或者，進去的人從未出來過，所以，沒有人可以證實這個傳說。

根據玫瑰辭典上的分門別類，這十三座森林的界定森嚴、貴賤分明。例如，一顆珍珠可以換十個奴隸，貴族也可以任意宰殺奴隸、或是享有奴隸身體的某些部位。曾經有藍石之林的公爵，以一片金葉子換來下娃之林最美的女人，只為砍下她的雙手，除了在視覺與聽覺上享受那血淋淋的過程，還可以把那雙手放在玻璃櫃裡，當作藝術品收藏。玫瑰辭典上的條例已經寫的相當清楚，就像是每個人都應該遵守的黃金條款。

此外，「暗黑篇章」裡也收藏了許多禁忌的語言，例：「我愛你」是無法言喻的強烈情感。最初，皇后朵拉在編寫玫瑰辭典時，並未把這三個字從辭典裡抽掉，只是將它騰寫在暗黑篇章裡；所以人們擁有這樣的能力，只是永遠、永遠找不到正確的語言訴說。

而適才在烈日下奮力邁進的這群奴隸，屬於風奴的一支，為閃靈族。閃靈族的額頭有鎖風石，使他們的速度十分輕快，可以追捕草原上的獵豹，所以他們經常被派去捕捉珍貴卻凶暴的麒麟魚。麒麟魚住在鬼舌之林的中心，是變種的魚類，牠們頭上長著珊瑚色的鹿角，沒有鱗片，灰白色的外殼，堅硬、粗糙、且凹凸不平，身體佈滿了大大小小的坑洞，可用來呼吸；而他們的尾巴如針一樣的尖細，除了內含劇毒、可用來攻擊敵人外，「尾針」也讓牠們在空中的行動如蜜蜂一樣迅速。魚原本是因為不明的原因突變，而被流放到第十二號森林，但是，皇后朵拉在無意間發現，魚的角在磨成粉後，混合蜂蜜與牛奶飲下，每天喝上一杯，可以讓她保持年輕而不會老化。

獲知這項商機後，烏鴉便開始在千夜、盜光之林招募合適的奴隸，每三十人為一小組，必須在陽光最強烈的時候，前往鬼舌之林打獵。鬼舌之林的樹木大多奇形怪狀，樹枝彎曲繚繞成不規則形狀，從上長出密密麻麻的厚葉，遮去了大部分的陽光，所以樹蔭底下經常矇矓昏暗，混住著被遺忘的人群。但由於麒麟魚性情兇猛，牠們自成一群的住在鬼舌之林的中心。由於牠們不能接觸到強烈的光線[1]，所以平日時，總是躲在樹洞深處，只有晚上才會出來。但被觸怒的時候，也會以迅雷不及掩耳的速度攻擊敵人，再游[2]回自己的住處。

一開始，烏鴉也把千夜之林的奴隸納入遊擊隊之一，因為他們擁有敏銳的夜視覺。然而他們經常因為動作太慢而失手，而導致全軍覆沒[3]。當然，對於烏鴉而言，有多少奴隸死去都無所謂，他們只是不做徒勞無功的交易。過了一陣子，游擊隊的隊員就全部以閃靈族包辦，因為魚的尾針雖然有致命的毒性，它卻如鑽石一般的閃爍，在昏暗的樹底下清楚指出了牠們的位置。

捕捉的方法有兩種。第一種，以「密亞特」略微扁平的那端猛力揮打魚，使牠飛到樹蔭外面，光會破壞魚的內部構造，使得牠再也無法把空氣轉換成水，並在五分鐘內缺氧致死。第二，以另一端，也就是有捕蝶網的那一端，網住魚，由於蝶網以蠶絲組成，每當有獵物掉入網中，它就緊緊的裹住獵物，像是被繭困住的蠶一樣，越掙扎它就越縮小，最後，所有的空氣會被榨乾，而獵物成了死屍。此外，由於蠶絲不僅牢固，且彈性佳，即使魚有鋒利的尾針，卻很難穿透蝶網，破繭而出。

永遠，說的比做的還要容易許多。

首先，魚的體積小，總是躲藏在樹洞裡，或是樹枝與樹枝的間隙之間。此外，這些奇形怪狀的樹使牠們可以平滑的出現或消失，給敵人來個出乎意料的襲擊。另，牠們有著天生的默契、彼此合作著，時而單飛，時而群體行動。例如，在靜悄悄蟄伏一段時間後，牠們會忽的突然從樹縫裡竄出，再一齊攻擊目標物，恍若一大片灰而晶亮的魚網當頭撒下，讓人萬箭穿身而死。

而烏鴉，總站在有光的地方遠遠看著。

等啊、等啊、等的，他等到所有麒麟魚游回樹洞內，而地上攤滿了傷兵，接著，他慢慢走向他們，檢視他們的網。一旦發現死掉的魚，他便以特製的薄刀割裂絲網，取出裡面的死魚，放進自己的金色囊袋裡。因為解藥[4]十分昂貴，奴隸根本無法負擔，因此，他雇用土系的喀圖族奴隸，將死奴的屍體運到鬼舌之林邊緣——玻璃墓園。它是個透天的墳場，所以這裡的「居民」為成堆的白骨、骷髏或是腐爛的屍體。

「到了！」帶頭的那名黑衣男子大聲吆喝著。

他，就是烏鴉之一，人們稱他「狡猾哈利」。

這三十名奴隸裡面，有男有女，他們喘著氣，一起注視著那無比靜默、黑黝黝的大樹。樹根與樹枝無限蔓延，彷彿鬼的四肢不斷分岔。陰鬱森冷的氣氛從地底傳了上來，交纏的樹根彷彿隨時要把他們拉進地獄似的。

「去吧！」哈利大聲宣示：「盡好你們義務！把魚抓到！」

一聽到烏鴉的命令，這三十人便筆直地往前衝刺，轟隆隆的聲響驚擾了沉睡的大樹，漆黑的樹洞裡，浮現幾個銀亮的火花，接著，越來越多火花閃爍，彷彿音符在夢魘裡舞著。

在這三十人之間，有一個跑得最快的少女，雖然身穿沉重的盔甲，但是她卻如乘風之翼，遙遙領先。當接近樹幹時，她跳上較低矮的樹枝，從盔甲內拿出暗藏的火種，丟進洞內，接著，馬上以網罩住洞口，「啪啪啪啪」，洞內的魚驚見火光，一窩蜂的往外衝，想當然爾，一堆魚掉進，或者衝進她的網內。

哈利十分驚訝：「好聰明啊！」

然而，衝進網內的魚數量越來越多，少女再也支撐不住，她從樹枝上跌落於地。此刻，網早已自動的封住網口，裡面有十幾條魚在劇烈蠕動著，雖然網早已封住，但數量過多，魚互相推擠；最後，網口變得有些許鬆開的跡象。

「可惡……」少女在心裡咬牙切齒的想著，她因為突然跌落地面，身體一下子變得癱軟，一時之間無法移動半步。模糊中，她已經可看見那珊瑚色的角在網外晃動，再下一秒牠可能就衝出來殺了她！逐漸地，她的右手可些微移動，她試圖在盔甲內摸索著火種，卻遍尋不著；她記得今天多帶了幾個火種，難道是剛剛跌下來時，滾落到地面上嗎？

她再瞄了一眼那網子，看見一尾麒麟魚的半個身子已露在外面，並猛力掙扎著要從網內跳出。雖說今日她已經補到了很多大魚，完成任務；但是，只要一想到一旦被這種生物咬到，那又癢又痛的感覺，她就感到害怕。

這麼想著的同時，她感到四肢暫時性的麻痺已經減緩。她設法以左手撐起身體，右手快速的在盤根錯節的樹根間搜索，渴望可以搜出什麼銳利的物品當作武器，或者至少暫時庇護她自己。

「唰！」的一聲，魚的身體已躍出網口。

她把抓到的東西往牠丟過去，但丟出去後，才發現只是一堆樹葉與斷裂的樹枝。那魚原本有些暈頭轉向，被這麼一打到後，反而發現了她的存在；牠在半空中迴旋、抖動了一下，卯足全力向她衝過來。

她的心跳忽地停止，喉嚨像是被緊緊掐住似的，張大嘴巴卻無法喊叫。

剎那間，有個人影衝出擋在她面前，而魚的尾針刺進了他的脖子！

那人瞬間變得癱軟，整個人往後倒在她的身上；她無法呼吸，驚恐地瞪著他看。周圍的世界似乎慢了下來，她看見他右耳下方的奴隸編號：「ß1537…」。

然而，她沒能看清楚那整串號碼，因為被螫到的地方迅速發黑、潰爛，剩下的數字也跟著越來越模糊；此外，魚的尾針在那人身體裡劇烈蠕動著，彷彿正使盡全身氣力似的要把毒液送到他的內臟深處。看著牠的角在她眼前晃動，她驀然驚醒，明白這不是悼念的時刻，她快速地四處張望，搜尋著還有無其他武器。

「有了！」她發現他的手中還握著密亞特。由於她幾乎被他整個身體覆蓋住，她無法移動半步，因此，她使盡力氣地把手伸長——只要再靠近一點，她就能觸到它。

在那時刻，那人緩緩把它舉起來，遞給她。

她馬上接了過去，那魚「啪」地從他脖子上跳了起來，在這電光火石之間，她把網子罩在魚的身上，而剛一躍而起的魚，正巧落入她的網中。

解除了這暫時性的危機後，她把密亞特放在一邊，雙手撐起他的肩膀，慢慢的讓他平躺在地上。此時，他持續顫抖著，臉與四肢出現大量紅色斑點，從脖子汩汩流出白色汁液，傳出蛆的惡臭。聽說，這種癢有如萬蟲嚙咬，不斷地啃嗜人的心臟與神經；從腦部開始，再滲透到四肢百骸，就這樣持續三天三夜，最後，人的精神與體力都將消耗殆盡。

她疑惑地看著他的臉，以及那串幾乎隱沒的數字。

「他是……？」

奴隸沒有名字，因此他們的臉只能靠數字辨認。倘若數字斷缺，就像臉被拿掉幾塊似的。而他尾端的三個數字已經不可考，也就是說，她現在只能辨認出他4/7的臉龐。

然而，靠著那殘存的數字，她突然想起，是有一個男孩子對她特別的在意。

每當出外打獵或追捕動物時，她都感到有人在注視著她；不是監視，而是那種淡微、卻又熱切的目光。但是，每當她回頭，卻沒有發現任何異狀，每個奴隸都專注於自己的工作，深怕一個不小心就遭受責備、或惹來麻煩。有一次，風奴被帶往百花之林，當時，他們的任務是採擷沼澤裡的金葉子。當她最終抵達金葉子區域時，卻被腳下的水草絆住，她越掙扎，則陷入越深的泥淖。此刻，一隻潛伏著的鱷魚也緩緩向她靠近……

與此同時，有個人躍入池中，十分迅速而靈巧游向她，將她救上了岸。當時，他的數字依然完整，但她的意識模糊，只看見一張俊俏、年輕的臉，她無法詳細的描繪那張臉。但她看見了他的笑容，他似乎說了些什麼，她卻沒有聽見，因為她已經暈了過去。醒來後，她已回到盜光之林，而第二天，又有其他艱困的任務等著她。

是的，這就是奴隸的宿命，除非死亡，不然，等在他們前面的，就是無止盡的任務……所以，她並沒有太多時間去想這件事情。現在，她凝視著他，這位4/7臉龐的少年，他無法停止顫抖、抽搐。突然間，她的心承載了無以言說的悲傷。

在此同時，其他的閃靈族正在與麒麟魚努力激戰中。

適才，被她以火光驚動的魚群，正發了瘋似地到處亂竄，只見這群魚以彎曲的路線攻擊敵人，而閃靈族也拿著密亞特到處飛撲；有的魚被打得飛了出去，在陽光下四處彈跳，缺水乾渴而死；有的則是被納入網中，被緊緊纏住而缺氧致死；但是，大多數的奴隸還是被攻擊的成份較多，因為牠們忽上忽下，行蹤飄忽不定，而由於奴隸的臉與四肢都暴露在外，成了很顯眼的目標。過了一陣子，地下躺了十幾名傷兵，致命的毒素使他們翻來覆去，不斷地呻吟著，而其餘的十幾位則還在與魚努力抗戰。

而她因為位置靠近樹幹，被她驚嚇的魚群在樹枝中後段到處流竄，使她暫時還沒有性命之虞，況且，她的注意力都還集中在那位少年身上。

哈利站在樹外，若有所思的看著這一切。

又過了一會兒，地上躺著的人數越來越多，當然收穫也不少，倘若每人至少捕到一隻魚，那麼也二十來隻了！再過了一陣子，樹底下只剩七、八位勉強站著的人影，而魚群們似乎也累了，似乎打算打道回府，那十幾個如鑽石般的光點紛紛地往樹幹的方向飛了過去，速度有些緩慢。

此刻，她還在樹幹旁坐著。

她不斷試圖地回想起眼前這位少年的臉龐，卻無論如何都拼湊不完全……那天，他想跟她說什麼呢？她完全沉浸在自己的思緒裡，並無察覺周圍世界的變化：地上遍佈著蜷曲、還在做無謂掙扎的人體，有的被螫到眼睛，整顆眼球被魚的尾針挖出，眼窩深處的神經暴露了出來，並從裡面流出摻有血絲的乳白液體；有的不只被螫到一個部位，而是手、臉頰、大小腿都嚴重發黑，除了痛癢程度加倍外，也加速了死亡的速度；有的被刺進喉嚨，連喊叫呻吟的權利都沒有，只能張大嘴巴，倒在地上，任由唾液從嘴邊「答、答、答」地滴落；有的則被刺進頭頂，整張臉瞬間腫脹發黑，從頭頂噴出的腦漿混合毒液，灑落在周圍的地面上。剩下的魚如夜光蝴蝶，輕巧的越過這群半人半屍，往樹洞的方向飛過去，眼見這些魚靠她越來越近，越來越近……就要叮上她的臉。

剎那間，一道光束射向了她，這些魚被嚇得紛紛躲回樹上，暫時不敢靠近樹幹，而她也瞬間清醒過來。

「是誰？」她抬頭看，看見光源來自一位黑衣男子。

是哈利！

只見他舉起一盞煤油燈照向她。

她非常、非常的訝異，不明白烏鴉怎麼會解救她這樣一個身分卑賤的奴隸；不只是她，在場的每個人也都十分震驚，而站在他旁邊的兩位喀圖族少年，也面面相覷，不敢相信所看到的事實。畢竟，烏鴉以精打細算、冷酷勢利為名，決不做任何有違自身利益的事，更別說解救奴隸……但是，倘若他在她身上看出價值，可以賣得更好的價錢，那倒也情有可原。

沒錯，他是看見了：鑲在她額上的鎖風石比常人還大上幾倍，這就是她跑得比別人快的原因；此外，他不得不承認，她的外形十分亮麗，捲髮、大眼、俏鼻、豐唇，從冷硬的盔甲下延伸而出比例勻稱、線條優美的腿，即使傷痕累累，卻掩蓋不了她性感而淡褐色的肌膚。無論是賣給有收藏癖的公爵、或是喜好比賽的獵人，應該都可以談到理想的價錢。

「今天，到此為止！」哈利大聲宣佈。

一聽到這個指令，還站在樹底下的奴隸全都大喜過望，他們吹著口哨，並盡快的走到樹外；而哈利使用那盞煤油燈保護著她，直到她安全的踏出樹外。接著，哈利再以反射光巡視躲藏在樹枝間的魚，果然，那些魚一接觸到光又躁動起來，不停地遊竄、逃跑，過了好一陣子，終於全都游回樹洞裡。

他這才收起鏡子，拿出薄刀，並走了進去。

他身披連帽的黑色風衣，跨過橫屍遍野，眼神凌厲、面無表情，並一一檢視框簍、劃開蠶網，把魚一條條放進腰間的金色囊袋裡，動作乾淨俐落，恍若死神。而說也奇怪，那囊袋恍若無底洞似的，無論放多少條進去，卻還是保持原來大小，毫無異狀。

結束後，哈利走出樹蔭之外，不待他發號施令，那些奴隸早已撿起地上的魚，並連同自己所捕捉到的魚，一併交給他。

「把他們載到玻璃墓園去。」哈利的頭偏向一側，對著那兩位喀圖族少年示意。一聽到命令，他們連忙把木板車推進樹蔭底下，一人抓頭另一人抓腳，把這些傷兵一個接一個的丟到車上，橫七豎八地疊了起來。

而被放在最頂端的，就是那位只剩4/7臉龐的少年。

她看著他，低下頭，心中感到無限悲傷，卻無法違抗烏鴉的命令。

哈利走到她面前，用手托住她的下巴，舉起，微微偏向左側，使得她右耳下方的奴隸編號露了出來：「**§ 1539762**」。

「很好，」他露出似笑非笑的神情：「妳跟著我回黑烏之林，」接著，他對其他僅存的奴隸說：「回去盜光之林！一條麵包和一杯牛奶為你們的獎勵！」

註：

1. 陽光的光線越強，所造成的損傷就越大。完全的陽光可以殺死麒麟魚。
2. 麒麟魚並非以鰓呼吸，而是以身上無數的洞。牠們特殊的身體構造可以把空氣轉換成水。

3. 被鹿魚螫傷時，傷口會迅速潰爛，發出惡臭，並流出濃稠的乳白色液體；患者會全身出現紅色斑點，奇癢無比，倘若三天內不服下解藥，便會死去。

4. 解藥是由胭脂花、黑百合與金羅蘭混合而成，但它們不在同一個季節開花，且必須儲存在特製的貯藏室裡，因此要價十分昂貴。

第四章　折翼蛇

蓓蓓從椅子上跳了起來，連忙跑去應門。

透過玻璃門，她看見外面站著一位年輕女性，大眼、短髮，身罩深藍色外套，裡面是條紋狀上衣，身穿綠色短裙，看起來活潑、性感，目測約二十歲上下。

她打開門，說：「您好，歡迎光臨。」由於是第一天上班，蓓蓓還不知道怎麼迎接顧客較為妥當，顯得有些不知所措：「麻煩請坐到紅色沙發上。」

年輕女性笑著說謝謝，便走到沙發上坐下。

「請問您要喝茶或咖啡嗎？」蓓蓓禮貌性的問。

「咖啡，不加糖，謝謝。」

蓓蓓走進那條狹長走道，盡頭放著開飲機、咖啡機與小型垃圾桶，牆上是嵌入型的木架，每個隔間放著不同造型的杯子。她隨意選了個馬克杯，並泡杯咖啡。

「請喝，小心燙。」

「謝謝。」

「請問您有跟唐先生預約嗎？」蓓蓓問。

「抱歉，沒有，」年輕女性略帶歉意的說：「希望沒有打擾到你們。」

牆上的鐘大約十一點半，離安禮回來可能還有一段時間。

「沒關係，請等我一下。」

她走到電腦桌旁，撥了通電話給安禮。接著，她拿起她的筆和筆記本，回到客人面前。

「可否請您先自我介紹，我會記錄來訪，再轉告給唐先生。」

「這……」年輕女性遲疑地看著她。

「真的很不好意思，唐先生下午才會回來，如果他回來了，我會馬上請他連絡您。」蓓蓓補充說道。

「嗯……」年輕女性沉思了一下，說：「那好吧！」

於是，蓓蓓在她面前坐下：「請開始說吧！」

年輕女性啜了一口咖啡，深吸了一口氣後，像是鼓起很大勇氣似的，說：「我姓蕭，叫蕭千語。幾個月前，我的左上臂被蛇咬了一口，當時，我感到非常的疼痛與害怕，因為被咬的地方不斷大量出血，此外，我也沒看清楚蛇的種類，只有皮膚上有淺淺的咬痕，大約是長這樣子。」

千語跟她借原子筆，在本子上畫下兩個平行、粗黑的點。

「雖然我受傷的部位是左上臂，但是我痛得無法起身，更別說行走。於是，跟我在一起的朋友趕緊幫我叫來救護車，送醫急救。」

蓓蓓一邊應和，一邊在筆記本上飛速的記下重點，好奇為何她要來貓耳朵。

「但是，第二天時，我的傷口全好了。」

聽到這裡，蓓蓓停頓了一下，抬起頭來看她。

千語迎視著她驚訝的目光，繼續說道：「沒錯，完好如初，就像是什麼也沒發生過一樣。醫生、護士也感到十分震驚，無法解釋發生在我身上的事情。之後，他們又幫我照了X光，做了其他例行性的檢查，但所有數據都顯示，我的身體十分正常，甚至比普通人還健康。」
蓓蓓依舊睜大眼睛看著她，忘記要寫筆記。
「然後呢？」蓓蓓追問。
「然後，醫院就讓我回家了，只是叮囑我一有什麼狀況馬上向他們回報。」
「嗯……」蓓蓓不禁皺起眉頭。
「但是，」千語嘆了口氣，說：「後來我才發現，這只是個開始而已。」
「開始？」蓓蓓變得越來越好奇：「你是指之後傷口又復發嗎？」
「可以說是，也可以說不是。」千語說。
事情越來越複雜有趣了，當蓓蓓正想繼續追問時，門忽地打開了。
「安禮！」一看到安禮，蓓蓓馬上站了起來，並為他們兩位互相介紹。
「安禮，這位是蕭小姐；蕭小姐，這位就是我們的主管，唐安禮先生。」
「妳好！我是唐安禮，抱歉讓您久等了！」安禮抱歉地說。
「不不，我應該先預約的。」千語回答。
彼此寒暄一番過後，蓓蓓又為安禮沖泡了一杯咖啡，同時，千語再次簡述發生在自己身上的遭遇，這才又進入正題。
「妳所指的開始是……？」安禮問。
「自從我被蛇咬到之後，只要一遇到月圓的夜晚，我的左臂就變得十分疼痛，就像是有人一刀一刀的割著我的皮膚一樣，讓我不斷地翻來覆去，完全無法入睡……」千語說到這裡，情緒不禁有些激動。

「這樣啊。」安禮也開始思考起來。

「但是，可怕的不只是如此，」千語深吸了口氣，像是下定什麼決心似的，接著說：「真正讓我害怕的，是我的皮膚出現奇怪的變化。」

「是有紅腫、潰爛的後遺症嗎？」安禮問。

「不，都不是……」

「那是……？」

「你看！」千語脫去深藍色的薄外套，讓整隻左手裸露出來。

「啊！」他們同時對這個景象感到震驚。

只見她的左上臂長出深黑的線形紋路，一層又一層，像是有人把樹輪刻在她的皮膚上似的。此外，在那紋路循環之內，竟然生出長長的銀色羽毛，形狀像是一隻鳥類的翅膀！

突然間，蓓蓓的瞳孔又劇烈晃動起來，在這電光火石間，她看見月亮，打開了一個缺口——

「我……真的很害怕！」千語低聲的說，肩膀些微顫抖。

「嗯……」安禮注視著她的手臂，臉色凝重。

她以右手去撫摸自己的左上臂，說：「它變得就像是我身體的一部分，只要拉扯這些毛髮就會痛，就像是拉我自己的頭髮一樣。」

「醫生怎麼說？」安禮問。

「我根本就不敢去看醫生！我也不敢告訴我的家人或朋友，我怕他們會以異樣眼光看我，會覺得我是怪物，現在的我，不能穿漂亮的洋裝，也不能去海邊游泳，無論什麼時候，我都只能穿著長袖或薄外套……」

千語變得沮喪，彷彿她的美好青春已經毀於一旦。

聽到這裡，蓓蓓對她深感同情，的確，對於一位妙齡女子而言，沒有什麼比外表更重要了。

「最可怕的是，月亮每圓一次，那翅膀就變得更大，羽毛變得更豐厚，我不知道該怎麼辦，我是說，我怕到時候再也遮不住了！」說到這裡，千語停頓了一會兒，又回想道：「在這種情況下，有天，我在公園裡散步，想讓煩悶的心情好過一些，突然有個陌生人擋住我的去路，遞給我一張名片，他說我可以在『貓耳朵工作室』找到治療手臂的方法，我心下一驚，當我抬頭時，他就已經不見了。」

安禮沒有說話，只是微微笑著。

「總之，」千語又喝了一大口咖啡：「我真的很需要您的幫忙！現在的我，只要一接近月圓的日期就越來越害怕……我不知道最後會發生什麼，一隻鳥嗎？還是一隻怪物！我討厭一直穿著外套！我也厭倦這樣遮遮掩掩的生活了！我只想回到過去，當個正常人！」

這是她受傷以來第一次對他人傾訴，所以她幾乎是毫無保留的全盤托出，而在她講完這一長串的話以後，室內有短暫的沉默與寂靜。

「還需要再來杯咖啡嗎？」安禮問。

「好的，謝謝。」千語有些靦腆的說。

「請稍等一下。」他與蓓蓓暫時離席，讓她的心情沉澱一下。

當他們回座時，千語的神情看起來確實平靜許多了。

「千語，我們真的很同情妳的遭遇，」安禮輕喚她的名字，而不是蕭小姐，讓她感覺較為親切，「不過，我們想問妳一些問題，這樣我們可以開始進行調查。」

「當然，你問吧。」
「妳能告訴我被咬的確切時間和地點嗎？」
「沒問題，三月十八號，」千語說：「時間是晚上約末七到八點，地點是在我家附近的公園裡。」
蓓蓓一邊聽著，一邊快速寫下來。
「當時妳是和朋友在一起？」
千語點點頭，說：「和我一個很要好的朋友，我們當時吃完飯、逛完街後，便想去公園的大樹下坐著休息。過了一會兒，這隻不知道從哪裡冒出來的蛇咬了我一口……」
「妳很確定是蛇嗎？」安禮再問：「畢竟，當時夜晚光線昏暗，很有可能搞錯的，不是嗎？」
「我很確定！因為那公園裡的燈光頗為明亮，所以我看得很清楚。那蛇的身體又黑又長，像根繩子似的，咬了我一口後，從我身邊快速竄過，溜進草叢裡，轉眼間就不見了。」
「那麼，除了感覺疼痛與長出羽毛以外，你的身體還有沒有其他變化？」
「嗯……」想了好一會兒，千語說：「應該有吧，但不是身體上的。」
「心理上的？」安禮好奇的問。
「這段時間以來，我都斷斷續續的做一個相同的夢。」千語答。
「再多說一些。」
「在夢裡，我原本長著翅膀，卻不知道為什麼被摧毀了，所以夢中的我，不斷地去找尋自己的翅膀。」
「可以再描述得清楚一些嗎？」安禮補充著說：「我是指，夢裡是什麼樣的場景？或者，妳是去哪裡找尋翅膀？」

「其實，」千語說：「夢裡的一切都很模糊，所以，很難用現實的語言描述。」
一聽到這番話，安禮與蓓蓓都再次陷入思考。
「況且，它出現的頻率很不穩定，有時連續一個星期都做這個夢，有時隔了很久它才又出現，根本無法捉摸……我會把它說出來，只因為它和羽毛相關。」千語解釋道。
「那麼，」蓓蓓問：「最後妳找到翅膀了嗎？」
「沒有，」千語看起來有些沮喪：「我只是不斷地尋找、尋找……然後在不知道什麼地方，我便醒了過來。這個夢象徵什麼呢？」
「這樣吧，」安禮說：「我幫妳的手臂照相存檔，接著我們就開始著手調查，每天拍妳的手臂寄給我，好嗎？至於費用部分，我計算過後再以電子郵件通知您，您覺得如何？」
「好吧，」對於這樣的說法，千語顯得有些失望。
「請不要擔心，我們會盡其所能地解決您的問題。」他接著起身，走到大書櫃旁，拿出一盒餅乾：「這是我以薰衣草烘焙而成的餅乾，有安眠、撫慰心情、與治療傷痛的效用，可以每天吃上兩到三片，精神會好很多。」
「喔！它們好可愛！這形狀也好特別！這是貓或狗的耳朵嗎？」千語感到驚喜，看起來也快樂許多。
「總之，謝謝你！我真的很喜歡餅乾。」
接著，千語填寫了一些表格，並與安禮確認細節，這才離開。
蓓蓓開始整理環境，清洗桌上的杯子。安禮則是把相機內的檔案上傳到電腦裡，並點擊放大檢視，開始瀏覽照片。

「妳剛剛有看出什麼嗎？」安禮問。

蓓蓓走到電腦前，說：「當我一看到她的手臂，有一些奇怪的影像在我面前一閃而逝。」

「說來聽聽。」

「我看見，月亮打開了一個缺口。」

安禮盯著她看：「月亮的缺口？」

「是的，」蓓蓓接下去說：「而蛇是從那裡面掉下來的。」

「但是……」安禮試著照她的邏輯去回答：「我剛查過日曆，那天不是滿月嗎？」

「我真的看見了……」被這麼一問，蓓蓓顯得有些心煩意亂：「月亮打開一個縫隙，蛇掉了下來，再合攏。」

「好吧，」安禮又問：「那除此之外，妳還有看見什麼嗎？」

「那蛇有翅膀。」

「牠沒飛起來嗎？」

「不不不……」，蓓蓓解釋著說：「牠真的有，只是不知道為什麼沒有了，背上還有燒焦、損毀的痕跡。」

「這或許可以解釋千語的夢境。」安禮說。

「還有，那蛇的眼睛是綠色的。」

「妳連這都看得到？」安禮有些不敢置信。

「嗯，」蓓蓓補充著說：「牠的身體是混沌的黑色，而那雙眼睛彷彿是被灰燼埋葬的綠寶石，閃閃發亮。」

聽她這麼一說，安禮不由得在心中描繪出一幅栩栩如生的景象。

「此外，我還看見一個男人，一個高大的男人，」蓓蓓閉起眼睛，努力回想那些片段：「他帶了一個籠子，對蛇說了些話，就這樣把蛇抓走……最奇怪的是，我認識那個男人！」

「什麼！」安禮過於訝異而站了起來。

「我不知道他是誰，但是我認識他。」蓓蓓矛盾的說。

他的心中升起一股不詳的預感，難道是「他」？但是，不可能吧！

「你有看清楚他的長相嗎？他有沒有什麼特徵？」安禮心急的問。

「我不知道他長什麼樣子，我只看到一個模糊的影子，一個高大的黑影。」蓓蓓強調：「但是，我真的認識他。我是說，我覺得我認識他。」

聽到蓓蓓這些相互矛盾的論點，安禮不由得頭痛起來。然而，當看見她的眼睛，漆黑、原始而純粹，他不得不相信她。看著沉默許久的安禮，蓓蓓不由得感到忐忑不安。

誠實是好的嗎？她真的能相信他嗎？或者……

「除了這些以外，妳還有看見什麼嗎？」安禮又問。

「沒有了，」蓓蓓搖搖頭：「就這樣而已。」

「那好，」安禮說：「我想討論的是，那蛇是蓄意攻擊她嗎？或只是一個巧合？」

「這……」

安禮開始分析：「如同千語所說，蛇攻擊她的那天是滿月，而妳看見的是，月亮打開一個缺口，而蛇掉了下來。倘若她是剛好在那，而遇見了蛇，這只是個隨機的巧合。這月圓的景象和千語受傷是同一個晚上。」

「這倒是真的……」蓓蓓思考著他的話。

「然而，倘若千語是牠原先的目標，那這蛇可能已先跟蹤她，或潛伏了一段時間，伺機而動，所以蛇很有可能在月圓之夜前就掉了下來。」

「是的。」蓓蓓逐漸明白他的觀點。

「從蓄意攻擊的點開始，我們必須問為什麼。原因可能有以下幾種：第一，千語身上有特異體質，所以蛇會在咬她後達成目標。第二，我們都可看到她手臂上的羽毛，假設這蛇在她體內產卵、或其他東西，而每個月圓之夜，這蛋會成熟、或什麼的，就像母親子宮裡的胚胎。當時機到來，這嬰兒會出來，而千語可能會有生命危險。」

「所以，我們得找出破解的方法。」蓓蓓接下去說。

「不錯，但一切都建立在這個假設成立的前提上，」不給蓓蓓喘息的機會，安禮又說：「先撇開這兩點不談，在我的認知裡，蛇一直都是很弔詭的生物。」

「你是指牠很狡滑、很不可捉摸嗎？」

「不只如此，」安禮找了些網路上蛇的圖片：「看看牠們的身體。不只這些，我指的是曲線，與牠們移動的方式。彷彿消融了一切線條，卻又藏有無限的可能……」

「你是說裡面可能藏著鳥，或其他類似的生物？」

「有可能。」安禮說，「這就解釋了她手臂上的羽毛，妳看到的景象以及她的夢境。」

「但為什麼？為什麼那鳥成了一條蛇？」蓓蓓問他，也問自己。

「這很難說，」安禮回應：「也許是誤入陷阱，也許遭到詛咒，或……我們很難全盤了解背後的因素。」

「的確。」蓓蓓說：「還有那捕蛇人，雖然他身上散發著非善類的磁場，為何我對他感到如此熟悉？我是指一種自然、自發的感覺。」蓓蓓試著去描述她的感覺。

「那黑衣人提醒了我一位昔日老友。」安禮說。

「真的？」蓓蓓問：「是誰呢？」

「我現在不能說，這可能是我的推測。等一切結束後，我再告訴妳吧！」

「好吧！」蓓蓓停止了她下面的問題。

「總之，」安禮下了一個簡短的結論：「無論是什麼東西變成了蛇，或藏在裡面，我們必須盡快調查出來，否則千語可能會有生命危險。這蛇是解開一切的關鍵。」

蓓蓓點點頭，說：「我同意，但我無法看見接下來的場景。我只看見那高大的男人把蛇撿去，放在籠子裡……我不知道接下來發生什麼，更不要說他們藏在哪裡了。」

「我們應該回去公園，」安禮提議道：「也許妳會看見其他有利的影像，或我們可找出些線索。」

「現在嗎？」

「不，我是指下個月圓之夜。」

「幾號呢？」

「八月十四號，」安禮說：「我們會去公園查看附近的環境。此外，這月圓也是個關鍵，希望確切的磁場可以啟發妳的眼睛。」

「沒錯。」蓓蓓發現他在這方面相當有經驗。

「現在大約四點半了，」安禮說：「我們去附近餐廳吃個東西吧！」

「好的，但我還沒結束……」

「別緊張，」安禮笑著說：「我可不想第一天就把員工嚇跑！」

蓓蓓也跟著笑了，流盪的氛圍頓時輕鬆起來。

「來吧！我知道間氣氛不錯的好餐廳，晚餐我請。」他把手置於她的肩上，輕輕壓了一下。

一股暖流注入，蓓蓓微微一愣，點了點頭，雙頰泛上淺淺紅暈。

他的笑意更深，不知為何，她不敢與那雙眼睛對視，只裝作忙於收拾自己的雜物。忽然間，又一股暖意自背後襲來，她微微側頭，竟是他為她披上了外套。

「啊！謝謝。」她輕聲驚呼。

「別太拘謹了，走吧。」

他走到門邊倚著，手中逗玩著一串鑰匙。

收拾好後，她快步跟了過去，深怕讓他等待太久。

他關上燈，兩人一前一後，走了出去。

＊＊＊

當喬生醒來時，他發現自己躺在一張巨大的天鵝絨床被上。

這房間的基調是金與黑色，天花板上懸掛著很多紅色燈籠，塑造出低調華麗的氛圍。除了這基本的印象外，他也看見一個大的古董衣櫃，一個有鏡子的象牙白梳妝台，以及兩扇門：一扇紅色，另一扇黑色。

他感到些許頭痛，試著去回想發生的事情：典禮、舞會、辭典、酒，還有……喔！是的，蝸牛。他甩了甩頭，在枕頭旁看見一面小鏡子，他迅速將它拿起來，看著他自己，發現他並不認得自己的臉。他無法回想起過去的任何事，也無法真的習慣那雙新的紫色眼睛。

「主人，該起床了！」

他抬起頭，看見一隻蝸牛從窗戶飛進來，停在他的棉被上。

「今天是您工作的第一天，我建議您早點起床。」

「你是……鬼蝸牛，對吧？抱歉我這麼晚……」喬生揉了揉太陽穴，「你有名字嗎……？」

「沒有。當我被創造時，他們沒有給我名字。如果您能為我命名，這會是我莫大的榮幸。」

「喔，讓我想想……」對於創造新字詞，喬生沒有任何創意可言。「那叫你**鬼**呢？」

「聽起來真不錯。」鬼蝸牛沒有個人的偏好。「我建議您現在梳洗自己，因為待會兒記錄員的交接訓練就要開始。但請別擔心，我會一直陪伴著您。」

「你說的沒錯，我現在就起來。」喬生離開他的床，走向浴室。在打開那扇黑門後，他被那景象驚呆了。浴室中央是露天浴池，而在高高的天花板上，渦旋狀的雲在漂浮著，地板為黑色大理石所製成，散落著百合花瓣。他不知道那花瓣是從天上掉下來，或從地上生成，因為他們看起來相當鮮嫩。此外，水池蒸騰著泡泡，且……

「我真不認為現在是享受美景的好時機，主人。」鬼蝸牛說。

「喔，當然，」喬生答：「別告訴我你會跟著我去洗澡。」

「當然不會。」鬼蝸牛說：「但她們會。」

不知何時，兩位夏娃奴隸已站在房內，手上拿著海綿跟浴袍：「我們是來服侍您的，大人。」

「喔！我……」他的臉迅速紅了起來，「我可以自己來。」

「您是新生的貴族，」鬼蝸牛強調：「當上皇家記錄員的第一課：被服侍。」

「但……」喬生感到遲疑。

「昆汀巴倫正在前往檔案庫的路上。」鬼蝸牛催促他。

「服侍您是我們的榮耀，大人。」她們雙雙跪下。

「好吧。我……」

「去吧！」鬼蝸牛命令一下，她們馬上進入浴室。

「那我不打擾您的興致了！」鬼蝸牛用觸角關上浴室的門。

過了一陣子，喬生穿著浴袍走了出來，她們小心翼翼地跟隨著他。

「來吧，主人，您必須好好的打扮自己。」鬼蝸牛打開衣櫃，裡面展示著很多精緻花俏的衣服。

「這太多了！」喬生說。

「請隨意挑選一件吧。」鬼蝸牛建議。

喬生走向前一步，試著選一件衣服。讓他訝異的是，他發現這些衣服開始流動，從一端出現，再從另一端消失，彷彿有數不盡的衣服似的。

他將手伸進那衣服之流裡，選了一件。

「幫你們的大人穿衣服與化妝！」

「化妝？」喬生感到疑惑，「像女人一樣？」

「像貴族一樣。」鬼蝸牛答。

「是的，大人，」她們一起對喬生說：「請張開雙臂，我們才能為您換衣服。」

「當然。」喬生逐漸適應了新的貴族身分。她們迅速脫下他的浴袍，為他換上新衣。在她們面前裸露身體，喬生試著停止害羞，感到自在。他小心翼翼地觀察這兩位女奴，發現除了她們機械式的動作外，她們手上戴著極細薄且透明的手套。

「為什麼你們要戴手套呢？」在蒸騰的浴室裡，喬生並未發覺。

「我們不能用這骯髒的手碰您，大人。」其中一人答道。

「快！快！快！」鬼蝸牛催促著他們。「沒時間在這閒聊了！你們必須現在就為你們的主人化妝！」它在房內飛來飛去，顯得極不耐煩。

「這裡請，大人。」他們伴隨著他去梳妝台，一位負責上妝，另一位則梳理頭髮。

短短幾分鐘內，他看起來容光煥發、宛如新生。

「我們希望您感到滿意，大人。」她們鞠躬。

「是的，謝謝。」喬生說。

「第二課：別對階級低的人說謝謝。服侍你是她們的榮幸。」鬼蝸牛說。

「服侍您是我們的榮幸，大人。」她們重複說道。

「打掃房間！」

在下指令後，鬼蝸牛打開房門，迅速的飛了出去。

「來吧，主人，我們必須快去檔案庫。昆汀巴倫沒有太多耐性。」

「喔！」在跟著鬼蝸牛的同時，喬生覺得自己的心跳上跳下。昆汀巴倫！上個世紀的記錄員！聽說當昆汀記錄周遭的事件與場景時，他會摒住呼吸、將自己偽裝成背景的一部分，進而達到最精確的紀錄。

「到了！我們快進去吧！」鬼蝸牛未停止飛行，門兩旁的警衛對他們鞠躬。

他們穿過門、越過花園與一個大噴池，走了一個長長的迴廊，盡頭矗立著一扇巨大的石門。這門看起來像本闔上的書，上面畫著一朵碩大的玫瑰，附近並無警衛。當他們接近時，這書自動打開，他們走了進去。

「沒有鑰匙或通關密語那類的事物嗎？」喬生問。

「它嗅得出你，大人。」鬼蝸牛解釋：「你的貴族味道。」

在進去後，短暫的黑暗降臨。同時，鬼蝸牛的眼球亮了起來，指引著他的路途。喬生小心地跟著它，對它的多功能感到好奇。

「我是為您創造的，主人。」似乎洞曉了他的心思，鬼蝸牛說：「不然，您如何在月夜裡書寫呢？」

逐漸地，他們能看見黑暗盡頭的溫暖黃色光芒，當他們踏進光的那一瞬間，喬生再一次的被這大廳的宏偉景象所震撼。

一座金色的水晶吊燈懸掛在高高的天花板上，數以萬計的書頁在漂浮、或是在空中飛翔。地上鋪著胭脂紅的地毯，中間放著一座大書桌，為交錯的樹枝所組成，幾朵豔紅玫瑰生長於中。一位老人站在書桌後，戴著眼鏡，穿著天鵝絨的長袍。

「你遲到了八分又二十五秒鐘。」老人說。

「是的，如果您將我們走過黑暗通道的時間也算進去的話。」喬生道歉：「這都是我的錯，請原諒我。」

「我以為新的記錄員應該會更精準，或是守時。」他用嘲諷的語氣說。

「閣下，一定是因為酒的緣故！」鬼蝸牛試著解釋：「阿葵巴在舞會上對他倒了些酒。您知道的，酒會把人的感官變得遲鈍……」

「夠了！」老人揮了揮手，示意它停止。「你不應該把第一次會面浪費在找藉口上，喬生．班先生。」接著，他向他們走去：「我不必介紹我自己吧，需要嗎？」

「能見到您是我莫大的榮幸，昆汀巴倫先生，上個世紀的紀錄員。」喬生說：「您的名字是一個傳奇。」

「是嗎？」昆汀瞇著眼看他：「定義『傳奇』這字。」

「啊，是的。」喬生繼續說了下去：「當它指向人時，表示一個人有名，是因為某件事做得特別好，就是因為做得太好了，所以這個名字會持續的傳頌著，最終變成一個偶像、象徵或是神似的名詞。」

「正確。」昆汀用銳利的紅眼睛盯著喬生，「但**神**是一個危險的字，小心你用的每個字。」

「是的，當然。」喬生答。

「我一直都覺得有些字的定義不夠精確，也想要再編輯或是重新定義。當然，這是一個漫長的過程，也需要皇后朵拉的允許……但總之，這不是今天的重點。」昆汀說：「今天，你將學習**玫瑰辭典**的基本寫作規則。」

「我會靜心傾聽。」

昆汀往上看，舉起手：「502頁！」

在眾多活蹦亂跳的紙張中，突然間，一張紙有了回應而飛向他。當它停在他們面前時，昆汀示意喬生將它取走。喬生伸出手，但它開始掙扎，彷彿不習慣新記錄員的觸摸。

「他將會是你的新主人！」昆汀命令道。

在聽了他的話之後，這紙放棄掙扎，而喬生順利地取走它。

「讀上面的字。」

年份：玫瑰紀元501年
時間：太陽傾斜角度為45度
天空顏色：埋藏於地底85年的酒紅色
雲量：估約天空表面面積的20%
溫度：38.2度C
降雨量：零
濕度：9%
風向：東／北／東
風速：<0.2

「這是我昨天在仲夏之林寫的筆記。」昆汀說：「第一步，先記下天氣狀況。」

「喔，是的。」喬生對他鉅細靡遺的紀錄感到著迷，「很精確！我還有很多需要學習的事物。」

「但只能在短短的時間內學習。」昆汀嚴肅的說：「身為皇家記錄員，你必須在一個月內巡邏完十三森林，但當然啦，灰燼之林是一個例外。最初，玫瑰律法已為每樣事物分類，並鎖定了人們的意識。每個人都該依照它規定的方式生活。」

「完全合理。」喬生說：「法律就是一切。」

「此外，還有三個重點，」昆汀繼續說了下去：「第一，自然不被玫瑰律法所控制，因此你必須記錄太陽、月亮、星星、海洋等的改變。寫下正確的數據和日期，分析後，定期繳交給皇后朵拉。藉由長期的資訊，你能學習自然的循環，並進一步知道是否會有奇怪的事發生，來確認沒有事情能干擾律法。」

「截至目前為止，每樣事物都保持著美好的平衡，對嗎？」

「是的。」昆汀答：「這樣的成功應該要歸功於我們偉大的皇后朵拉。」

「當然。」喬生全心全意的回應。

「第二，外出探訪是必須的。觀察人們，寫下人們的言語和行為，檢查他們所使用的文字是否符合他們的地位。」

「我已經知道了一些規則。例如，奴隸應該服從貴族，平民必須工作來賺取生活所需。但去查驗他們所用的每個字或句子是否僭越了界限，倒不是件容易的任務。」

「你不需要擔心。」昆汀解釋：「在典禮上，朵拉皇后已經賜與你新的視野。這其中已包括了每個階級所需用到的字量與等級。也就是說，每當人們說話時，你的眼睛會自動在字庫裡尋找，以看他們使用的語言是否符合他們的階級。如果你發現任何奇怪的人事物，必須馬上回報。」

「是的，當然。」

「一個人的層級越高，他就能使用越多的字。較低階級所用的字量有限，所以有些最低等級的殘障是啞巴。」

「你是說他們無法說話嗎？」

「如果他們缺乏思考能力，」昆汀問：「那他們該說什麼？」

「這是一個好問題，」喬生說：「或該說，一個好答案。」

「記住一件事，我親愛的朋友，」昆汀繼續說：「字組成人的意識。一個人只能用被給予的字量所思考或說話，安排這些字的組合，把它們變成句子。例如：奴隸不知道自由或尊嚴等字，所以他們不會生出這樣的概念，來干擾他們的生活節奏。」

「有些人生而為奴，而有些生來為王。」喬生複誦了一條**辭典**裡的黃金律法。

「正確。」昆汀似乎對喬生的記憶力感到滿意。「第三，注意意外或是偶發事件。」

「您是指食人花之類的嗎？或是森林裡攻擊人類的不知名野獸？」

「朋友，告訴我，」昆汀問：「如果你看見一隻狗啃咬貴族，或是一隻狼傷害奴隸，你會怎麼做？」

「奴隸的性命一文不值，」喬生答：「我會試著去幫助前者，不管後者。」

「那你的筆要拿來做甚麼呢？」昆汀嗤之以鼻：「啊，我知道了！你要拿它來攻擊那隻該死的狗？」

「嗯……」喬生陷入短暫的沉默。

「不要干預任何事。」昆汀說：「繼續寫下去。」

「是的。」

「我們的責任是記錄並呈現事實，所以我們沒有權力干涉在我們面前發生的事。」

「當然。」喬生說：「我不該忘記。」

「來吧！我讓你看一些東西。」

崑汀領他走向一扇黑色、簡陋的門，鬼蝸牛小心翼翼地跟隨其後。在打開門後，喬生紫色的眼睛閃爍著驚奇的光芒：不只成千上百的書櫃在他面前展示，碩大的玫瑰莖葉從牆壁長出，而一朵巨大的玫瑰於天花板上盛放，彷彿從上閃閃照耀著。喬生所有的感官都打開了：他能聞到鮮嫩而非古老書頁的霉味，此外，他聽見空中某種不一樣的聲音，無法言喻。更甚者，這寬廣無際的地面如草原般柔軟，而非羊毛地毯。

喬生看著崑汀，等待他進一步的指示。

「我不預期我的繼承人等待答案，」崑汀說：「問問題吧！」

「這房間是……」喬生試著尋找正確的字：「有機的？」

「哈哈哈……」崑汀放聲大笑：「有機！有機！好啊！」

「而這聲音……」喬生緘默了，他很少找不到正確的字去形容。

「就像你說的，這房間是有機的。」崑汀開始解釋：「這地面是豐饒肥沃之土，而這些葉子為古老書頁提供氧氣，所以歷史不會腐壞，會繼續活下去。」

「氧氣？」喬生無法停止去想擾亂他心思的聲音：「它們是……呃，你是說，它們在呼吸嗎？」

「是的。」崑汀繼續：「這些書是過去世紀的的古老篇章。每個書櫃都放有一套完整記載一個世紀的**玫瑰辭典**。其他未裝訂的書頁為定義、修正、或附件等。那裏有些空的書櫃，其中一個預留給你，其他的則預留給未來的紀錄員。當你開始編纂**玫瑰辭典**時，你可以參閱這些舊資訊。」

喬生又看了一眼這疊資料，感到有些暈眩。

「別擔心，」似乎看穿了他的心思，昆汀說：「你可以召喚書之精靈的幫助。此外，對於有字的書也要小心，它們格外沉重。」

未等喬生的回應，昆汀拍了兩次手，此刻，一個瘦弱的矮人從覆滿葉片的牆壁間跳出，他的頭看起來額外巨大，耳朵下垂，眼睛大而無神。這矮人一見到他們，便深深地鞠了個躬，幾乎呈現九十度角，但小小的身體承受不住，他竟往前直直倒下——

也幸虧這柔軟的地面，連個「蹦」聲都沒發出。

「咳咳。」昆汀清了清喉嚨。

「抱歉……」他費了好大的力氣才又站了起來：「看看我，我真是個蠢蛋！」

「是的，」昆汀補充：「你是。」

「我誠心誠意的道歉……」在站起來後，他馬上向喬生自介：「您一定是我的新主人！我是馬維斯，書之守護者！」

「很榮幸見到你，馬維斯。」喬生說。

「這是他的榮幸。」鬼蝸牛補充。

「馬維斯已經在這裡好幾個世紀了！或許這是他沒被換成年輕矮人的緣故。」昆汀咕噥著說。

「對於這所有的書，您是說我可以尋求他的幫助？」喬生問。

「他有鑰匙，可以打開所有的書。此外，他也能給你你需要的資料。」

從他虛弱的外表來看，喬生很難相信他的能力。

「好啦！你已經見過這一切了，現在，我要教你其他寫作細節。」

「請等等！」馬維斯抗議道，「昆汀大人，我尚未真正的向新主人介紹這裡。」

「你會有很多機會的。」昆汀說：「回去工作吧！」

「是的，我的主人。」馬維斯鞠躬。

喬生看了他最後一眼，覺得有些事物寫在他大而無力的雙眼裡。但他那時並未想太多，因為昆汀已引他和鬼蝸牛走上另一條路。

第五章　玫瑰，玫瑰，我愛你

半圓形的大陽台上，一台金色推車被緩緩地推了出來。

推車上放著一個大的半球銀色罩子，直徑約100公分。

周圍一片沉默，只待侍者把罩子拿開。

但是，侍者在禮貌性的90度鞠躬後，就走開了。

陽台中央，只剩那銀色罩子，在陽光下閃爍著耀眼的光芒。

突然間，那罩子自己彈跳而起，滾落到地面上，裡面的小小人站了起來。

他的臉與身體比例各占一半，臉的形狀呈現梯形，頭上長了幾根紅色頭髮，肥胖臃腫，眼睛被擠成一條線，嘴巴不過是兩片肥嘴唇，臉頰上散列了大大小小的黑色肉疣，耳朵細長，有氣無力的垂吊在臉部兩側。他的脖子幾乎看不見，因為下巴直接貼在胸前。至於他的下半身，則是呈現倒三角形，也就是說，他幾乎是一個稜形，一個不完美的稜形。

「哈哈哈哈哈哈……」銀鈴般的笑聲打破了沉默：「太好笑了！實在是太好笑了！」她笑得幾乎直不起腰，肚子也跟著痛了起來，一邊喘氣、一邊拍著桌子，說：「我快不行了！他的長相……喔天啊，怎麼有人長這樣子啊？真是笑死我了！」

她，就是十三森林最美的女人，皇后朵拉。

她的雙眼如清晨的海洋般湛藍，細緻的鼻子、象牙般的雙頰，以及她那櫻桃小嘴，早已迷倒了幾乎一票男性權貴。金色大波浪捲髮垂到細腰，耳朵上的水鑽流蘇閃閃發光。雙頰由於過於興奮而泛起桃紅，豐滿雪白的胸脯一上一下，她今日身著紅色羅緞禮服，裙襬散落於地，恍若波浪的皺摺，更強調了她的曲線。

一聽到她笑，大夥兒也紛紛跟著笑了起來，一時之間，笑聲此起彼落，如石子一般打在那畸形人身上；而那人因為臉部過於肥胖鬆垮，五官幾乎擠壓變形，很難看清楚他的表情是什麼。

「來吧，」朵拉說：「讓我瞧瞧你的本事。」

「雜耍。」他說。

「好了就開始吧！」

只見那人右腳提起，從背後抽出一條黑繩，「唰」的一聲，在他的頭頂、手、右腳上各出現一顆七彩的球，不停的旋轉著，每當球的旋轉速度變慢，或者即將落下時，他就再「唰」的一聲，將那球導入正軌。說也奇怪，他雖然外表蠢胖，手腳卻十分靈活俐落。接著，他再抽了一下，三顆球變成六顆，六變成九，同時，頭上的球跑到手上，手上的跑到腳上，腳上的往上跳到頭上。

突然間，他舉起他的手，「啪」的一聲，那九顆球在空中碰撞、並交纏了一會兒，在他的頭上爆炸，於空中開出一朵碩大的黑色玫瑰，那花隨生隨死，瞬間凋零，彩帶掉落的滿地都是。

「無聊，」朵拉冷冷的說：「砍頭！」

一聽到這個命令，那人跌坐在推車上，繩子從手中滑落，表情依舊呆板，而左右兩端的衛兵馬上把他推了進去。

在等待下個餘興節目到來前，朵拉不禁把手伸向水晶雕花瓷盤，吃了塊放在上面的草莓奶油糕點，順便啜了口柑菊茶。

這是皇后朵拉的下午茶會，在她房外的露天大陽台舉行。明顯地，像這樣的小型聚會，只有較親近的貴族才能受邀。在她左邊坐著來自藍石之林的公爵與伯爵夫人們。其他貴族與琉璃精靈們坐在她的右側。再過去則是吟遊詩人與宮廷樂師，末端則排排站立著衛兵和女傭。而阿葵巴——

阿葵巴呢？

當朵拉喝完茶，正想向阿葵巴抱怨節目內容時，這才發現他不見了。平常他總像影子一般的跟著她，現在她左看右看，卻不知道他跑哪去了。

「朵拉皇后，」一位捲髮的伯爵夫人說：「這是個多麼令人喜悅的茶會！即使看一些蠢蛋耍把戲也是種樂趣。」

「他們的確是蠢蛋！」朵拉嗤之以鼻：「但我可不覺得有趣。」

「令人尊敬的朵拉皇后，」一位有濃密鬍子的公爵說道：「您千萬不要為他們生氣，因為蠢蛋都沒什麼想法。」

「別提了！」朵拉又拿起另一片酥餅，輕咬了一口：「至少他們沒破壞了我的食慾。」

「朵拉皇后，」一位尖耳朵的雀心精靈說：「您是萬物之女神，冒犯您的人將會在地獄裡腐爛！」

「說的好啊！太棒了！」朵拉大力鼓掌，其他人也紛紛鼓掌，雖然有些人並非心甘情願。

「我很好奇阿，阿薩密斯，」大鬍子公爵向精靈悄聲問道：「你什麼時候把自己的舌頭練這麼靈活？你是喝了蜂蜜或糖漿嗎？我以為精靈都很冷酷，也不喜於阿諛奉承！」

「您讓我更好奇阿，伯納公爵，」阿薩密斯說：「一直以來，我都是喜愛誠實更勝於蜂蜜，說真話難道錯了嗎？」接著，他瞄了眼伯納的大肚子：「此外，我也對自己的體態相當注意，這也是另一個我不吃蜂蜜的證據。」

「你……」伯納相當生氣，不單單只是他的話，還有他那無懈可擊的美麗外貌。當他打算說些甚麼時，捲髮的伯爵夫人正對他眨眼睛，接著他聽見了朵拉的聲音。

「阿葵巴！你剛剛去哪了？」

「女皇陛下，」阿葵巴向她鞠躬：「我已為您帶來最好的三位神射手，表演接下來的節目。」

「好吧！」朵拉警告他：「他們最好技藝超群，或至少俊俏迷人！」

「令人尊敬的皇后，」阿葵巴保證道：「您不會失望的！」接著，他鼓掌了兩次，「好戲上場！」

三位弓箭手走到場地中央，一個接一個，全都攜帶著巨大的弓箭。他們身材高大、體態強健，藍色雙眼、咖啡色捲髮與自信的神態使之成了全場焦點。此外，他們分別在右上臂有著不同的刺青圖案：獵犬、豹、與黑鷹。

「令人尊敬的朵拉皇后，見到您是我們的榮幸。」他們鞠躬。

「很好。」朵拉看起來相當滿意，微笑著說：「你會為我們帶來什麼？」

刺有獵犬的弓箭手從衣服內拿出三個大蘋果，說：「朵拉皇后，無論您將它們擺在哪裡，我會一箭將它們全部射下。」

「你是說……一次射下嗎？」朵拉問。

「是的。」

「真有趣！」朵拉說：「阿薩密斯，你來決定吧！」

「尊敬的朵拉皇后，這是我的榮幸。」阿薩密斯把右手放在左胸前，微微鞠躬。接著，他環顧四周，想了一會兒：「我提議……伯納公爵的頭上！」
「什麼？」伯納幾乎被他剛喝下的茶嗆到，他忍不住大叫：「我抗議！朵拉皇后，我……」
「阿薩密斯，親愛的，」朵拉說：「我不認為伯納的頭頂大到可以放三個大蘋果。」
「是不行。」阿薩密斯說：「但他有兩隻手。」
「哈哈哈……」一聽到這個不合常理的答案，朵拉大笑：「你從哪來這麼瘋狂的想法？他怎麼可能在一箭內射下三個蘋果！」
「我行！」獵犬神射手自信的說。
「喔？」朵拉的好奇心被激起：「那試看看吧，伯納。」
「他一定是在開玩笑！他怎麼可能一次射下三個蘋果！」伯納十分焦慮。
「所以我才叫你試看看嘛！」朵拉說。
「但……」伯納非常擔心，咕噥著：「光是一個奴隸也可執行這項任務啊！」
他的夫人坐在他身旁，非常瘦小，看起來也相當焦慮。她想為他說些話，卻不知道怎麼說。
「來吧，伯納，這只是個遊戲。別太認真。」朵拉說：「你應該也知道，我沒有太多耐心。」
「如果我傷了你一根頭髮，伯納公爵，」獵犬說：「您可以殺了我！」
「好吧……」伯納不情願地說。他狠狠瞪了阿薩密斯一眼，發現他正啜飲著一杯果茶，看起來十分享受與放鬆。
「讓我來吧。」阿葵巴走向獵人，拿了三個蘋果，走到伯納身邊，輕輕地放在他的頭與手上。
「你可以開始了！」朵拉說。

獵犬神射手開始往後退，一步、兩步、三步與四步……他每退一步，伯納的眼睛就睜大一點，心跳也快了些。當他退到二十步遠時，他忍不住叫了出來：「喂喂喂！等一等！你打算去哪裡啊？」

「安靜！伯納，別破壞了遊戲！我正看得津津有味呢！」朵拉說。

伯納現在汗流浹背，額頭也冒出汗珠。他的身體些微顫抖，因為他嘗試著去控制發抖的身體。假如這蘋果從頭上或手上滾下去呢？這該死的蘋果！該死的遊戲！但他不能讓蘋果掉下去，如果它掉下去了，他就會毀掉這遊戲，這遊戲最後也會毀了他！他絕不能冒犯到皇后朵拉，他必須取悅她。此外，他也必須，那是什麼字來著？復……

「咻！」一支箭直接射向了他，他無法呼吸，他的眼睛仍然睜得大大的，但他的視線卻是模糊一片，因為他短暫失去了知覺。

奇怪的是，在「擊中」伯納頭上的蘋果後，這箭轉了個彎，穿過他手上的兩顆蘋果。看見這情景，每個人都呆住了。在短暫的沉默後，觀眾爆出響亮的掌聲，也將伯納從出神的狀態中喚醒。

「我……我……」他將自己摸了個遍，發現那箭已經著地，而三個蘋果也已被串成一排。

「伯納，伯納，親愛的，你還好嗎？」公爵夫人問。

「噢！我還好！我……」他整個人放鬆下來，反而不知道該說什麼。

「伯納！你太誇張了！我早就告訴過你沒事的！」朵拉說。接著，她讚賞地看著獵人：「做得好啊！你做得真好！」

「感謝您的讚美，令人尊敬的皇后。」獵犬射手說：「從我們五歲起，我們就接受射箭與各式捕獵技巧的訓練。」

「你的箭怎麼能轉彎？是一種特技嗎？」朵拉感到好奇。

「我親愛的皇后朵拉，」他解釋道：「我是獵犬射手。我的箭追尋獵物的氣味，雖然它有範圍的限制。」

「多遠？」

「不超過一百步即可。」

「很好！很好！」朵拉十分開心：「賞你一千塊金幣。」

「令人尊敬的朵拉皇后，我的感激不勝言語。」獵犬再度鞠躬。

「那你們兩位呢？」朵拉問剩下的獵人。

「朵拉皇后，」刺有獵豹的獵人拿出一枚金幣，說：「把我的雙眼蒙起來，將這硬幣拋到空中，我可射穿它的中心。」

「真的嗎？」朵拉感到好奇：「你可以閉上雙眼打獵？」

「一位好獵人應該有敏銳的眼睛，」他微笑著說：「以及耳朵。」

「好。」朵拉下令：「阿葵巴，試看看吧！」

「當然，皇后陛下。」阿葵巴鞠躬。

阿葵巴走向他，用一條厚實的白毛巾蒙住他的雙眼。在檢查過他的眼睛是完全蓋上後，他拿走硬幣，轉過身，突然間，他向空中拋出一大把硬幣！每個人大吃一驚，摒住呼吸，時間於頃刻之間凍結，而獵豹以迅雷之速拉弓，從背後直接射出箭——

「唰！」

一切都在電光火石間發生。當所有的硬幣都掉到地上，只有一枚金色硬幣被釘在天花板上，閃閃發亮。
「阿葵巴，你在做什麼啊？」朵拉惱怒道：「如此一來，我如何得知哪一枚是獵人的金硬幣呢？」
「請看仔細些，我的朵拉皇后，」阿葵巴解釋道：「落在地上的硬幣都是銅所製成的。」
「啊！」朵拉又驚又喜。她站了起來，要親自去查看這些硬幣。當她走路時，開叉的裙擺讓她如絲綢光滑的腿若隱若現。
「是真的！」她嬌媚一笑：「阿葵巴，你永遠都帶給我驚喜！」
「小事一樁，我的朵拉皇后。」他微微鞠躬。
「很好！你聽得出金幣和銅幣的不同？」朵拉問。
「純金聽起來像是夏日的夜鶯，且音調高了兩階。」
「真是讓人驚豔的見解！」朵拉感到欣喜：「賞你兩千塊金幣。」
「這是我的榮幸。」獵豹鞠躬。
「那你呢？」朵拉再次看了看他右上臂的圖騰：「黑色老鷹？」
「請叫我黑鷹吧，我的皇后，」他微微鞠躬。
朵拉注意到他比其他兩位獵人還高，所以當他鞠躬時，她仍然比他矮。
「你這次會射下什麼呢？」朵拉問：「天上的太陽嗎？」
「這世界上我唯一射不下的，我的皇后，」他回答：「就是那天上的太陽。」
「你還真有自信啊。」朵拉不得不注意他那英俊的外表，以及男性的氣概。
察覺到朵拉微妙的情感，伯納公爵瞥了眼阿薩密斯，但看不見他臉上有任何表情。

「是的，皇后朵拉，」黑鷹說：「只有自信才能造就一位好獵人。」

「那就表演給我們看吧！」朵拉緩緩走回王座，坐了下來：「或讓我們開開眼界！」

「如您所願。」黑鷹鞠躬：「我能射下那看不見的事物。」

「喔？」朵拉催促：「說下去。」

他拿出一隻死兔子的耳朵：「把它藏起來，我就能射穿它。」

「是嗎？」朵拉說：「拿來我瞧瞧。」

阿葵巴依照她的吩咐行事，接著，黑鷹轉過身，面對陽台外面。

「全都把眼睛閉上，除了阿葵巴。」朵拉下令。

沒有人敢偷窺，但他們都豎起了耳朵聽著。一分鐘，兩分鐘，三分鐘，五分鐘過去了，除了彼此的呼吸外，只剩微風拂來、樹葉輕擺的沙沙之聲。

「睜開你們的眼睛。」朵拉宣布。

一個個睜開了雙眼，他們盯著黑鷹看，，好奇他是否真能找到死兔子的耳朵。

他緩緩地轉過身來，但眼睛仍然緊閉。

「你在等什麼呢？」朵拉說：「射下那耳朵吧！」

在短暫的沉默後，他睜開雙眼，問：「您確定嗎？皇后朵拉。」

「是的。」她的嘴角上揚，浮現惡作劇般的笑意。

「那好吧！」他將箭搭在弓上，瞄準阿葵巴：「恐怕您會失去您最忠誠的僕人。」

「啊！」在場的每個人都震驚了，因為他們知道阿葵巴是個獨特的象徵，他特殊的地位僅次於皇后朵拉，而傷害阿葵巴的人也將「在地獄裡腐爛。」

朵拉臉色微微一沉，語調也變了：「這……這是什麼意思？你要殺了阿葵巴嗎？」

「他已吞下這兔子的耳朵，唯一的方法，就是在他肚子上挖個洞。」黑鷹解釋。

「如果你傷害阿葵巴，你應該知道，自己也活不了吧。」

「是的，」她點了點頭：「我知道。」

「不錯！」朵拉說：「它的的確確在他肚子裡了！」

聽了這番話，場面開始騷動，每個人議論紛紛起來。

「安靜！」朵拉不耐煩地說。

「您的話語是金子做的，令人尊敬的皇后。」黑鷹放下他的弓箭：「我已無憾。」

「當然，」朵拉微笑道：「你怎麼知道它被阿葵巴吃下肚呢？」

「我用我的心追尋獵物，皇后朵拉。」他向她展示黑鷹的圖騰：「這代表暗黑裡的視野。」

「很好。」朵拉點頭：「賞你三千枚金幣，然後……帶他去沐浴！」

一聽到這項宣告，大家都知道，他將成為朵拉的新寵臣！

有時候，朵拉會從茶會或其他場合揀選相貌英俊的男子，與她共度春宵。短則一夜，最長者有三個月。對象下至平民，上至貴族。在進入皇后的香閨前，男子必須先行沐浴或清潔，塗抹特殊的香膏，並穿上精緻的衣服，接著才能送到她床上。正常而言，在皇后對一位男性感到厭倦後，她會換另一位男性，或寧願自己入眠，因為她不喜愛長期和同一位男子上床。然而，還是有些例外，像是阿薩密斯，對她而言，他就像是時不時可讓人品嘗的甜點。

「這是我最高的榮耀，皇后朵拉。」黑鷹單膝下跪，並把右手放在胸前。

「接下來還有什麼節目？」朵拉問阿葵巴。

「舞樂飛鏢，以及……」

等不及阿葵巴說完，朵拉揮了揮手：「夠了！結束吧！我想休息了，等等我要和我的獵人共進晚餐。」

她似乎對自己的新「獵物」感到心滿意足。

「當然。」阿葵巴微微鞠躬，慢慢護送著她離開。所有貴族都起身，接著，樂師奏樂，結束了這場茶會。

在目送她離去後，僕役們清理桌面，打掃地板，貴族們則開始紛紛議論。

「好啊！朵拉皇后又有新愛人了！」伯納公爵對夫人萊絲莉說。

「的確，」萊絲莉說：「但朵拉皇后喜怒無常，總有一天，阿薩密斯又會成為她的愛人。」

「就因為他和皇后朵拉上了幾次床，他就以為他會是未來的國王！」伯納生氣地說。「別妄想了！」

「噓……」捲髮女爵泰瑞莎暗示他別再說下去。她用扇子半遮著臉，低聲說：「無庸置疑，現在你的地位高於他，但假如他有天真成了國王呢？你沒看他今天甚至拿你開玩笑呢！」

「我真討厭這些高傲的精靈！我必須復……」當精靈們走過他身邊時，伯納住嘴了。他們這該死的美貌！走起路來，也該死的優雅！阿薩密斯瞄了他一眼，說：「再見，伯納公爵，祝福您有美好的一天。」

「再見，阿薩密斯，」伯納譏諷地說：「我希望你喜歡今日的獵人秀。」

「不能再更棒了，伯納公爵，」阿薩密斯微笑：「看到您因為蘋果受到驚嚇真是全新的體驗。」

「你……」再一次，伯納太生氣了而說不出話來。

「再見，萊斯利夫人、泰瑞莎女爵，我祝福您有美好的一天！」萊絲莉和泰瑞莎點點頭，對他禮貌性的微笑。在問候過所有人後，阿薩密斯和他的同儕們一起離去。

「走吧！伯納，別把你自己降到他們的層次。威靈頓公爵已邀請我們一起晚餐。我要回家換上另一件禮服。」萊絲莉說。

「萊絲莉說的沒錯，」泰瑞莎說：「另外，我不認為阿薩密斯會成為國王。皇后從未和任何一位男子定下來。」

「這些低級的精靈！」伯納抱怨道：「好吧！我們就回家！穿上妳那醜陋的洋裝，讓妳的胃塞滿一堆食物和酒！」

「放鬆！放鬆！」泰瑞莎試著用扇子為他搧風：「威靈頓公爵已為你們準備了最上等的魚子醬和烤羊排。」

伯納沒有回答，但他從靈魂深處詛咒著他：「等著吧，復仇很快就會降臨！你將再也看不見明天的太陽！」

＊＊＊

在回到房間之後，朵拉坐在一面大鏡子的梳妝台前，邊框鑲著金色玫瑰莖幹。當然啦，皇后的房間是豪華而精緻的。高高的天花板上垂掛著水晶吊燈，房間的基調為奶油白與淺粉紅，裝飾著些微金色線條，顯示出古典的風味。她古董式的床寬敞而柔軟，房內永遠都瀰漫著玫瑰香氣。此外，她也有一個大衣櫃，展示著數不盡的衣服可以挑選。房間中央置放著一個精巧的圓形餐桌，鋪以蕾絲桌巾，上面擺著酥餅、水果與酒。

她房內有三扇門，一扇為通往走廊的出口，一扇為舉辦茶會的陽台，而另一扇，則是祕密之門。

「恭喜！朵拉皇后，您已為今晚挑選了一位英俊而年輕的情人！」阿葵巴一邊道賀，一邊遞給她象牙梳子。

「他是很英俊。」說也奇怪，朵拉聽起來漠不關心，她似乎更在意鏡中的影像：「你覺得我漂亮嗎？我額頭似乎多出了一道皺紋……討厭！」

「令人尊敬的皇后，」阿葵巴說：「您是王國裡最美麗的女人。您的臉龐光亮平滑，因為我在上面看不見一絲皺紋。」

朵拉似乎感到欣慰：「我的珊瑚牛奶快喝完了，我每天都要喝一杯！」

「當然，皇后朵拉。」阿葵巴說：「我會叫哈利盡快提供貨源給我們。」

「如此一來，」朵拉的音調變得柔和：「當我們再見面時，他才會愛上我。」

「我知道。」

她梳完了頭髮，阿葵巴接過梳子，置於桌上。她起身，走到那扇秘密門前，打開，走了進去。裡面同樣是個半圓形的大陽台，因為特殊的魔法結界，那裡看不見日出或日落，卻被永恆深邃的星空籠罩著。

「噠─噠─啦啦啦─」朵拉不自覺的輕跳進陽台中央，開始旋轉起來：「我永遠記得他摟著我跳舞的方式。」

「我知道。」

「來，跟我一起跳吧！」朵拉慫恿著他。

阿葵巴一邊握著她的手，另一手禮貌性的摟著她的腰，開始跟著跳了起來。

「你跟他完全不一樣阿，阿葵巴，」朵拉咯咯的笑了起來：「你很溫柔，他卻很粗暴，像是要把我拉進毀滅性旋渦似的那樣抱著我轉——」

「我知道。」

「我的心被扯碎了。」

「我知道。」

「但我第一次知道什麼是真正的痛苦與歡愉。」

「我知道。」

「賽加洛，這是他的名字。」

「我知道。」

「幾百年來，我和上百位男子上過床，但我的唇卻仍是處女之地。」

「我知道。」

「他留給我的，就是一朵紅玫瑰。」

「我知道。」

此刻，從天空深處，輕而緩慢的，落下晶亮細碎的星沙，恍若冬夜初雪，安靜無聲，一朵漂浮的紅玫瑰，在他們眼前出現。

他們停下舞步，一起觀看那朵玫瑰。

「唉，」朵拉離開阿葵巴的懷裡，輕輕撥弄著那朵漂浮玫瑰：「我記得他的名字，他對我說過的話，他跳舞的方式，他送我的玫瑰，但是-」朵拉沮喪的說：「我卻不可能想起他的臉。」

「是的，除非那段文字回來。」

「但是，法亞卻無論如何也不肯告訴我，我氣得弄瞎他的右眼——」說到這，朵拉聲音低了下去，似乎要解釋她自己的行為：「其實，假如他不要這麼堅持，我一定讓他過著貴族般的生活，我要的只有那段文字！」

「我親愛的皇后，」像看穿她的心意似的，阿葵巴說：「這不是妳的錯，我知道他曾經有恩於妳，但權杖在誰手裡，歷史就是誰的，即使他的意識不受玫瑰辭典操控，他也該認清楚自己的處境，服從統治者；此外，我們讓他活著，已經是莫大的恩典，而我們所要求的，不過就是那段屬於賽加洛的文字，這並不過份啊！所以，您也不要太自責了。」

聽了這番話，朵拉臉上出現一抹虛弱的笑容：「我知道，謝謝你。但是……」她的笑容又自唇邊隱去：「有什麼辦法可以讓他給我們那段文字呢？或告訴我們它在哪裡。目前看來，法亞改變心意的機會太小了……常常，我都有不好的預感，會不會他也被消除了關於我的記憶呢？倘若如此，他再看見我時，會愛上我嗎？他到底長什麼樣子、或變成什麼樣子了呢？我根本無法找尋賽加洛，因為，就算他站在我的面前，我也認不出來！」朵拉變得焦慮。

聽到這裡，阿葵巴陷入了短暫的沉默。

「而且，」她的目光從玫瑰身上移開，凝視著他：「六百年過去了，他還活著嗎？」

他願意做所有的努力，緊抓住任何渺茫的希望，只要能讓她快樂起來。

倘若，她對於他的記憶是共舞，那麼——

「叩！叩！叩！」

聽見敲門聲，朵拉悲傷的思緒似乎被分散了些。

她挺起背、抬起下巴，緩緩走進房間；阿葵巴則小心翼翼地跟在她身後，迅速關上那扇祕密之門。

「進來吧！」

一位侍女走了進來，鞠躬：「女皇陛下，神射手黑鷹已經完成沐浴，他正在飯廳等候您晚餐。」

第六章　裂痕

六點四十五分。

蓓蓓再看了看她的錶，她覺得時間過得真慢。到底是誰說時間跑得飛快呢？他一定不知道等待的滋味。她從皮包裡拿出一面小鏡子，並照了照鏡子。她覺得緊張，因為這是她第一次上妝。希望……希望他會注意到，但假如他沒注意到，只專注在千語的案子上呢？她不敢上濃妝，只畫了畫眉毛，上了淡淡的眼影。她擦了護唇膏而非口紅，因為這讓她感到較為自然舒爽。她是為他上妝嗎？她不確定，因為她根本不確定自己的情感。但對於她而言，他是相當迷人的，不是嗎？他總是如此溫和有禮，此外，她喜歡他那謎樣的微笑。在那背後隱藏著什麼嗎？有唐太太這號人物嗎？或者……？不知為何，她總認為男人最完美的年齡是在三十多歲，一個跟她差不多年紀的男人，也許第一眼看起來很亮眼，但他們的談吐總讓她覺得無趣。但是，當然啦，也許他們從未試著去討好她。她仍舊仰慕年長的男性，他們有經驗也有風度，即使他們大到足以當她的父親。

父親。

當想到這個名詞，她不自覺地顫抖了一下。但為什麼呢？現在是八月，一年裡最熱的一個月份……有可能嗎？在夏季時感到寒冷？「夏天」，這樣一個美好的名詞，應該和一切可愛的事物做連結，例如海灘、藍天或比基尼。但「父親」這個名詞帶來什麼呢？「那裡」？她不知道她的生父是誰，只知道她的繼父是一個中產階級，工作狂和酒鬼，常常都不在家。而她的生母，又胖又粗壯，似乎對她懷有天生的怨恨。她得不到和她兄弟姊妹一樣的待遇，例如，她不能在家裡用餐，因為她的母親認為，她「生來就很骯髒。」也因為這個原因，她被迫一天洗五到六次澡，卻還是達不到她母親所謂「乾淨」的標準。童年時期的她，因為她的皮膚過度清潔，所以她大部分的時間都在塗抹膏藥，但她的手足們卻可在野地裡打滾，或是玩堆沙堡。

當她是小孩子時，她常常問自己為什麼，因為身邊沒有人可以讓她問。有時，她會自己做出些荒謬的結論，是因為她平庸的外表嗎？也許她的母親認為她是醜陋的。事實上，她並不像她的兄弟姊妹們一樣漂亮，特別是他們有咖啡色的頭髮，她的黑髮讓她顯得格格不入，也因此，她總是被稱為「怪物」。總之，她的相貌特徵一定和她那未曾謀面的父親有關。她的母親從未談論過他，她的家庭也從未討論過他，似乎他不曾存在過。她假設他已經死了，但她的眼睛，以及她的內心深處，都告訴她他還活著。

她時不時下意識地在人群裡尋找她的父親，擁有深色眼睛與頭髮的年邁男性總讓她眼睛一亮，但她的瞳孔依舊保持沉默。對於她而言，這不是一項緊急的任務，假如他們真的見面了，她該說什麼呢？嗨、哈嘍、你好嗎？她會原諒遺棄她的他嗎？又或者，他從未請求她的原諒？最重要的是，他也有這麼一雙特別的眼睛嗎？如果是的話，那他一定了解她部分的孤獨吧！他……

「蓓蓓！」突然間，有人拍了拍她的肩膀。

「噢……嗨！」當沉浸在自己的思緒裡時，她並未馬上回應安禮。

「妳在想什麼呢？我已經叫妳好幾次了！」安禮微笑道。

「喔！抱歉，我有點分心了。」

「為什麼呢？妳在思考千語的案子嗎？」

「並不是……」她的臉紅了起來：「我沒有想到千語。」

「那麼……有什麼困擾妳的事？」
看著他誠懇的雙眼，蓓蓓覺得很難對他撒謊：「不知道為什麼，我突然想起我的父親。」
「為什麼？」安禮問：「你很久沒見到他了嗎？」
「事實上，我從未見過他。他只是我心裡一個模糊的影像。」
聽見這番話，安禮忍不住為她感到遺憾。她是如此年輕而脆弱，且在她這個年紀的女孩，應該要忙著約會、挑選漂亮洋裝、或學習化妝……談到化妝，她今晚看起來有點不同：她的眼睛閃閃發亮，她的唇也是。是因為月光嗎？還是……？
出自於一股衝動，他手放在她的肩上：「妳的母親沒告訴妳任何關於他的事嗎？」
感受到他的溫暖，蓓蓓深深吸了口氣，搖搖頭：「沒有，每當我提到這個話題，她就大發雷霆……最後，我就不再討論這件事了。」
「妳連他的名字都不知道嗎？或……？」
「不知道……我媽媽沒告訴我任何事。她說我瘋了，我整天都有奇怪的幻想，而我繼父才是我真正的父親。」
「那麼，」安禮感到好奇：「妳怎麼知道他不是呢？」
「這很明顯，我和我的兄弟姊妹看起來就長得不一樣……」無意識間，她輕輕地碰了碰自己的頭髮：「另外，當我小時候，有一次，我無意間在房門外聽見他們的談話……」
「妳聽見什麼？」
「我媽媽在哭泣，她說她很後悔有了我，她應該在我還是嬰兒時就把我掐死，我是一個邪惡的種子……

接著，父親試著去安慰她，我猜他那時還是清醒的……他說他會為我在這個家保留一個位置，即使我不是他真正的女兒！」

「噢！」安禮忍不住輕嘆。一方面，他對這女孩感到絕大的同情，他想說些什麼，卻不知道該如何表達。另一方面，不知怎麼的，「邪惡的種子」這字眼再一次提醒了他那張臉：一張男人的臉，男人的臉上有野獸般的眼睛。

突然間，蓓蓓的瞳孔轉動了些，她看見一個男人，在安禮的……

「你想到誰了嗎？」

「不，為什麼這樣問？」安禮覺得這不是個討論「他」的好時機，因為她是一位如此可憐的女孩子。畢竟，他們不可能有所關聯吧！在這世界上，有數以百萬計相似的眼睛……

「蓓蓓，我為妳感到遺憾。但我要妳知道，一個人可以獨立於她的原生家庭，也應該要這麼做。妳是特別的，蓓蓓，妳年輕、漂亮、又獨一無二，這是最重要的特質，我懷疑為何妳的母親無法了解到妳的天賦，如果妳的生父夠幸運，認識妳本人，他會後悔當初的決定……最重要的是，妳的過去不等於未來，向前看吧！」

蓓蓓的心靈被啟發了，她的心在跳躍，雙眼發光……多麼美好與鼓舞人心的一席話啊！重要的是，**漂亮**。她從未料想到這個形容詞可以運用在她身上，因為多年來，她一直都只是個棄子。

「我不知道該說什麼……但我會銘記於心的！」

「是的。」安禮用肯定的語氣說：「記住，我只是在說實話。」

蓓蓓以害羞的笑容回應：「你用過晚餐了嗎？」

「我只吃了一些麵包，」他從袋子裡拿出些東西：「我幫妳帶了個三明治和牛奶。」

「喔！您人真好。」蓓蓓說：「我只吃了些水果，我不太餓。」

「妳應該多吃些，我必須說，過瘦的女孩並不吸引人。」他對她眨眨眼睛：「別被海報上的模特兒騙了。」

不知道為什麼，蓓蓓直接聯想到她自己那小小的胸部：「喔，我……我知道我並不那麼吸引人……」

「哎呀！」他覺得他可能已經說了些刺傷她情感的話：「抱歉，請別誤會我…我只希望妳能多吃點，飲食要均衡。」他把牛奶遞給她：「至少喝些牛奶，好嗎？」

「好的，」她接了過去：「謝謝你。」

他們一起坐在公園裡的長椅上，夏日微風拂過她的髮梢，撫平了她的憂傷。一邊喝牛奶時，她覺得眼前的景象十分美麗動人。公園中心為一座小鐘塔，整體粗略分為三個區塊：娛樂區、籃球場和樹的區域。外圍由磚塊鋪成，上面可供行人散步。另一陣涼爽的風吹來，她能看見樹葉翩舞，並聞到紫丁花的香氣。

「今晚的月亮真是明亮，」安禮說：「真的很亮啊。」

「喔，是的，」她抬頭看，發現月亮格外的圓滿、明亮……「而且很大？」

「比平日的還大。」安禮用嚴肅的語氣說：「有些事即將發生。」

月亮裂開的影像又在她面前閃過。那蛇，那熟悉的陌生人，以及千語的手臂讓她輕盈的心情變得沉重起來。

「你有什麼新發現嗎？」蓓蓓問。

「上次我剪下一小根千語的羽毛，接著我做了些研究，並去詢問我的一位朋友，他認識這世界上數以萬計的鳥類。」
「然後呢？」
「他說雖然這羽毛看起來很普通，但從纖維構造與材質來看，這世上並不存在這樣的鳥類。」
蓓蓓倒抽了一口氣，沒有說話。
「他的話加強了妳的論點，我指妳看到的影像，那蛇來自月亮。」
「但……」蓓蓓感到猶豫：「我是有看到這個影像，但那只是推論而已。」
「我相信妳。」安禮問：「難道妳連自己的眼睛都不相信嗎？」
「是的，當然。」看著他堅定的眼神，蓓蓓希望不要讓他失望。
「然而，我們不應該假設這蛇住在月亮裡。」
蓓蓓忍不住地笑了：「不然的話，這可是科學上的重大發現。」
「牠有翅膀……為什麼牠有翅膀呢？」安禮站了起來，開始走路：「那綠色，不，祖母綠般的眼睛……我希望我能親眼見到！」
蓓蓓抬起頭來，再度看了看月亮，希望能看到更多影像。
「月亮……」安禮也抬起頭來：「或許它是一個通道？」
「通道？」
「是的。」安禮解釋：「透過月亮，牠『掉』了下來，或『飛』進地球。」
「你是說……」蓓蓓說：「有另外一個世界？」
「這有很大的可能性。」

「你之前有處理過類似的案子嗎？」

「嗯……並沒有。」安禮沉思道：「到目前為止，我們只處理過在這現實世界的案子，只是有時牽涉到時光旅行，所以我們需要特殊才能的人。」

「我們現在應該做什麼？」蓓蓓感到好奇：「繼續等下去，然後看會發生什麼事嗎？」

安禮看著月亮：「妳看見這月亮吧？這又大又亮的圓月，對吧？我想今晚會發生一些事情。只是……只是需要多一點耐心。」

喔是的，她知道，因為大部分的傳奇故事，或稀奇古怪的事件，都會在月圓之夜發生。但會發生什麼呢？另一條蛇？鳥？或更多的犧牲者？那男人會再出現嗎？啊，她那時看見他在和牠說話，他說了些什麼？他能說蛇語？或者，牠會說人話？現在幾點了呢？為什麼她又再度感到寒冷？

「記得我上次提到的高大男人嗎？」蓓蓓問：「不知道他和蛇說了些什麼？他能和牠溝通嗎？」

當她第一次提起那男子「能和蛇溝通」時，他並未想太多，直到現在他才了解她提出了多麼關鍵性的論點！那男子……一個有野獸般眼睛的男子！

「我……我的確認識一個人，他在這方面天賦異稟。」終於，他決定要揭露「他」一點點。

「你是指會說動物的語言嗎？」

「我不會這樣說。」安禮解釋：「他有一雙特別的眼睛，像是面黑色的鏡子。」他並未說「就像妳的一樣」，以避免她過度的聯想；此外，他們的眼睛也不盡相同。

「眼睛？」蓓蓓感到困惑：「它們和語言有相關嗎？」

「嗯，」安禮回答：「我是指，他的眼睛能反映出人們最深處的祕密，並和他們溝通。」

「但是，安禮，」蓓蓓強調：「那是條蛇。」

「是的。」安禮說：「動物也是。他能感受牠們的痛苦和歡愉，知道牠們最底層的祕密和慾望。」

「你是說這蛇有祕密嗎？」

「有可能。」安禮說：「他就像是位敏銳的獵人，他可以追溯、或被人們的暗黑過去所吸引。」

「所以……他可能是我所見到的那個人？」蓓蓓問：「他在哪裡呢？」

「好問題。」安禮說：「我們也找了他好久了。」

「什麼？」蓓蓓有些震驚：「為什麼？怎麼說呢？」

「說來話長。」

「說來聽聽吧！」

「現在還不是個好時機，蓓蓓，」安禮說：「當時機到來，我會告訴妳。」

她點點頭，不再追問；接著，她從皮包裡拿出一本小筆記本，打開它。

「我剛剛素描了這間公園，標上不同的區域。你看看，就在那裡。」

蓓蓓指向十一點鐘方向：「當千語被蛇咬時，她就坐在那張長椅上。」

安禮瀏覽了她的筆記本，走向那張長椅：「我們來看看附近的區域。」

蓓蓓快速地跟著他，一起仔細檢查了茂密的草叢。而是的，就像千語說的，燈光非常明亮，所以她不可能看錯。在尋找時，蓓蓓覺得這草一直讓她的腿發癢。過了一會兒，他們沒發現任何奇怪的東西，只有一些蟲（這讓蓓蓓小聲尖叫起來）或是無用的垃圾。

「千語的手臂有什麼變化嗎？」蓓蓓問。

安禮停下手邊的工作，從袋子裡拿出兩張照片：「這一張，眼熟嗎？」

蓓蓓看了看：「這是第一張照片，我是說，這是我們第一次看見她的照片，對嗎？」

「是的。」他接著給她另外一張：「這一張，她今天早上寄給我的。」

「啊！」雖然看起來很相似，這愈發豐厚的羽毛卻狀似一隻大鳥的翅膀。

「可憐的女孩……」蓓蓓說：「她還好嗎？」

「但願如此。」安禮說：「在e-mail裡面她沒講太多……我早上寄給她一些餅乾和茶包。希望我們能找出真正的原因，讓她恢復健康。」

是的。蓓蓓在心裡想著。他們必須為她做點什麼，或拯救她，在一切都太遲以前……

「那男人……」蓓蓓忍不住又再度提起他：「這蛇是為他而來的嗎？或他把蛇從另外一個世界召喚而來？」

「以前，他沒有任何召喚惡靈或是生物的能力，」安禮說：「但是現在……我不確定。」

短暫的沉默降臨，他們一起走出草叢，坐在長椅上。

「現在幾點了？」

「喔，大約晚上九點半。」安禮看了看他的手機：「時間過得真快！」

他們繼續觀察著月亮、人群、或是附近的環境，並開始討論起來。然而，每件事看起來都很正常，沒有特殊的景象出現……公園裡的人越來越少，並且變得越來越安靜。氣溫變得越來越低，他們甚至聽到遠處傳來狗吠聲。一個小時、兩個小時過去了，蓓蓓也越來越睏……她打了好幾次哈欠，最後，她把自己的頭靠在他的肩上。

「我可以小睡片刻嗎？」

「儘管睡吧！」安禮說。

「如果有什麼事發生，請叫醒我……」

「當然。」他輕輕地拍了拍她的頭，彷彿在安慰一個小孩子。

她不確定她是否真問了這個問題，或是安禮回答了她，因為她已經沉入夢鄉。感到她的氣息吹在他臉上，安禮的胸臆間鼓盪著奇怪而強烈的情感。他拿出一件薄外套，蓋住她的肩膀。他第一次見到她，她看起來似乎是無助的，她的柔弱將他擊倒了。然而，部分的她是強悍的……多麼奇怪的混合體啊！而她的眼睛，融合著天真與未知的黑暗……他著迷了。她是如此年輕，而他的年紀幾乎是她的兩倍，但他們之間卻沒有代溝……而她的唇，喔那雙唇，之前他沒注意到她的雙唇，一直到今晚……為什麼它們看起來如此美味而閃亮呢？一定是月亮的緣故，這大而奇異的月亮，這特別明亮的月光！所以，怪在月亮身上吧！月光下，她的雙唇看起來……似乎它們渴望被親吻。

他低下他的頭，親吻了她。

片刻之間，月亮打開一個缺口，蓓蓓消失了。

鐘塔上的鐘正指向午夜十二點。

＊＊＊

從鬼舌之林到黑烏，一個人必須經過下娃、盜光、千夜和百花四大森林。然而，在第三天時，哈利就已經抵達百花之林，因為他知道捷徑在哪裡。此外，他走路很快，幾乎沒發出任何聲響或東張西望，彷彿對所有的路已經了然於心。至於她，§1539762，雖然她已經卸下盔甲，只能使勁地在特定距離內跟著他，因為她又累、又渴，且受了傷。

一大片花海延伸到視野的極限，在她面前飄搖擺盪。甜美繁複的香味將她捲入漩渦裡，讓她的思緒分心……突然間，一陣疲軟襲來，她頭暈目眩，「蹦」的一聲，跌倒於地。

聽見聲音，哈利停了下來，轉過身子。

「抱……抱歉……大人，」她哀求道：「請可憐我吧！我又餓又渴……我們可以休息一會兒嗎？」

他從衣服裡拿出一瓶水和一塊麵包，丟到她身邊：「妳有五分鐘。」

「謝……謝謝你！」看見食物和水，她太興奮了，一時之間，說不出更多話。她試圖坐起來，抓住它們，大口地喝了半瓶水，並狼吞虎嚥了那片麵包。

哈利走到附近的大石塊，坐下，觀察著她。

水從她的嘴巴流到脖子，再往下到她的胸膛，有些則滴在她的腿上。她的胸脯若隱若現，且凸顯了出來……那大而美好的曲線使她看起來性感且深具魅力。而她的腿，喔那雙腿，它們不胖也不瘦，長而比例勻稱。

「妳還是處女嗎？」突然間，哈利問。

她的眼睛睜得大大的，嘴巴塞滿了水和食物，無法發出聲音。過了一會兒，她迅速把它們吞下去。

「請問您說什麼？大人。」

「妳聽見了！§1539762，」哈利提高音量：「我說，妳還是處女嗎？」

「喔……」她以較低的音調回應：「是……是的，大人。」

「證明給我看！」

緩慢而順從地，她解開自己的衣服，並往下拉一點點，露出胸部的右上部分，上面刻著一朵小小的紅玫瑰。

處女的標記！

在陽光下，他能看見從她肩頸往下到胸部的美好線條。她的皮膚為淺古銅色，而這朵小小的玫瑰看起來像一個吻，一個粗暴而細膩的吻。

他再也無法抗拒她身體的誘惑了！他跳了起來，衝向她並將她撲倒。他粗暴地褪去她的衣服，令人迷醉的美景在他眼前開展：她的頭髮如黑色長河般流洩，嘴巴半張，恍若一顆水蜜桃；特別是她的胸部，它們看起來像是奶油蛋糕，或是糖霜布丁，上面鋪著黑巧克力，等待他盡情享受。他閉上雙眼，狂野地吻遍她的全身。

「嗯……」她發出些聲音，卻不敢太大聲。雖然他的嘴巴聞起來有怪味，她卻不掙扎也不反抗，因為她只是一名奴隸。奴隸應該要順從且忠誠，這是法律明文規定的。

「好啊……喔，真棒……」他呻吟著。片刻之後，他粗野地張開她的大腿，撕裂她的底褲；她的「祕密花園」被一層厚厚的毛所覆蓋，看起來像是層寡婦的面紗。一陣特殊的氣味從那底下傳出，勾引著所有的男人。他很難看清楚所有的面貌，因為它被這麼厚的毛髮所覆蓋著……他想要把這層毛撥開，揭露這層面紗，並看得更多……處女的祕密花園到底長什麼樣子呢？以前，他曾經拍賣過一些漂亮的女奴，但她們很少是處女……這些低等生物！她們懶惰、無所事事，整天只知道交配！他應該要給她們更多任務，讓她們忙得團團轉！可惜法律沒有禁止她們交配；不然的話，想想處女的價格！一個處女，特別是貌美的處女，可值至少十顆珍珠！

……等等。

當想到價格時，哈利清醒了些。假如他強暴了她呢？她的價格會從天堂掉到地上。而是的，她美麗的外表，以及她那大上一倍的鎖風石或許能賣個好價錢，但這和處女可不能比啊！一旦她的祕密花園被他蹂躪過後——一根手指頭或一個吻都不行，因為她的玫瑰印記會消失，而沒有任何方法可以畫上第二朵！這一次，他必須要好好賺上一筆！不然的話，他就無法升職。反之，烏鴉的首領亞伯，可能會把他貶職。

「唉！」看見眼前這片謎一樣的花園，但他卻不能前進探險……他感到相當沮喪，特別是他現在對她有強烈的慾望。他渴望去佔領這片處女之地，流著純蜜與奶之地……但他必須停止。他現在必須停止看那片風景，以及那美麗而迷人的花園；他必須停止，因為他看得越多，他就會越……

突然間，他站起身來，留她一個人躺在地上，幾乎全裸。

「賤貨！把衣服穿好！」他責罵她：「別試著勾引我！」

「原……原諒我，大人。」她顫抖著，不知道接下來該怎麼做。

「我去那裡幾分鐘，用這些髒衣服把妳自己遮好！然後在這兒等！」他想起附近有條河流，他必須去讓自己清醒一下，平息自己的慾望。

「是的，大人。」她虛弱的說。

在他離開後，她終於覺得較為放鬆。她穿上衣服，撕下衣服的一角，把它當作底褲。身體上的傷仍然讓她感覺疼痛，而一小塊麵包無法減緩她的飢餓……她忍不住又躺回地上，呼吸著那些奇花異卉的香氣，看著蝴蝶四處飛舞……這動人美景讓人難以相信剛剛發生的事。她希望這和平的一刻可以停留久一點，哈利可以晚點回來，因為她不知道接下來會發生什麼……

突然間，她摸到一個小而堅硬的東西。

她把它拿了起來，發現它是一個圓球狀的白色物體，約手掌的1/4大，很輕，外殼布滿了絨毛般的小刺，看起來像是個蒲公英。她感到好奇，仔細地觀察了它一會兒，卻依舊看不出它是什麼；於是，她試著去捏它，剎那間，那殼裂了一個洞，往上噴出一團亮白煙霧，她嚇了一跳，馬上坐起來。

當煙霧散去，只見半空中出現一朵盛開的花，純白、無垢、潔淨，如同無風的月亮，籠罩在靜謐的光芒中。接著，第一片花瓣掉了下來，又跟著掉第二片、第三片……這些花瓣有特殊的清香，溫暖而熟悉，彷彿很久、很久以前，她就已經聞過這樣的香味。

就在此刻，她感到右耳下的數字正在刺痛她，奴隸的標記正在燃燒，直達靈魂深處。她開始全身顫抖、冒汗；然而，那被燒傷的痛苦彷彿永無止盡，要把她整個人完全撕裂、摧毀似的。她在地上不停翻滾，忍不住而放聲尖叫。就這樣掙扎了好一陣子，不知道為什麼，一小束光亮照進了她黑暗的內心，帶給她前所未有的歡愉。儘管如此，她還來不及去品味這樣的喜悅，隨之而來的，是翻江倒海的頭痛，像是有人拿把電鋸割她的頭。她雙眼緊閉，希望能避免這樣的痛楚，但這是不可能的，因為她的腦內有些東西爆炸了，不斷拉扯她原有的語言與意識，並且很多都被扯斷、鬆脫……但，接著，有幾個字慢慢地、慢慢地浮了上來。

那些是什麼字呢？

她仍然還在風暴的中心，但，就像是最有耐心的孩子一樣，她坐在岸邊，等待風暴平息，且所有的字都浮現、排列整齊後……接著，她小心翼翼地念了出來。

「星野．瑪德蓮娜．安．莎夏」。

這是她的名字。

沒有人告訴她，但是，她就是知道。

「星野．瑪德蓮娜．安．莎夏」。

她再低聲念了一次，彷彿她正飲著瓊漿玉液，撫慰了她的舌頭，止息她的渴望，接著，滲透到她的骨骼與血液裡，並從背上長出強而有力的翅膀，戴著她不斷地往上飛升、飛升……最後衝破意識表面，她睜開眼睛，發現手上有一枚枯萎的花瓣。

她的身體充盈了新的力量，新的血液在體內奔騰……她站了起來，眼睛異常清亮，感到健康且精力充沛，彷彿古老的傷痛已被治癒，而，喔，「自由」是她學到第二個甜美的字。

「走吧！」不知何時，哈利已經回來。

莎夏看著他，不發一語。

哈利覺得有些奇怪，看著她的眼睛，發生什麼事了嗎？

「走吧！」他的音調提高一些。

「不要。」她安靜的說。

什麼！她……她說什麼？他不敢相信自己的耳朵，剛剛到底發生什麼事了？他從未見過一名奴隸反抗他的指令！不可思議……一個最卑賤的奴隸竟敢破壞規則！她……她應該被凌遲致死！

「我說**走！**」哈利決定再試一次。

「我說**不要**。」她回答。

「好吧，」哈利冷冷的說：「那妳就只有死。」

她微微一笑，轉身，如弓上之箭那樣飛奔了出去。

這下子，哈利是連自己的眼睛也不敢相信了。回顧這些日子，他知道她早已筋疲力盡，特別是她滿身傷痕，所以她只能勉強跟著他的背影……怎料到她一下子就風馳電掣地跑了起來？

「可能嗎？這……」他沉思道：「這廣大的森林裡，有如此神奇的療癒之花？眾所皆知，這片土地以奇花異卉聞名。即使如此，她也不可能有用藥的知識。此外，該如何解釋她態度上的轉變？」

一抬頭，他發現她已經跑得很遠了。

「可惡！」他低聲詛咒著，開始追趕。

跑啊跑啊，跑啊跑啊，莎夏不敢回頭，她也沒空去理會腳下是否有陷阱……她只是一直跑著，感到風吹在臉上，而花海如燈火流轉。不是為了追趕獵物，也不是為了達成使命，而是為了一生一次，獲得自由的機會。

不知道過了多久，她還是繼續跑著，耳邊只有呼呼的風聲，以及心臟跳動的聲音；漸漸地，她的體力有些不支，四周景像變得模糊起來，她感到口乾舌燥、頭暈目眩，停了下來，雙手雙膝著地，不停地喘著氣，並稍作休息。

過了好一會兒，她抬起頭，這才赫然發現，眼前竟是萬丈懸崖！

「我很好奇，」背後傳來哈利的聲音：「妳是要跑到哪裡去？」

莎夏冒出一身冷汗，不停顫抖，她掙扎著站了起來，慢慢轉過身，面對他。

只見他拿出那把細長的薄刀，在陽光下閃爍著晶亮的光芒。

「這把刀，只拿來割割網子太浪費了。」他舔著那把刀，笑著說：「我一直想拿來割其他東西。」

一步、兩步、三步……他每前進一步，她就後退一步，眼見就要被逼近懸崖邊緣。

「可惡啊！」她在心裡咬牙切齒的想著。此刻，她的身上沒有任何可以攻擊、或防禦的武器，但是她不想放棄！她一定要復仇！她一定要贏！即使同歸於盡，她也**絕對不能**放棄！

當這個念頭出現時，她從心底冒出一股莫大的勇氣，義無反顧的往前飛撲過去。

哈利愣住了，他原本預期她會跪地求饒，或是縱身一躍、自行了斷生命，沒想到她卻向他猛衝，使他無法馬上反應過來。

趁著這千萬分之一的空檔，莎夏對準了他的腰際衝過去，奪去他的金色囊袋。

「你……」看清了她的意圖，他氣得說不出話來。

「放我走，我就把它還給你。」莎夏說。

「這……」他迅速在心中計算利益得失。那金色囊袋裡面的戰利品價值連城，倘若遺失了，簡直是一場災難！但是，他居然被迫要和一個奴隸妥協，這……這簡直荒謬！

「如何？」莎夏緊抓住那個囊袋，一步一步後退到懸崖邊：「不然，我就抱著它往下跳！」

「好吧。」他沉靜的回答。

看他回答得如此爽快，莎夏更提高警覺：「你把刀子丟過來，後退十步，轉過身去，數到一百。」

「好啊！妳這奴隸……」

聽見他的嘲諷，莎夏高舉那袋子，作勢要將它丟掉。

「好！好！」他投降了，把刀丟到她身邊，並照她所說的做。

莎夏全身緊繃，盯著他的一舉一動，怕他會玩什麼花招。

「一、二、三、四……」

她撿起那把刀。

「五、六、七、八……」

她把囊袋放在地上。

「九、十、十一、十二……」

她轉身，準備要跑。

「啪！」的一聲，她的背部被什麼狠狠擊中，使她整個人滾落在地。

再一次，「啪！」，她翻過身去，感到背部極度疼痛。

「呵呵……」他邊笑著邊向她走來，手上拿著藤條：「多麼天真啊！奴隸！想和我作交易？我可是天生的商人！」他又揮鞭子抽了她幾下，打掉她手裡的刀子。

莎夏的頭在旋轉，嘴角出血。

「好了，」哈利重新揮鞭，那藤條居然綑住她的身體，凌空將她捲了起來，「現在，遊戲即將結束了。」

莎夏盡最後的努力掙扎著；她猛烈地甩頭、踢腳，似乎不願意投降。

「奴隸就是天生的輸家！放棄吧！」哈利大聲嘲笑。

當他正要把她拋進懸崖，從她的頭髮裡突然飛出幾粒小石子，打在他身上。

那石子瞬間起火，使他整個人燃燒起來。

「啊——」悽厲的慘叫聲響徹雲霄，哈利鬆開手，莎夏重新掉落地面。

「我以為我把火種放在盔甲裡，」莎夏說：「原來我把它們藏在頭髮裡了。」

「啊——」哈利繼續瘋狂的叫著，他的臉燒焦扭曲，手變成焦黑的枯枝。空氣中充斥著燒焦的氣味，他往前兩步，又往後退了幾步，再一次，他往前一步，接著他滑倒，翻身掉落懸崖。

然後，她聽見懸崖間迴盪著他的聲音。

他的聲音逐漸遠去，最後，每件事歸於平靜。躺在地上的莎夏，無法相信她剛打贏了場勝戰！喔，遲來的正義！她為自己報了仇！那下流的男人敢碰她的身體！他該死！長久以來，不只是她，他也一直迫害著她的族群。這是嶄新的一頁！她被釋放了，且不再是奴隸！現在，她必須回去，她必須回到她族人身邊，宣稱她的勝利！

有了這樣的想法，即使身受重傷，她還是設法站起來，撿起薄刀和袋子。她把那花瓣和刀子放進袋子裡，然後把袋子放進她的衣服裡。

她往前走，渴望尋找水源或芳泉。風吹拂在她的臉上，把她頭髮吹得飄揚起來。她的心感到雀躍，因為到處都是香甜奇異的花朵；美景一幕幕推展開來。走啊、走啊，她持續走了下去。漸漸地，她感到很深很深的倦意，從靈魂底層湧了上來。因此，她隨意挑選一處小草地，躺了下來。

在閉上眼睛前，她注視著那葡萄酒色的天空。

透明，而又呈現淡紫色。

自由的顏色，真美。

＊＊＊

喬生又來到這裡，進行他的日常書寫訓練。

這段日子以來，他已經建立了一套新的生活秩序。清晨四點整鬼蝸牛便會將他喚醒，此時，下娃女奴們已半跪在浴室門口，等候他入浴。一開始，他也是靦腆害羞的，頂多讓她們洗刷他的背部，或是按摩肩膀。但時日一久，他也習慣了。新的眼睛並未禁絕他的慾望，興致來時，便會令她們褪去衣物，煙霧使她們的胴體若隱若現，他會去把玩她們的乳房，有些小巧玲瓏，有些則渾圓垂墜。有時，他會撫摸她們的臀部，經年累月的勞動使她們的臀部十分緊實。

接著，他會依皇室日誌，食用早餐。例如，每個月的十三號，他可吃到一個皇室鬆餅，配上草莓奶油，半隻烤鴨，以及一壺藍莓酒。

八點整他便會準時抵達檔案庫，昆汀要求他先閱讀寫作範本，接著謄寫練習簿。他必須在本周末前做完，因為他下周便會開始巡邏森林。身為一位嚴格規律的指導員，昆汀期望他在短時間內便對所有的流程上手。他等不及要直接進入森林，以那雙新眼睛審視人群，雖則他很「享受」這裡，或者說，他屬於這裡。這些古老的書頁、以文字建構的世界，是其他參賽者永遠沒有機會觸及之處。

「主……主人！有什麼事情需要協助的嗎？」

當他正專注於日常的練習時，小矮人跳了出來問他。

「嗯，」他不喜歡在工作時被打擾，特別是他想讓昆汀留下好印象，或至少達到他的標準：「我很好，不用麻煩了。」

「喔，」他用那大大的眼睛看著他：「如果您需要我的協助，請務必呼喚我。」

「好。」他看也不看矮人一眼，因為他必須在十點前看完這頁，接著，他會休息十分鐘，並繼續做他的練習本。

「謝謝您，我的主人。」矮人鞠躬，緩緩走回書窟。他開始清理牆上樹葉的蟲，此外，他也呼喚其他書之精靈的幫助。它們十分微小，如同螢火蟲般，到處閃爍著光芒。他們一起清出植物無數的洞裡所隱藏的灰塵，並以人造的光填充，如此一來，它們就能依循他們即將演奏的豎琴一起規律呼吸。

不知為何，比起原來的主人，他較喜歡新主人。他喜歡他乾淨的外表，以及那雙紫色的眼睛。為了反映上個世紀的天空顏色，昆汀的眼睛是紅色的。如今，他卻變得越來越老，紅色逐漸褪去，變得透明，讓他的臉看起來更嚴厲。

一開始，他清掃書櫃上的灰塵，這些書櫃是以最上等的玫瑰木所製成。傳說這些樹木生長於百花之林內最尊貴的區域，月光河從旁流淌而過，而鄰近的樹木被自然的月光所滋養。他時不時的以天鵝羽毛拂拭這些書本，有些書很輕，因為裡面只寫了幾個或甚至一個字。有些則很重，因為上面寫著他無法了解的文字符號。雖然他不是文盲，但他被禁止學太多文字。身為書的守護者，或者說，這玫瑰洞窟的園丁，他的義務就是去保護這些書，避免它們受到傷害，以及熟記每本書的位置，如此一來，他的主人便隨時都能獲取需要的資料。他希望他能花些時間，向他的新主人展示這個地方，因為他人生大半的時間都用來守護這個地方，將它整理得井然有序。此外，他也想展示死亡之井，在那又小又暗的房間裡，放了一口又深又黑的井……

斗大的汗珠自他的額頭滑下，他不知道時間已過去多久。在這裡，知道幾點幾分是很容易的事，因為頭頂上那碩大的玫瑰照耀著他。每當一小時過去，一片玫瑰花瓣就落下。它共有二十四片花瓣，在午夜時分，又會長出新的二十四片，因而永無止盡的循環下去。在清掃了這些書櫃後，他開始剪除雜草與葉子，為這些肥胖的牆上植物澆水，噴灑南瓜粉，希冀這欣欣向榮的氣象能取悅他的兩位主人。

「馬維斯？馬維斯？」

此刻他正哼著歌，仍然沉浸在工作之中。

「馬維斯?馬維斯?」

他聽見一個模糊的聲音，不確定那是什麼。

「馬維斯！」

他總算聽見喬生的聲音了，他將桶子和剪刀扔在地上，快速的衝向門口。然而，他的手腳卻太不靈活，因此絆到桶子跌倒了。

「哎喲！」地板濕了一大片，他掙扎著要站起來。

其他書之精靈群聚於他頭上，形成一個圓圈，嗡嗡作響，彷彿在討論或嘲笑他的蠢態。

「馬維斯?馬維斯?馬維斯！」在呼喚了好幾次卻無回應後，喬生決定自己進來。他花了些時間走近馬維斯，因為這書窟太巨大了。

「發生什麼事了?」喬生伸出手，幫助他站起來。

「喔！我……」對於他仁慈的姿態，馬維斯太訝異了，因為昆汀只會站在一旁，或是嘲笑著觀察他。

「大……大人，」他喘著氣，站了起來：「有……有什麼能……能為您……服務的嗎?」

「給我天氣報告、潮汐韻律表、還有每個世紀的森林活動。我是指，從紅紀元到紅紀元。」

「好的，當……當然。」馬維斯鞠躬，對於他的進度感到訝異。地板仍然很濕，他小心翼翼地走著，害怕會再度出醜。

看見這情景，喬生忍不住質疑他的能力。他不想要任何因素干擾他的進度。

「你還好嗎?」他出自於自己的考量而問。

「是的！謝……謝……您的……仁……仁慈。」

「嗯，」看見他踉蹌的腳步，喬生嘆了口氣：「我跟你去吧！」

「喔！我……」當然啦，馬維斯感到開心，但他卻害怕這可能會損害喬生尊榮的地位。他的職責是幫皇家記錄員找尋資料。

「我還有十六分鐘，我不能再耽擱更長時間了。」現在已經下午三點十四分，他計畫要在三點半時回到工作崗位上。

「是的，我……我不該……忘……忘記。」馬維斯說。他加快速度，領他從一個走道到另一個走道，為他取來他需要的資料。到現在他才認識了他敏捷的速度。他似乎對這地方每本書的位置都爛熟於心，他可能看起來很笨拙，在工作時卻十分專業。當跟著馬維斯走動時，喬生又瞥見了這些書櫃：層層堆疊、連延不絕的論述，最初看起來很混亂，似乎又以特殊的秩序排列交纏著。

「我們……我們跟隨星星的軌道。」

「你說這些書嗎？」

「還有這……這些書櫃，」馬維斯向喬生介紹這個地方，這是他一直以來都想做的：「我們……我們的皇后和……和阿……阿葵巴設……設計這個地方，他們……他們以星星的軌……軌道來安排這個圖……圖書館。」

「他們的設計目的是什麼？」喬生原本想問這個問題，卻又對他的結巴感到不悅，因此，他只是點了點頭，假裝不感興趣。

「在……在這……裡。」馬維斯停在一個書櫃前，它看起來十分巍然，無法觸及。

「有……」喬生看了看四周：「梯子嗎？」

「請……請別……別擔心，」馬維斯拿出一把鑰匙，綁著一條銀色的細線：「去吧！」

聽見他的命令，那鑰匙飛向書櫃頂端，開始綁了幾本書。當它綁好後，馬維斯輕輕拉了拉這條線，接著，它在空中飄了起來，就像放風箏一樣。

「還……還有其……其他您……您需要的資料……嗎？大……大人？」

「嗯……」喬生往上看，同時看著那碩大的玫瑰花瓣，以及被綁好的書：「我還有十一分鐘，或許你……帶我四處看看？」一來是因為他沒料到可以這麼快找到資料，二來則是他該利用時間，讓自己熟悉這個地方。

「當……當然，大……大人。」馬維斯等不及要向喬生介紹這個地方。他用破碎的言語訴說這圖書館的歷史與空間設計（雖然他的視野是有限的）。他不只提及書本的安排，還有之前的記錄員：在昆汀之前是卡洛斯．霍夫瑪卡，在卡洛斯之前是奧瑪．辛斯卡，接著……喬生並未告知他在參賽前就已經熟記所有記錄員的名字，而讓他嘰哩咕嚕的說下去，因為他被一個走道盡頭的小暗房所吸引住了。

「那是什麼？」喬生指向它。

「它……它是死……死亡之……之井……」馬維斯加快速度抵達那房間，害怕喬生沒剩下多少時間。當沿著走道行走時，馬維斯又開始介紹那小房間。喬生花了些時間了解資訊：那房間有一口非常深的井，底部燃燒著永不熄滅的死亡火焰，過時的文字、或者從人們夢中滑落的咕噥言語，會被運送到這裡，並永遠的摧毀……

「請……請……」當抵達那門時，馬維斯鞠躬。

喬生推開門，它「喀」的一聲打開了。

他走了進去，聞到空氣中的燒焦味。溫度比書窟高出15.3度，他感到有些燥熱，但這些書似乎對這裡的氛圍更敏感。它們持續來回飛行，拉扯著馬維斯的線，彷彿一直試圖逃跑。

「冷靜些！你們不是來被處死的！」馬維斯對這些書說。直到現在，喬生才發現他的說話能力十分正常。他就像馬維斯早些時候說的，中央置放了一口井，一條又長又粗的繩子從上懸掛，底端綁著一個桶子。他往前走進幾步，想一窺井底。而就在那！當然啦，火正在燃燒著，看起來似乎很焦躁不安。它在滾動、翻轉、跳躍、甚至舞動著！喬生試著尋找適當的文字描述這片刻的印象：2999.99度。深沉的怒吼、靜默的雷聲、以及那渴求更多的飢餓赤焰！美味，或不美味的；可口、或不可口的文字。辣的、鹹的、苦的、酸和甜的文字，全都已經被遺忘！被放棄！

更多，還要更多！

「大……大人……它……」當與喬生說話時，馬維斯又結巴了。

再一次，他花了些時間拼湊整個框架。把文字運送到這裡後，他必須先扭轉這些文字，讓它們從裡面酥軟。每一個字，即使是被遺棄的文字，都有自己的意識。接著，它們會被放在提桶裡，往下運送到火焰之中。那繩索是龍舌所製成，堅硬穩固。桶子材質來自雪女的心，永遠不會融化。此外，在一開始，阿葵巴運來三十萬顆黑鑽石，混合了龍爪的骨灰建了這口井，因而它堅硬而暗黑……

「大人，您在這裡做什麼呢？」一個聲音從背後傳來。

「學習、拓展視野。」喬生說。

「大人，您的工作不是處理字的屍體，」鬼蝸牛說，似乎對於喬生、或者馬維斯的決定感到不悅。

「這不是我的工作之一嗎？知道字的死亡。」

「沒用的字，一開始就不該存在的字。」

此時，在上方飛翔的書開始咳嗽，似乎無法再忍受這行刑室的氣味了。

「好，好吧，」喬生投降：「我只剩三分鐘了，最好開始用跑的。」

「大……大人，真的……真的很抱歉……」馬維斯道歉，對這情況感到內疚。

「是的，大人，提醒您昆汀巴倫大人已經在外等候多時。」

「什麼？」喬生緊張起來：「我不知道他要來。」

一邊這麼說著，喬生一邊跑了出去。

室內變得靜默，只聽見深深的地底烈火滾動的聲音。

馬維斯低下頭去，不敢看鬼蝸牛。

「為什麼你要帶喬生．班大人來這？」

「我……我……我希望要……要……要……」

「夠了！」鬼蝸牛說：「你的職責是維護這片井然有序、欣欣向榮的景象，讓我們大人賞心悅目，而不是向他們展示這片廢墟。」

「是……是的，我……我……只是……」

「再說一個字，我就把你丟到這井裡！」

馬維斯顫抖著，點了點頭；這些飛翔的書也在空中停住，動也不動。

「把書給我。」

馬維斯把線剪斷，綁到鬼蝸牛的殼上。

「現在，回到你的工作崗位上，你最好在一小時內把工作完成。」

「好……好的，當……當然……然。」

第七章　混亂

藍夜低頭沉思了一陣子，終於抬起頭來。

「你看出什麼了嗎？」獵人灰鷹問。

三天前，當他在荒泉之林內打獵時，他聽見附近傳來窸窸窣窣的聲音；直覺性的，他躡手躡腳往前走去，隱身於一棵樹後窺看。而就在那裡，是隻美麗的梅花鹿！獵人的直覺告訴他這是個稀有的品種！看看那發亮的棕毛！此外，牠的角如水晶般閃爍，身上的斑點恍若雪花的影子。牠正快樂的舔著樹上流下來的汁液，渾然不覺即將到來的危機。

灰鷹心中大喜，慢慢抽出背後的弓箭，對準了牠——唰！不料此時，有隻鳥從他眼前竄過，他一個不小心，剛好射在牠舔的那棵樹上，那隻鹿受到驚嚇，拔了腿就跑，灰鷹馬上跟著追了過去。就這樣追啊、追啊、追啊，他不知道他已經跑了多久，就在遠遠的地方，他看見那道雄偉的彩虹，而那隻鹿一直朝彩虹的方向飛奔。

荒泉之林的彩虹，有別於其他森林的彩虹。無論晴天或下雨，它一直都在遠方。只要太陽一升上來，那彩虹會如同旗子一般，隨風舞動。此時，他們已經越過草原、穿過灌木叢、並轉了幾個彎，最後，他們來到一個又深又黑的甬道。灰鷹雖未來過這裡，卻不感到害怕，反而刺激了他一定要得到梅花鹿的欲望。灰鷹推測這應該是百年樹根纏繞而成的通道，他的雙眼被黑暗所遮蔽，只聽見自己的喘氣聲，以及那隻鹿荒亂的蹄聲。

「快了！」就在盡頭，他看見一道微弱的光線，灰鷹心想，也許這是那鹿的窩，到時候就會有更多漂亮的毛皮當戰利品了！

「到了！」一走出甬道，灰鷹閉上眼睛，讓自己適應光線。過了一會兒，當他再睜開眼睛時，他被眼前的壯麗的景象嚇住，張大嘴巴，說不出一句話。

眼前矗立著一棵參天巨樹，樹幹是普通的深咖啡色，但那樹枝卻呈現扇形，左右遠遠開展，而那樹葉由上而下，以顏色分為七層：紅、橙、黃、綠、藍、靛、紫，鮮豔異常，十分茂密旺盛。

直到現在，他才恍然大悟，荒泉之林的彩虹，是長在無人密境的彩虹樹！

灰鷹仍然睜大眼睛、張大嘴巴看著那棵大樹，他沒注意到那隻鹿已經不見蹤影，只是專注於眼前的新發現；而一陣風吹了過來，葉片紛紛跟著飛舞、抖動，沙沙作響。

此時，他又看見繁盛的枝葉間，閃爍著耀眼的光芒；他走上前去，把脖子打直了往上看，瞇起眼睛，想看清楚那是什麼。就這樣看了許久、許久，當他感到脖子與肩膀都很酸痛時，他才赫然發現，那竟然是一隻金色的蟬，正動也不動的黏附在樹幹上。

這次，他先左右張望，確定附近沒有任何飛鳥蟲虫、讓他失手的動物後，他再把手伸到背後，拿出弓箭，瞄準牠，「咻」的一聲，這次十分順利，那蟬應聲落下，掉到地面上，灰鷹隨即將牠拾起，把箭從牠體內拔出，並放到掌心上檢視；那蟬的腹部呈現乳白色，且動也不動，連掙扎的跡象也沒有，彷彿原本就是隻死蟬似的。一方面，灰鷹高興自己至少抓到隻金蟬，另一方面，他不免感到有些奇怪，不知道這隻金蟬代表什麼？因此，他決定來到百花之林的櫻花樹下，向著名的卜師藍夜問占。

「彩虹樹即將倒下。」藍夜說。

「什麼？」灰鷹十分訝異，他的眼前不禁浮現彩虹樹枝葉茂密、欣欣向榮的模樣。

「是的，」藍夜繼續說了下去：「最快三天，最慢七天，它就會倒下，葉子掉的一片也不剩。」

「那是為什麼呢？」

「可能是人為，也可能是天然災害，我無法確定。」藍夜答。

「你把我弄糊塗了，藍夜，」灰鷹問：「那樹跟這隻蟬有什麼關係？」

「這隻蟬是彩虹樹的靈魂，」藍夜解釋：「牠是從樹本身生出來的，你看牠的腹部呈現乳白色，表示牠還不成熟，當牠完全成熟時，牠就會全身變成金色，並且飛走，找尋另外一個地方，把自己埋入土裡，再長出一顆樹。無論如何，原本的樹都會枯死。」

「這……這是為什麼？」

「彩虹樹是棵百年老樹，有某種靈性存在，可以預知有災害降臨在它身上，所以蛻變成金蟬，以保存性命。」

「原來如此……」灰鷹心中覺得不可思議，久聞藍夜的占卜神準，命中率約八、九成，假如他說中的話……

「有什麼不好的事將發生嗎？」他問。

「可能有災難，或只是些變化，」藍夜答：「我不確定。」

「但牠將飛走了……災難可能會降臨在荒泉之林？」

「我親愛的朋友，」藍夜說：「雖然十三森林階級分明，卻彼此息息相關；倘若荒泉之林真發生什麼事的話，我相信皇后朵拉會處理妥當的。」

是的，但自從上次的下午茶會後，黑鷹就尚未回來。雖然他們是雙胞胎，他沒有他任何私人物品。沒有私人物品，就很難占卜。

「你會向喬生稟報這奇怪的現象嗎？」

「眾所皆知，皇家記錄員記錄事實，而非預言。」

「嗯……」灰鷹看起來很擔憂。

「別擔心，」藍夜說：「我們的皇后將王國治理的非常好，因我們已享有如此久的和平時期。倘若它在幾天後真的倒下，喬生會馬上記錄並回報的。」

「是的，當然，」灰鷹將這蟬從他掌中取回：「假如我現在把這屍體埋在土壤中，牠可以長成一棵大樹嗎？」

「沒辦法，」藍夜搖了搖頭：「彩虹樹的靈魂並未完全蛻變成蟬，所以這蟬只是一個有缺口的繭。」

灰鷹心中嘆了聲可惜，倘若這蟬屍種下去可以再長出彩虹樹，也許可以再引來那隻梅花鹿也說不定。

「謝謝，」灰鷹拿出一樣小禮物：「這裡有幾小瓶白烏鴉的血，有暫時隱形的功用，你可能用的到。」

藍夜接了過去，向他點頭示意，而灰鷹站起身來，轉過頭，穿越櫻花簾幕，走了出去。

藍夜占卜之處，是在一座高大的櫻花古樹下，樹幹很高，深黑而細，然而，它卻張開如巨傘，桃紅粉嫩的櫻花生於其上，繁華似海，花瓣如瀑滾落，形成一道天然屏障，把藍夜占卜的場域和外界隔了開來。

「沒想到那壯觀的彩虹原來是棵樹。」綠娃娃說。

「我也十分驚訝，」藍夜說：「這樣一株百年古樹，居然想要遷移……一定有事情即將發生。」

「或許吧。」綠娃娃蠻不在乎的說：「今日問卜的人太多，我餓了。」

藍夜拿起他身旁的茶壺，倒了些牛奶在掌心上：「喝吧！」

綠娃娃從鑲金的紅色毛毯上站起來，優雅的伸個懶腰、梳理自己的毛髮，再舔了舔自己的手掌後，這才緩緩向藍夜走去。她是隻純白的波斯貓，毛質輕而柔軟，一雙如同綠色寶石的眼睛，神祕而高貴；她跳到藍夜懷裡，如同高貴的淑女般啜著牛奶。

藍夜看著她，一邊撫摸著她的毛，一邊以嘲弄的口吻說：「妳還沒忘記在藍石之林的日子？」

「你不也是一樣？」綠娃娃停止喝牛奶，抬頭看著他：「我的主人，我們的體內流著相同的血液。」

突然間，「碰」的一聲，有個龐大巨物掉落在簾幕外的草叢上，打斷了他們的對話。

「怎麼了？」藍夜心中有股不祥之感，他把綠娃娃放到紅毛毯上，衝了出去。

當他走近一看，卻發現那居然是具少女的屍體！

她很瘦小，又白又瘦；長髮如黑紗般罩住她大半個臉，此外，她穿著奇裝異服，因為他從未見過這樣的衣服。藍夜瞪視著她，試圖釐清眼前發生的事情。一個女孩從天而降？這表示什麼？這和彩虹樹有關嗎？她會帶來災難嗎？他應該馬上向喬生或朵拉皇后稟報嗎？但是……皇后朵拉仍然對他感到不滿，且他也已經失去了她的信任！

最重要的是……她還活著嗎？

藍夜蹲了下來，將她頭髮撥開，發現她的臉色蒼白，上面有些許斑點。當他再進一步察看時，發現她還在呼吸，心也還在跳。

「怎麼了？」綠娃娃走出了櫻花樹。

他看了她一眼，知道她一定是十分焦慮，或至少感到好奇；否則，她不喜歡在草地上行走，因為這會

「弄髒」她的腳掌。
「一位女孩剛從天上掉下來。」
「啊！」綠娃娃感到震驚，「女孩從天上掉了下來？」
「沒錯。」
「你打算對她做什麼？」她問。
「慶幸的是，她還活著。」藍夜說。
「或，不幸的是。」綠娃娃說。
「仁慈些！我的小公主。」
「我們不知道她是誰……看看她那奇怪的服裝！她會帶給我們災難！」
「她既無助也沒有防衛能力……我們應該救她！」
「但是……」
他沒有等她把話說完，因為他已將她攔腰抱起，走向櫻花樹：「來吧，在別人發現她之前，我們必須把她帶進去。」
他將她放在樹下，拿了條紫色毛毯蓋住她。
綠娃娃迅速跟在身後，坐在紅色毯子上：「這不是個好徵兆。」
「我知道。」
「你會向朵拉皇后稟報嗎？」
「等她醒來我再看看，」藍夜說：「或許她能告訴我們一些事情。」

「如果皇后朵拉知道你在家裡藏了個陌生人，她會暴怒！」綠娃娃警告他：「這不值得冒險。」

「別擔心，我會在正確的時刻向皇后稟報。」他銀灰色的眼睛如午夜的海平面：「第一，先查出她是誰。」

＊＊＊

「你已經嘗過松露巧克力了嗎？」一位雀眼精靈問。

「哪個松露巧克力？」另一位雀眼精靈答。

「我們大廚昨晚端上來的那道甜點。」第一位回答。

「它們淡而無味，」第二位精靈答：「我偏好藍莓蛋糕。」

「啊是的，」第一位精靈同意：「特別是溶化在我嘴裡的奶油糖霜……真的很棒！」

「就像是少女的雙唇，」第二位說：「我一直都想再來一口。」

「最好再加上一瓶酒！」第一位補充說道。

「或香檳！」

「巧克力、杯子蛋糕！」第三位雀心精靈嘲諷道：「你們是小孩子嗎？」

「啊，我知道了。」第一位精靈說：「你的舌頭太難取悅了！我們皇后的盛宴把你的嘴養刁了！」

「這話說的不公道，魯弗斯，」阿薩密斯說：「我很久都沒去皇后朵拉的宴會了。」

「沒錯……但為什麼呢？」魯弗斯感到奇怪。

「傳言說，她花了大把時間去陪伴新愛人。」第二位精靈艾諾斯回答。

「阿薩密斯，我的朋友，」魯弗斯問：「你不打算採取任何行動嗎？」
「行動？」
「是的！」魯弗斯加重語氣：「贏回我們皇后的芳心啊！」
「但你也聽見了，」阿薩密斯說：「朵拉皇后現在很忙！」
「魯弗斯說的沒錯，」艾諾斯看起來很擔憂：「你是精靈裡最俊美的男子，除了你，沒有人能贏得皇后的寵愛。」
「我不想去打擾朵拉皇后，或當個不速之客。」
「找個藉口啊，假裝你要進貢些珍奇珠寶！」魯弗斯建議。
「你讓我想發笑！」阿薩密斯說：「我可不認為，一件珠寶可以贏得皇后的芳心。」
「如果你不採取行動，那伯納公爵、或什麼公爵，會一直凌越我們之上！」艾諾斯警告他。
「放輕鬆！」阿薩密斯說：「我知道我自己的身分，你們也應該記住自己的身分！」
「但……」魯弗斯看起來十分猶豫。
「真正的皇后不該對任何人忠誠，」阿薩密斯說：「忠誠是奴隸該盡的義務。」
「是的，當然，」魯弗斯說：「我只是關心你的地位。」
「我的地位？」
「你有當國王的潛力！」魯弗斯說。
「國王！」阿薩密斯大笑：「你從哪來這麼瘋狂的點子？」
「魯弗斯是對的，」艾諾斯說：「喬生已抓住了機會，成為皇室一員，你也應該抓住自己的機會！」

「很誘人的提議……但不了。」

「為什麼？」他們同聲問道。

「我屬於這塊土地……看看周圍這片美景！」他們正漫步於白雀之林，這裡的樹葉亮白如雪，樹幹如影子般漆黑。此外，這裡的河流如水晶般澄澈，彷彿這片土地只有兩種分明的顏色。

「黑與白的確是高貴的顏色，」魯弗斯說：「但它們無法和玫瑰紅相比！」

「我們應該除去黑鷹，」艾諾斯建議：「或直接殺了他！」

「為何不直接殺了這王國裡每個英俊的男人？」阿薩密斯笑道。

「說話當心點！」魯弗斯有些惱怒。

「聽著，」阿薩密斯向他們保證：「黑鷹絕對當不上國王，且沒有人能當得上國王。」

「你怎能如此肯定？」艾諾斯問：「我們善變的皇后隨時都可能宣他為王。」

「或者，殺了他。」阿薩密斯說。

「這次，我感到不安，」艾諾斯說：「我是說，我們皇后太久沒有舉辦茶會了！一想到那骯髒的男人……」

突然間，一隻飛鏢直接插進了艾諾斯的右腿。他大聲尖叫，跌落於地。

「什麼！」魯弗斯十分震驚：「你……你還好嗎？」

此刻，阿薩密斯的右肩也被射中；他失聲驚叫，跪了下來。受傷的部位迅速變黑，另一支飛鏢也射進他的背，紅色的血潑濺於銀色的地面。

「阿薩密斯！」魯弗斯馬上蹲下，檢查他的傷勢。

好幾位刺客從黑色的樹木後跳出，全部戴著黑色面具、穿黑色衣服。他們圍成一個圈，一步步向他們逼進。

「誰派你們過來？說！」魯弗斯大喊。

「一……一定是皇親貴族！」阿薩密斯喘著氣說：「低……低階級的人……不可進入……這片土地。」

「他很聰明。」一位黑衣人冷冷地說：「今天就是你們的死期！」

「可惡！」魯弗斯非常憤怒：「如果皇后朵拉知道的話，她會砍了你們所有人的頭！」

「哈哈哈……」黑衣人笑道：「如果。」

「你……」魯弗斯焦慮地盯著他看。他想不出任何防衛的方法，因為精靈的武器是冰做成的劍，也就是說，他們只能在冬天運用這項能力。

然而，他只有一點點時間來思考，因為另一支飛鏢已直直插進他的胸膛；他沒有尖叫，因為他瞬間往後倒了下去。

「魯……魯弗斯！」阿薩密斯的聲音越來越微弱：「在……在我死……之前告訴……告訴我……誰派你來這裡。」

與此同時，坐在地上的艾諾斯試圖拖著身體，去撿一片葉子。

「小心！」一位黑衣人大叫：「他要施行『精靈的耳語』！」

另一位離他較近的黑衣人把他即將摸到的葉子踢走，一腳踩在他手上！

「啊——」艾諾斯慘叫。

「別想玩什麼花樣！」黑衣人加重力道，一時之間，只聽得「喀喀」幾聲，手骨幾近碎裂。

「哈哈哈……」第一位黑衣人再度笑道：「就像我的主子說的：你們只是漂亮、無用的生物！」

「我……我會在地獄裡……詛咒……你！」阿薩密斯說。

「沒錯，」黑衣人回答：「我現在就送你下地獄！」

當他要殺了阿薩密斯時，一支箭射進了他的背，他直直的往前倒下去。

每個在場的人都驚呆了，特別是黑衣人，他們環顧四週，卻看不見一個影子。

「是誰？」一位黑衣人問。

一片沉靜降臨。

空氣中充斥著小型屠殺後的血腥味道。

接著，另一支箭射進了一位黑衣人的喉嚨，沒有半點掙扎，他也往後倒了下去。接著，第二位、第三位……一次一支箭，每一支都精準的殺死一位黑衣人。說也奇怪，這些箭都來自不同的方向，彷彿藏有很多隱形人似的。很快的，地上橫七豎八地躺了一堆屍體……最後，只剩一位黑衣人站著，他忍不住全身發抖。

「你……你到底是誰？」他大喊。

一位男子自空中緩緩現身，讓阿薩密斯訝異的是，他竟是黑鷹！

「有遺言嗎？」他抽出他的箭，瞄準黑衣人。

「誰……誰派你來這裡？」阿薩密斯以微弱的聲音問；這些飛鏢顯然是有毒的，他變得越來越虛弱。

「說！」他拉長他的弓：「給我一個名字，否則，我就射穿你的舌頭！」

「我……我……」黑衣人遲疑了一會兒，拿出幾顆藥丸，一口吞了下去。接著，血從他的眼睛、鼻子、嘴巴流了出來；他抽蓄著口吐白沫，在地上不停打滾、掙扎了好一會兒，最後終於死去。

「這條幸運的走狗！」他嗤之以鼻，收起他的弓。

「為什麼……為什麼你在這裡？」這是阿薩密斯最後一個問題，因為他隨即昏了過去。在闔上眼睛之前，他只看見這高大的男子走向他，以及他手臂上的老鷹圖騰。

＊＊＊

「十九萬八千五百四十二片葉子已經枯死。它們已變成咖啡或深黑泥土，其中有21％的可能性可再種植其他植物，土壤裡還有９％的溼度，11％的鹽分，13％的礦物成分，以及５％的有機物質。奇怪的是，鄰近區域的動植物仍然活躍，所以沒有任何外來傷害或自然災害導致這棵巨樹倒下。腐爛的部分似乎來自樹的內部，因為螞蟻、蟲類、或其他昆蟲已啃咬根部，整棵樹幹由底部至頂端已鏤空……」

「你有先記下這裡的天氣狀況嗎？」鬼蝸牛問。

「有。」

「很好，」鬼蝸牛說：「我希望昆汀會對你的紀錄感到滿意。」

「是的。」

「他是位嚴格、有紀律的導師。」喬生一邊回答，手中的筆並未停下：「在這段時間內，我在寫作上真的取得很大的進步，此外，我也較能把字或短句變成較長的句子。」

「你寫下越多的細節，你就會變成越棒的記錄員。」鬼蝸牛建議。

「我正在努力中。」喬生仍然繼續寫著。

「回到主題，彩虹樹會倒下真的很奇怪。」

「更奇怪的是，我們以前以為它是一道真正的彩虹。」
「這一定表示些什麼，對吧？」鬼蝸牛說：「現在每個人都對荒泉消失的彩虹感到奇怪。」
「是的，」喬生說：「從今天一大早起，這消息就傳遍了。」
「你必須在別人告知皇后前繳交報告，不然的話，她會非常生氣。」
「我知道，」喬生說：「但我們現在必須趕去黑屋之林。」
「狡猾哈利？」
「沒人知道為什麼他消失不見，」喬生說：「有人看見他和一名女奴一起離開。」
「可能是新交易或是拍賣。」
「他真的很擅長這一塊。」他終於停止寫東西：「走吧！我們不該再浪費任何一分鐘在這。」
「沒錯，」鬼蝸牛說：「去黑屋之林要花一天半的時間。」
「來吧，停在我肩膀上。」

接著，鬼蝸牛飛到他的肩膀上。他們討論了很多附近的地理環境；此外，他們也談論到檔案庫的寫作訓練，例如，他的眼睛被矇住、手被綁起來，所以他必須學習用嘴巴記錄。之後，他們也討論到馬維斯，這個害羞、溫和的矮人，整天忙著整理一堆幾世紀的古書。很快的，喬生發覺鬼蝸牛真是一個好助理，他懷疑阿葵巴是否在它體內嵌入聊天裝置，否則，沒有它的陪伴會很無趣。過了不久，他們已經走到仲夏之林，喬生再度拿出他的筆記，開始寫下天氣狀況。

「好熱啊！」他拿出溫度計量氣溫：「39.5度！」
「這還用你說！」

「沒有雨或是風……附近也沒有矮人！」喬生汗如雨下。
「是的，」鬼蝸牛殼上的大紅花朵看起來下垂無力，彷彿快要枯萎：「他們躲在屋內。」
喬生環顧四周，看見這些冰屋被厚重的霜所覆蓋，所以屋內的溫度可以被冷卻。此外，他們的小木屋多彩多姿，有紫色、粉紅、綠色等等，就像是糖果屋。他們時不時看見窗戶上有好奇的小臉打量著他們，或是從窗簾後偷看。然而，這裡的樹沒有葉子，因此到處可見深黑或咖啡色的樹幹或樹枝。
「哈利已經失蹤一個禮拜了！」鬼蝸牛說。
「在烏鴉之間，哈利是最冷靜跟速度最快的成員之一；另外，他總是準時交貨。現在他和這些貨物都一起消失了。」
「嗯……」鬼蝸牛沉思道：「這件事真的很奇怪，畢竟他對鬼舌之林的環境那麼熟悉，更不要說是百花之林或他自己的地盤了！」
「他有可能被百花之林裡未知的野獸所襲擊了？」喬生問：「或是食人植物？」
「有可能，但機率很小。」鬼蝸牛說：「他是個相當謹慎的人。此外，他也有尖銳的武器，可以自我保護。即使他被攻擊了，他一定有帶解藥。」
「到了！」喬生的語調上揚：「邊界河！」
在仲夏之林和黑屋之間有條小河，他們現在要穿越這條小河。
「拿著吧！」喬生把筆記遞給它，鬼蝸牛迅速地用觸角將它捲起來。
接著，他把褲管捲起，一步步地走過這條河。
「好啊！」喬生快樂地說。

當他們抵達對岸，溫度降到13.5度，風速大於8，一陣疾風吹過樹林，樹葉沙沙作響。

「好多了！」喬生深深吸了口氣，看見鬼蝸牛殼上的花朵微微張開與震動著。

在休息過後，喬生飛快寫下當地的氣候狀況，又繼續前進。過了不久，他們來到一棵巨樹下，上面的枝葉茂密，中心嵌有一扇烏鴉印記的門。樹枝間懸掛了好幾盞油燈，門把是一銅環。

「亞伯的老巢，」喬生命令道：「敲門吧！」

鬼蝸牛依照他的指示行事，過了一會兒，門開了一道縫隙，一個小而毛茸茸的臉探頭而出，用小而懷疑的眼神觀察他們。

「是誰啊？」牠問。

「我是皇家記錄員，喬生．班，」喬生說：「我來此調查狡猾哈利。」

「喔！」一聽到他的身分，牠變得非常激動：「歡……歡迎！」

直到牠把門全部打開，他們才看清楚牠是隻疣猴。

「接見您是……是我的榮幸！請……請進！您……您是我們的……貴賓！」

喬生原本打算要謝謝牠，但是他馬上想起鬼蝸牛的提醒，所以他只輕輕地說了聲「很好。」

牠跳了出來，用長尾巴取下一盞油燈：「請……請跟我來。」

關上門後，喬生發現裡面是又長又彎曲的樓梯，似乎無止盡的延伸下去。他們只能跟在這隻小猴子身後，以及牠尾巴上的微弱燈光。

「再……再過一下就到了。」小猴子結結巴巴的說。

終於，喬生看見遠遠的盡頭閃爍著細微的光芒；而隨著距離越來越近，那光芒越來越強烈，而眼前的油燈燭火越來越小。當他們抵達時，那燭火剛好熄滅。

「到了！」那猴子大聲歡呼，而讓喬生驚異的是，裡面真是別有洞天。

眼前是一處高而寬敞的大廳，天花板上以深紫絨布為底，垂掛著水晶骷髏頭。牆上展示著不同年代的錢幣樣式，甚至收藏著皇后朵拉的紀念幣。有些看起來相當久遠、布滿灰塵，有些看起來還很新，閃閃發亮。

「真棒啊！」鬼蝸牛觸角伸得長長的，彷彿在吸收新的印象。

「這裡請。」小猴子領他們到大廳中央，裡面有兩個人正在說話。一個男人站著，另一位則坐著。沙發為酒紅色，而圓桌是象牙白。

「歡迎！」一看見喬生和鬼蝸牛，原本坐著的男人馬上站了起來。「你們是我的貴客！奉茶！」一聽見他的命令，小猴子就為他們取來一個茶壺跟兩只茶杯。

「這是最上等的茶葉。」他為他們倒了些茶。

很明顯的，說話的人就是烏鴉的首領，因為小猴子跳到他背上，用尾巴勾住他的脖子。他看起來很老，頭上有灰白的髮，臉上有很多皺紋跟斑點。然而，他的眼睛深深凹陷，非常銳利，鷹勾大鼻，薄而蒼白的嘴唇，給人一種壓迫之感。他穿著黑色連帽風衣，那猴子正坐在他的帽子裡，看起來相當舒服。

「這也是我的榮幸。」原先就站著的男人向他點了點頭，而喬生一眼就認了出來：騎士之王，左菲士。在十三森林裡，騎士是琉璃貴族，他們經常在林裡策馬奔騰、追逐落日，或是拿著女奴當戰利品，比賽劍術。左菲士身材修長，擁有淺藍雙眼，咖啡色的長髮披落於肩，唇邊永遠帶著一抹驕傲的微笑。他穿著銀色盔甲，身罩深綠色斗篷，胸前刻有劍的圖騰。此外，他是個左撇子，右側腰際配有一把長劍。然而，不知道為什麼，他的右手總是以黑色繃帶纏住。

「真不錯！」左菲士伸手摸了摸鬼蝸牛：「皇后的禮物真別緻。」

鬼蝸牛也以觸角向他們鞠躬。

「坐吧！」亞伯說。

他們一起坐了下來，而喬生馬上切入主題。

「我是為了狡猾哈利而來。」

「我知道。」亞伯說：「我已經派人去調查這起事件。」

「有甚麼頭緒嗎？」

「一如往常，哈利從盜光之林選了好幾位奴隸去抓麒麟魚，他還派了兩位喀圖族青年把屍體搬到玻璃墓園，因為屍臭會影響鹿魚品質，所以屍體不能留在樹下。」

「沒錯。」喬生點頭。

「這裡。」亞伯攤開桌上其中一本簿子，指著其中六串被圈起來的編號，分別是§1536701、§1532834、§1530421、§1530221、§1532000以及§1530668。「我遲遲沒有接到哈利的回報，所以我派人去盜光之林追查。他們是該次狩獵的倖存者，都目睹了哈利用煤油燈救了其中一名奴隸。」

「煤油燈？」左菲士感到困惑。

「因為麒麟魚畏光，所以牠們會避開光線，游回洞裡。」

「嗯……」左菲士陷入了沉思中。

此時，喬生低聲對鬼蝸牛說：「幫我把這整段話錄下來，現在我無法寫筆記，等我回去再做資料整理。」

「好的。」只見鬼蝸牛殼上那大紅耳朵變成藍色，進入了錄音模式。
「知道他救的是哪位奴隸嗎？」喬生問。
「這一位。」亞伯翻到另一面，指著一串以星號註記的號碼。
「你們有查出原因嗎？」喬生追問。
「這很難說，」亞伯答：「聽說這位女奴美豔異常，此外，她也跑得比其他人還快。哈利可能在她身上看到更大的附加價值，或只是垂涎她的美貌。」
「那他們最後看到哈利的地方是在……？」喬生感到好奇。
「鬼舌之林。」亞伯說：「但他們聽見哈利要她跟著去黑屋之林。」
「所以，」左菲士問：「你們找到那名奴隸了嗎？」
此時，大廳內突然傳來「叩叩叩」的敲門聲，那小猴子迅速從亞伯背上跳下，跑向出口，一溜煙就不見蹤影。
「還在找，」亞伯又回到主題：「我們派出大量人手搜尋千夜跟百花之林，但沒任何消息。」
「嗯……」雖然喬生不用為這件案子負責，他還是希望寫下更多細節。
此時，門口傳來一陣吵鬧的聲音，他們四人（加上一隻蝸牛）往同一方向看過去。好幾位彪形大漢把一名女子舉在肩上，向他們走來；在進入大廳後，他們將這名女子推倒在地，此時喬生才發現她的嘴巴被封住，手也被綁起來。即使如此，她還是瞪大了眼睛，不停劇烈地掙扎著。
「大人，」其中一名帶頭的男子鞠躬，並向亞伯稟報：「我們找到§1539762了！」
「什麼！」亞伯聽了十分訝異，連忙站起來，走向前去；喬生與左菲士見狀，也跟著站起來，尾隨於後。

「讓我看看，」亞伯蹲了下來，查看她右耳下的號碼：「這數字……沒錯！太好了！你們是在哪裡找到她的？」

「在百花之林內的一處草地，她當時已昏睡不醒。我們見她額頭上鑲有鎖風石，又再檢查這串數字，就知道她是我們要找的人！」

「那哈利呢？他在哪？」

那名男子搖搖頭，說：「還是沒看到他的蹤影，這名奴隸也不肯說。」

此刻，莎夏還是激烈地掙扎著；當亞伯的手鬆開她的脖子，她用頭猛力撞向他的下巴。

「哎呀！」亞伯低聲吼叫：「真該死！」他賞了她一巴掌。

「真是太奇怪了！」他站了起來，擦去嘴角的血絲，說：「我從未看見任何會反抗的奴隸！」

「的確……」看見眼前這番景象，喬生也感到不可思議。

左菲士不發一語，只用那雙藍眼睛觀察著她。

「把她嘴上的布條拆下來！」聽見亞伯的命令，一男子拆掉她嘴巴的封條。

「放開我！放開我！」她馬上大喊。

「安靜！」亞伯又賞了她一巴掌：「我有話要問妳！聽好！」

莎夏不禁感到頭暈目眩，然而，她甩了甩頭以保持清醒，又繼續喊著：「放開我！你沒有權利……」

在僵持不下之間，「唰」的一聲，左菲士突然抽出他的劍，指著她的喉嚨。

莎夏被嚇住了，停止喊叫，但她卻生氣地瞪著左菲士。

「妳誠實回答我們的問題，我們就讓妳走！」他說。
她沉默的盯著他看，眼裡盡是懷疑與不信任感。
此時，他的劍尖移到壓住她肩膀的那名男子，說：「放開她的肩膀。」
一聽見騎士之王的命令，他連忙鬆手，退後三步；其他人見狀，也跟著後退。
接著，他的劍尖又移回原位，說：「如何？」
沉默了幾秒鐘後，莎夏終於點頭。
「哈利到底在哪裡？」亞伯等不及了！
「他……跌進百花之林的懸崖底下。」莎夏答。
她的話引起一陣騷動，每個人都十分訝異。
「百花之林內有無數斷崖……妳知道是哪一處嗎？」喬生想確認更多細節。
莎夏想了一會兒，搖了搖頭。
「可惡……妳一定知道！」亞伯說：「妳一定是不想讓我們找到他！」
「我真的不知道，當時我……我受傷很嚴重，意識也不清楚……」莎夏辯解道。
「他熟悉百花之林的每塊石頭！絕不可能跌下去！另外，妳為什麼還活著？」亞伯十分懷疑。
「我……我只是暈了過去！我跟他的死無關！」
突然間，在她背後的一名男子走上前來，呈上一個金色囊袋。
「大人，這是我們在這名奴隸身上搜到的物品。」
亞伯接了過去，臉色發白；他把手伸進袋子裡，抓出一堆東西，丟在地上：一些珍奇藥草、藥物、薄刀，還有當然，麒麟魚的屍體。最後，那枚枯萎的花瓣，在半空中打了幾個轉，飄啊飄的，降落在左菲士的腳邊。他彎下腰，將它撿了起來。

「這是哈利的物品！妳怎麼可能拿的到！說！」亞伯不禁發怒。

「我……」莎夏感到遲疑。

「說！」亞伯催促道：「一定是妳殺了他！對吧？」

莎夏依舊沉默著，一旦說出實情，她就必死無疑了。

「算了，」亞伯已失去耐心：「我已經拿到這些魚了！哈利做得不錯，只是很難找到像他那樣的人才……總之，下地獄去吧！」

「你……說謊！說……」身後的男人又再次綁住她的嘴巴和四肢。

「等等，我還有一個問題。」突然間，左菲士蹲了下來，亮出掌心的花瓣：「這是妳的？」

莎夏用絕望的眼神看著他，點了點頭。

左菲士笑了笑，站起來，又拔出他的劍。

「對！」亞伯興奮起來：「殺了她！」

「唰」的一聲，她背後男子個個中劍，手臂被劃得皮開肉綻，血流不止，並哀嚎了起來。

「什麼！」亞伯與喬生同時瞪大雙眼，不敢相信眼前的事實。

再「唰」的一聲，緊綑住她雙手的布條瞬間斷裂，莎夏心中大喜，掙扎著想站起來；然而，她太虛弱了，又半跪在地上。左菲士見狀，連忙蹲下去，將她打橫抱了起來。

「左菲士大人！她……」亞伯說。

「有什麼問題嗎？」左菲士看著他。

「她……我……我……」他的腦袋一片空白。他不知道該如何阻止左菲士，特別是考量到他們之間身分地位的差異。

「帶路！」他對小猴子下令。牠迅速跑向出口，提起一盞燈等著他，而左菲士則慢慢地跟在身後。

「很棒的下午茶！」在離去之前，左菲士對他們二人微笑：「雖然我較愛美酒。」喬生禮貌性的對他點點頭。雖然他的地位在騎士之上，但是，記錄員沒有干預任何事件的權利。

「某些平衡已經被悄悄破壞掉了，」鬼蝸牛騰空飛了起來，只見它殼上的大耳朵又變回紅色：「向皇后稟報並等候裁決吧！」

第八章 Reveal

他已經記不清楚，她上次是何時看起來這副模樣。是她失去心愛的日出藍寶石那次嗎？由王國裡最棒的工匠打造上千顆人魚眼淚而成，卻在一次花園裡的下午茶會後遺失了。她讓上百位士兵找尋了三天三夜，卻沒找到任何蛛絲馬跡。或是那次粗心的侍女打破了她最愛的玫瑰瓷器？當然，那位可憐的侍女，受到我們皇后嚴重的懲罰。但這次，皇后看起來有所不同。她不像以前一樣大聲吼叫、或把東西摔壞。她只是坐在鏡子前面，很長一段時間，動也不動。

「我最親愛的皇后，請您喝杯茶吧！」阿葵巴為她帶來最精純的熱玫瑰奶茶。

朵拉沒有說話，也沒移動、或做任何反應。

「我最親愛的皇后，」阿葵巴再問了一次：「發生什麼事了嗎？有什麼讓您感到困擾的呢？您知道您可以完全信任我。」

最後，朵拉嘆了一口氣。她拿起梳子，慢慢地梳著頭髮。

「請讓我來吧。」阿葵巴從她手中拿走梳子，梳了梳她柔軟的金髮。

「我最親愛的皇后，請您喝茶吧！」阿葵巴又問了一次。

「我……我不渴。」

「這不是讓您解渴用的，是去喚醒您的渴望。」

朵拉嘆氣：「我已經失去胃口了。」

「先喝吧！您不會後悔的。」

她又再度嘆氣，微微張開那櫻桃般的小嘴，啜了一口。

「如何？」

「嗯嗯……」絲綢般的玫瑰氣味撫慰了她的舌頭，並流過她的喉嚨；說也奇怪，它同時喚起她說話的慾望。

「我……我很擔心。」終於，她吐出了些話語。

「關於什麼呢？」

「報告。」

「喬生的報告？」阿葵巴未停下手邊的動作。對於他而言，她現在看起來像個無助的孩童，需要更多的照料。

「彩虹樹已倒下……不祥的預兆。」

「原因呢？」

「不……不是因為我。我無法理解。」她拿出喬生的紀錄：「看！」

阿葵巴放下梳子，開始閱讀起來。

「真的是很奇怪，」阿葵巴說：「鄰近區域的動植物仍然活躍，而這大樹已經倒下。」

「更奇怪的是，奴隸事件！」朵拉深深恐懼起來：「她為什麼懂得反抗？她怎麼可能擁有自由的思想？」

阿葵巴沉默起來，他的雙眼仍然是一片純粹的黑暗。

「這其中一定有關連……我是指那該死的下賤奴隸！和那棵樹！還有左菲士……他……他為什麼要救她？」

「她的美貌？對於女人，男人總有純粹的慾望。」

「但她是奴隸！一個囚犯！我……」

「是的，亞伯的囚犯。」

「他現在在哪？」

「左菲士？聽說他病了好一陣子。」

「生病？」朵拉嗤之以鼻，「好好盯住他！還有那該死的奴隸！」

「當然。」

朵拉又變得沉默；她低下頭去，啜了口茶。

看見這般情景，阿葵巴把手搭在她肩上，望著鏡子裡的她：「朵拉皇后，請看著我的眼睛吧！」

朵拉抬起雙眼，看著鏡中的他。

「您到底在擔心什麼呢？」

「日蝕。」

「啊，我知道了。」阿葵巴說：「出什麼差錯了嗎？到目前為止，我沒看見任何奇怪的景象。」

「你知道的，我必須催眠所有的人一分鐘……即使是我，這也是項艱困的任務。是否在那短暫的片刻裡有人甦醒了呢？也許左菲士已經查覺到有些不對勁……」

「請別再胡思亂想了！我最親愛的皇后，」阿葵巴說：「沒錯，日蝕是我們最大的挑戰，但您一直都做得很好，沒人可以記起以前的國王。」

「除了一個人以外。」

「他又老、又虛弱，眼睛還瞎了！此外，他還被關在地窖裡。他能做什麼？」

「但是……」她仍然感到不安，站了起來，開始走動。

「還有其他奇怪的報告嗎？」

「沒有，」她說：「還沒有。」

「我最親愛的皇后，請讓我給您一些建議。」

「你一直都在給我建議。」

「請樂觀些，只有清楚的心智能幫助您解決問題。現在最重要的事，就是找到賽加洛。」

「我知道。我還需要為舞會保持體力……雖然這個主意很瘋狂。」

「比謀殺國王還要瘋狂嗎？」

「看看你臉上的那副笑容……你在嘲笑我！」

「不，請別誤會我，我的忠誠無須質疑。」他彎下腰：「我只是說，只有大膽的策略能幫助我們找到出口，就像是謀殺國王那次。」

朵拉沒有回答，但她對他的答案明顯感到不滿。

「第二，我建議您能察看檔案庫。」

「檔案庫？」

「是的，」他說了下去：「我們有很長一段時間都沒去了。我們可以再次檢查這些辭典是否完整。如果他們沒有好好整理的話，人們的意識可能就會有漏縫。」
「昆汀巴倫……他約一百歲了吧？」
「一百二十五歲。」
「好老！」朵拉露出厭惡之情：「他什麼時候會死？我討厭看見老人，我也討厭變老。」
「他工作做得非常好，且他在監督喬生。同時，他也在修改一些舊的字彙。」
「好吧！你是指他有多重功用。」
「就是這個意思，」阿葵巴點頭：「也可以說他很有用。」
「那我們起身吧！別事先告知他們。」
「當然。」
過了一會兒，皇后和阿葵巴抵達了檔案庫。在通過黑暗的甬道時，朵拉任忍不住發發牢騷。
「黑暗……無所不在的黑暗。我無法除掉或取消這個字！即使我這麼做了，夜晚依舊降臨！」
「我的皇后，自然讀不懂字，而黑暗是自然的一部分——」阿葵巴把油燈舉高，試著去安撫她：「請再忍耐些，我們即將進入光亮的大廳了。」
片刻之後，他們終於抵達。她第一件要做的事，就是看自己的衣服是否被弄髒了。
「您一直都是光潔明亮的。」阿葵巴說。
「喔！皇后，我們的皇后……這是我的……我們的榮幸……」
聽見這個聲音，朵拉抬起頭，再低下眼睛，看見一位瘦小的男人。
「來……來……」這矮人顫抖著，喔！突然間，他摔了一跤，一堆資料掉在地上。

朵拉揚起眉毛，面無表情地看著他。
「我……我真的非常抱歉……我……請原諒我……」他掙扎了一會兒，終於站了起來。
「請原諒他，我尊貴的皇后，」昆汀鞠躬：「不知道您會大駕光臨，是我們禮數不周到。」
「沒關係，」朵拉說：「他是，那名字是什麼，麥克斯？」
「他是馬維斯，書的守護者！」
「嗯……真瘦弱啊！」朵拉看了他一眼，似乎懷疑他的能力。
「他工作做得很好，他通過了前任記錄員嚴格的篩選過程。」
「上任記錄員？亞當塔克斯？為什麼他選一位矮人來看守我寶貴的書？」朵拉再看了馬維斯一眼：「他幾歲了？他看起來好虛弱！」
「請容許我提醒您，我親愛的皇后，」昆汀說：「您當時認可了他的選擇。當他被選上時，他是位年輕聰穎的矮人，而現在他已經一百八十九歲了。」
「是嗎？」朵拉好奇道：「我應該叫亞當選個巨怪或巨人來看守我的書！」
「我親愛的皇后，因為矮人有較小的身型，所以他們較容易找尋資料……」
「知道了，」朵拉示意他停止：「我來這裡察看我的藏書，不是來閒聊的……喬生呢？」
「現在他正在藍石之林實施例行性的檢查。」
「有甚麼不尋常的消息嗎？」
「讓我看看，」昆汀舉起手，喊道：「來！」
有張原本在空中漫步的紙，一聽到指令，立即朝他飛了過來。

在仔細檢查這長長的清單後，昆汀說：「沒有什麼特別的事。除了阿薩密斯・卡堤尼諾瓦依舊失蹤外，以及皇后即將來臨的舞會激起了民眾的討論與興奮之情。」

「真奇怪啊……誰敢踐踏精靈的聖士？傷害我最愛的阿薩密斯！」朵拉變得激動起來。

「可能是貴族間的爭鬥，因為沒有允許的話，常人不可以跨越邊界。」阿葵巴說。

「你找出原因了嗎？」

「喬生的報告指出，發現了十三具屍體，包括十一位殺手和兩位精靈，魯弗斯・費利尼瓦・庫克和艾諾斯・杭特，他們兩位被毒箭所殺害，其他人則是被一般的箭所殺害，卻一箭斃命。其中一位殺手是因為毒藥而死，我們不確定他是被迫服毒，或是自願吞下毒藥。」昆汀解釋道。

「一箭斃命？」朵拉嗤之以鼻：「這沒給你足夠的線索是誰殺的嗎？」

「我親愛的皇后，貴族跟常人之間都存有嫌疑犯。」

「獵人呢？」朵拉問：「眾所皆知，他們是最棒的神射手。」

「是的，」昆汀點頭：「我們現在仍然在全力調查這件案子。」

「葬禮辦得如何？」

「精靈的葬禮是神聖而肅穆的。在吟唱過輓歌後，精靈火葬他們的屍體，並將骨灰撒在雪白的土地上。」

「阿薩密斯是死了？還是活著的？」

「不幸的是，我們還未確定。」

「把他找出來！」朵拉大怒。

她的怒火讓小矮人發抖，昆汀也單腳下跪。

「當然，我們最偉大的皇后朵拉。」他們異口同聲地說。

「我親愛的皇后，」阿葵巴在她耳邊低語：「請專注在我們此行的目的上。」

朵拉聽從了他的建議，但她看起來相當不悅：「書的守護人啊，領我去那個房間！」

「是……是的，皇后陛下。」馬維斯一邊發抖，一邊掙扎著站起來。

「你沒訓練他任何禮儀嗎？」朵拉感到不耐煩：「你這一整個世紀都在做什麼？」

「這是我的問題，皇后陛下，」昆汀依舊跪著：「我太專注在編輯字典、修正詞語、改正錯誤、以及訓練喬生等。直到現在，我才想到要訓練馬維斯接待貴賓……我會將它列在清單上。」

朵拉翻了翻白眼：「起身！起來吧！下次別再讓我聽到他結結巴巴的！」

「當然，皇后陛下。」

馬維斯小心翼翼地走在皇后和阿葵巴前面。感到十分恐懼的他，不敢回頭看，只是盡其所能的往前走。最後，他終於走到那扇門前；他迅速的把門打開，並站在門旁邊（原本，他想躲在門背後，或是在地上挖個洞，把自己埋進去。）當朵拉走進房裡，她忍不住深深地吸了一口氣。

「這聲音、光線、氣味……幾百年以來，從未變過！」

這些書架、呼吸的書頁、新鮮的氣味，那隱隱約約、在空氣中震動的拍打雙翼，以及從上方閃耀的巨大玫瑰……朵拉感到深深的喜悅與放鬆。她在走道中走著，緩慢而優雅，並以象牙般的指頭翻閱那些書頁。遺忘的過去、未被言說的事實、埋葬的犧牲者、從未聽過的故事，以及被操弄的歷史……全都讓她充滿著祕密般的喜悅。

這裡，就是她玫瑰王國的核心！

現在，她好奇為何她沒常到這裡來。她一直忙碌於一些瑣碎的小事：聲光般的娛樂、無止無盡的宴席、下午茶會、嬉鬧的風流韻事、以及午夜夢迴的低語和肉體狂歡。這些都佔據了她太多精力，所以她只留給自己一點時間去懷念賽加洛，那帶給她莫大痛苦與甜蜜的人。她不停地走著、走著、走著，並以豐沛的情感去撫摸那古老的書架。喔古老的故事啊，沒有什麼比虛構的故事更能取悅她的了！她的思緒飛回到幾百年前，那時她只是個純真的女孩，最大的夢想就是努力工作，並買一棟好房子給她年邁的父親。她從未想過，有一天，她能成為國王的妻子。那粗暴、醜陋又愚蠢的國王！但她怎能拒絕呢？她如何能逃脫王國裡最有權力的男人？那男人出身於皇室血統，他注定要成為國王；換句話說，他是被神所欽點而成。那就詛咒神吧！她不需要國王。她渴望權力，因為權力讓她成為神！權力統御一切，喔是的，權杖，只要她擁有了國王的權杖……

「親愛的皇后朵拉，」察覺到她的沉默，阿葵巴問：「您發現什麼不對勁了嗎？」

「出去。」

「皇后陛下？」阿葵巴不敢相信自己的耳朵。

「我說出去，」朵拉音量提高。「你聽見我的話了。」

「我……」阿葵巴結巴的說：「我……只是擔心……」

「從何時開始你可以質疑我的命令？」朵拉轉過身去：「我需要一個人在這靜一靜。」

「當然，皇后陛下。」阿葵巴鞠躬。

「馬維斯留下。」

阿葵巴和昆汀都深深吸了口氣，但沒人說半句話。他們沉默而迅速地離開了這房間。

現在，他在那裡，一個瘦弱的矮人與最偉大的皇后單獨面對面。

「如何……如何讓我來服侍……服侍您，皇……皇后……陛下？」他的雙腳忍不住又開始顫抖。

突然間，皇后舉起右手，權杖現身。

他的雙眼圓睜，看見一道光束照向他。

「治癒吧！」朵拉大喊。

那短暫的一刻，時間似乎停止了。

馬維斯的頭腦空白了半晌，他無法看見或思考任何事。當他逐漸回過神來，寧靜的感覺充盈他的體內，新的力量注入他的胸臆。

「如何讓我來服侍您，皇后陛下？」馬維斯鞠躬。

「領我去黃金之路！」

「請稍後片刻，我的皇后。」馬維斯從左邊口袋抓出一把沙子，把它撒在地上。說也奇怪，那沙子開始運轉，並形成一個鑰匙的洞。接著，他掏出其中一支鑰匙，將它插進洞裡。

玫瑰室瞬間消失，在廣瀚無際的暗黑裡，一座黃金橋浮現，盡頭矗立著一座水晶廳堂。朵拉小心地踏出第一步，馬維斯迅速提起她禮服的底邊。

「請小心，我的皇后。」

這橋不長也不短，它是一道狹窄的橋，但當朵拉行走時，她從未往下看。一次一步，她緩慢而沉靜的走著，她的心是豐盈的，因為被虛空所填滿。沒有風或是回音，而相當長的一段時間裡，只能聽見皇后鑽石鞋的噹唧聲。

「歡迎來到銀之土，皇后陛下。」當朵拉抵達廳堂，一位蓄著長白髮、相貌英俊的精靈單膝下跪。

朵拉不發一語，並示意他起身。

「謝謝您，我的皇后。」

她繼續走著、走著、走著。仍然，馬維斯沉默的跟隨著她。水晶般的地板凝結幾百萬冰的碎片而成，從未融化。當往下看時，只能看見底下無窮無盡的漆黑，而頭頂沒有星星……

這就是了，時間凝結之處。

「有什麼騷亂嗎？」

「沒有。」

「沒有其他訪客？」

「一個影子也沒有。」

「很好，」她點頭：「給我黃金盒。」

「當然，皇后陛下。」

精靈舉起右手，並低聲說了幾句話；頃刻間，他的手上出現一個黃金盒子。

與此同時，朵拉迅速向上舞動她的權杖，盒子被開啟了，很多字語衝出盒子。第一個字是「忠誠」，第二個字是「服從」，接著第三個……一個接一個，它們似乎編排好了順序，並在空中展示開來。

「一、二、三……」朵拉試著去數，但她的數學能力不好：「總共有幾個？仍舊是八十七個嗎？」

「是的，仍舊是八十七個。」精靈答。

「來，我第一個孩子。」朵拉低語。

「忠誠」擺動了一會兒，快速飛向她。她富含情感的玩弄著它。幾世紀以來，它們是辭典裡的關鍵字，看到它們如此完整、毫髮無損，她感到莫大的喜悅。她緩慢地走著，並一一檢視這些字。它們懸掛在半空中，閃閃發亮，因為它們是純金打造而成。她喜愛「純粹」的概念，因為這概念不允許人們思考，只充斥著單一的力量。思考只帶來混亂與失序，人們的生命應該用來服侍，而非質疑。

「嗯……」

「皇后陛下，」馬維斯說：「請讓我提醒您，待在這裡太久對您的身體有害。」

「我親愛的皇后，」馬維斯忍不住又開口：「在外頭的世界，時間依舊流逝，並以十倍的速度在跑。如果您不快啟程回去的話，恐怕您無法維持您的美貌……聽說您必須一天喝上一杯珊瑚牛奶……」

她嘆了口氣，並再度舞動權杖。所有的字又飛回盒子裡，精靈也快速的將它收回。

「好好保管它們！」她命令道。

「我將盡其所能的保管他們，皇后陛下。」精靈鞠躬。

當踏上黃金橋時，朵拉又再度看了這地方一眼。接著，緩慢而優雅地，她和馬維斯消失在橋的另一端。

＊＊＊

「七天已經過了，」當這麼問時，綠娃娃輕輕的搖了搖尾巴，「她還活著嗎？」

「嗯……」被這樣問著，藍夜無法回答。自從他救了這女孩，把她帶回家後，她就一直沉睡著。她沒有動或是翻身，除了她還在呼吸外，她看起來就像是具屍體。

「或許她已經死了？」綠娃娃說：「我是指，這是她世界裡的死亡方式。」

「有可能。」藍夜嘆氣。

「她的頭髮看起來相當普通。」綠娃娃用她小小的爪子搔抓著：「也許，你可以把幫我它剪下來？當作是個紀念品？」

藍夜看著她，知道當她說「普通」時，代表很棒。然而，一位驕傲的公主絕不會讚美另一位女性。

「讓我瞧瞧。」藍夜坐在床邊，開始量她的頭髮：「大約多長？這樣？或這樣？」

「越長越好，」綠娃娃說：「你可以用這頭髮做點東西。」

「哈哈哈……」藍夜忍不住笑了出來：「我是個卜者，不是個工匠！」

「拜託嘛！」綠娃娃跳進他懷裡，開始舔他的雙頰。

「好吧，好吧，停！停下來……」藍夜又笑了出來：「很癢耶！」

當他們在嬉鬧時，藍夜時不時的拉扯這女孩的頭髮，並讓她的臉部表情開始起了變化……最後，她睜開了雙眼。

她慢慢坐起身來，似乎從一場漫長的沉睡中醒來。她感到頭很重，尚未真的察覺到周圍的環境。

「這是哪裡……啊？」她問。

聽見這個聲音，他們同時回過頭來看她。當他們看見彼此時，一陣尖叫聲穿透屋頂。

「啊——」

她邊尖叫邊以臀部往後移動，拿了身邊的枕頭就往他們扔。藍夜嚇住了，不知道該做何反應。而綠娃娃一個重心不穩，從他懷裡掉了下來。

「你……你是誰？你們打算做……什麼？我……我在哪裡……哪裡？」當她發現身邊已沒任何「武器」時，她把棉被拉到胸前，顫抖著。

「喂喂喂——」綠娃娃掙扎了一會兒，終於站了起來。「我們才應該問妳是誰吧！這都是妳的錯！看看我——」此刻，她發現身體被弄髒了，不禁皺起眉頭：「妳真是粗魯又沒教養！現在我變得好髒！妳知道我這身純白的毛很難洗嗎？」

蓓蓓雙眼圓睜，說不出一個字。先是這個奇怪的房間，和她以前所見過的任何房間都不一樣，然後是這男人奇怪的服裝，接著是這隻說話的貓！貓怎麼可能像人類一樣說話呢？更奇怪的是，她正在被一隻貓責罵！

藍夜馬上鎮靜了下來，他微笑著，再度把綠娃娃抱進懷裡，並撫摸著她的背與毛髮。「我會準備牛奶浴和一些山茶花花瓣，接著做一份好吃的甜點，焦糖蘋果……如何呢？」

聽見這番話，綠娃娃似乎得到了些安慰。她沒有說話，只是用尾巴輕輕碰了碰他的右臉頰，表示同意。

他再度微笑，把她放在左肩上：「抱歉，她有些情緒激動，希望她沒把妳嚇著。」

這裡每件事都嚇到我了！蓓蓓在內心這樣說著。她把自己縮在棉被裡，瞪著他們，腦袋一片混亂。她為什麼在這裡？到底發生什麼事了？這裡是哪裡？她依稀記得公園裡的情景，他們走啊走的，接著，她感到越來越睏……

「別怕，」藍夜說：「我們不會傷害妳，只是要問妳一些問題。」

問題？她才是該問問題的那個人吧！

「妳叫什麼名字？」

「蓓……蓓蓓。」她想了一會兒：「許蓓蓓。」

多麼粗俗野蠻的名字啊！綠娃娃在內心裡嘲諷著。

「妳為什麼在這裡？我是說，妳為何來到這裡？」

「我……」蓓蓓感到相當無辜：「我不知道……我不知道這裡是哪裡，更別說有甚麼目的或……我是說，我……我不屬於這裡。」

「我了解了。」從她最初驚嚇的反應來看，藍夜已粗略猜出一二。

「我……我在哪裡？」蓓蓓小心翼翼地問。

「十三森林。」藍夜答：「現在妳在第八森林，百花之林。」

「十三森林？」蓓蓓感到更困惑。她現在是在荒郊野外或哪個偏遠部落嗎？以前上地理課時很少專心，難道……真的有什麼國家叫十三森林嗎？

「是的。」藍夜繼續說道：「為了好好治理這片領土，受人尊敬的皇后已在每世紀的競賽中選出最棒的記錄員。她……」

「等等，」蓓蓓打斷他：「你……我是說，我們仍然還在地球上，對吧？」

「地球？」藍夜感到奇怪：「我從未聽過這個名字。我猜它是妳們王國的名字？」

「嗯……」蓓蓓的思緒又開始狂奔。所以她是在另一度空間或……？她無法在這一團混亂中找出一條合理的線索。所有事情都始於貓耳朵，對吧？她只是去那裡面試，而現在是什麼情況呢？奇怪的事情一件接著一件，另，安禮又在哪裡呢？他掉到哪度空間了？十四森林？

「我不會說是王國，但那是我們的星球。」過了一會兒，蓓蓓終於回答他的問題。

「我懂了。」雖然藍夜並不真的了解，他仍然點頭：「妳記得妳是如何來到這裡的嗎？」

「我……」蓓蓓瞇起眼睛，試著回想：「我跟安……一位朋友去公園，接著，我們試著在那裡找一些東西。最後，我記得那是深夜時分，大約晚上十二點或……我覺得越來越疲倦，就漸漸進入了夢鄉。」突然間，她的瞳孔轉動了一點，她閉上雙眼。「月亮，喔是的月亮，它打開了一道縫隙，有種富有強烈磁力的東西把我拉進去，或是把我提起來……我飛得越來越高，接著，我整個人融入了閃亮、柔軟的河流裡……我覺得，那似乎是永不停歇的流動。」

「月亮的缺口？」藍夜的語調上揚：「可以告訴我更多細節嗎？」

「我試試看。」蓓蓓逐漸地清醒了。她提到最初的千語，每個月圓之夜就長得更豐盈的翅膀，捕捉從月亮落下的折翼蛇的黑衣男子，但當然，她避開了對安禮的情感，以及她黑暗的家庭背景。

「折翼蛇？」藍夜感到驚奇：「什麼是蛇？」

她借了支筆和紙，並在上面畫了條蛇。「牠又長又細，此外，牠可以把自己的身體捲起來……看，牠原本有翅膀，而我所看見的，是條擁有破裂、或燒毀翅膀的蛇。我猜牠是從這裡來的，或……」

「不可能。」藍夜以堅定的聲音回答：「我從未見過或聽過這種生物。我不認為牠來自十三森林。」

「喔是的，你剛剛提到了皇后、森林以及花等等。」

「我剛剛說的是皇后朵拉，她是我們領土的統治者。」藍夜說了下去：「舉辦記錄員競賽的目的是在眾多選手中，選出最好的一位。贏家可以編輯世紀之書——玫瑰辭典。」

「玫瑰辭典？」蓓蓓問：「你是說把不同的花花草草分門別類嗎？」

「喔！我的天啊！」終於，綠娃娃忍不住發牢騷：「要教化這個野蠻人得花上一個世紀的時間！我餓了！最重要的是，我很髒！」

「嘿，小公主，仁慈些！」藍夜說：「她是我們的貴客！」

綠娃娃不想說話，只是用大而綠的眼睛盯著他看。

他再度將她擁入懷中，對蓓蓓微笑：「抱歉，我得先帶她去泡澡，接著我會準備晚餐，請跟我們一起享用晚餐。」

「喔！」一陣溫暖的感覺向她襲來：「您真仁慈，謝……謝謝！」

「把這當自己的家吧！」

直到藍夜走出房間，蓓蓓才有時間整理思緒。好，現在她從月亮的缺口來到這裡，所以這裡是月亮上的某個地方？但她記起安禮的話，月亮可能只是個通道，所以她是在另一個星球？十三森林星球？但安禮在哪裡呢？她想起最後，他們一起坐在長椅上，且……那是夢嗎？還是現實？她感到軟而濕的東西印上她的唇，是他……？或這僅僅只是她的幻想呢？這不重要。或許他也在這裡呢？也許她能在這個世界找到安禮，看看這個地方，多麼動人啊！她現在能放鬆些，來觀察這個房間。蓓蓓從床上起身，四處走動，發現這真是個溫馨的房間。每件家具都是由木頭所製成，當靠近些，她甚至能聞到木頭清新的香氣！此外，房內似乎瀰漫著花花草草混合而成的香味，一點也不刺鼻，而以完美的比例融合而成。她打開窗戶，多麼美麗啊！和她原來的窗戶景色完全不同！多采多姿的樹與花朵在她面前開展，對她而言，它們看起來十分奇特，充滿著異國情調，她幾乎認不出任何一種花。她深深地吸了口氣，讓胸臆間充塞著新鮮氣息。現在，這裡的每件事都是個驚奇！在一開始時，她沒有預料到這樣的情景。一切都超乎她的想像，且太讓人意外了。在她那小而擁擠的街道裡，她如何能料想的到呢？長年以來的祈禱成真了嗎？她一直都想離開「那裡」，只是心中沒有特定的目的地。而現在，這個地方，這個奇異之處，已激起了她莫大的好奇心，讓她渴望去探索更多……

「晚餐好嘍！女士！」突然間，藍夜打開門說。

「喔！」她回過頭去：「真快啊！」

「有在窗外發現什麼新東西嗎？」

「太多了！」她的語氣變得興奮：「我從來沒見過這種奇花異草！它們有些長得真大，甚至比我還要高！」

「是的，」藍夜說：「妳現在在百花之林。」

看見她困惑的眼神，藍夜決定先讓她用餐：「來吧！待會我會向妳解釋。」

在走出房間後，蓓蓓發現，這裡的每樣物品似乎都來自大自然。除了這木屋外，天花板上的燈是碩大的蒲公英，地上的椅子是南瓜，牆上展示著各式各樣的活蝴蝶標本，餐桌上則散落著花瓣。此時，綠娃娃早已穩穩地坐在椅子上，看起來乾淨而清爽。蓓蓓注意到她底下有張大紅坐墊。

「請坐吧。」藍夜示意。

蓓蓓在他身旁坐下，對面就是綠娃娃。這些佳餚的香味讓她感到飢腸轆轆，此刻，她才領悟到，她已經很長一段時間沒有進食了。

「開動吧！」藍夜說：「希望它們合妳的胃口。」

「當然！」蓓蓓等不及了，她已經先喝了南瓜湯：「再好不過了！」

「唉，野蠻人永遠都不會進化。」綠娃娃在心裡這樣想著。她優雅的啜了口湯，小心翼翼地不沾到嘴巴周圍的瑩白軟毛。

餐桌蒸騰著食物的香氣，他們沉浸於中，盡情地享用佳餚。在吃了好一陣子後，他們的胃和心都被填得滿滿的。。

「或許……你可以為我介紹這個地方？」吃飽喝足後，蓓蓓問道。

「是的。」藍夜從皇后朵拉開始說起：選出最佳記錄員的世紀競賽、統治全人類的辭典、以不同族群為主的十三森林，以及，當然，每個世紀都會發生的月蝕。他的描述讓蓓蓓深深著迷了，許久許久，她說不出一句話來。

「我……我不懂，」終於，蓓蓓問了問題：「為什麼人和人之間有階級之分呢？我是說……人們生而平等。」

「這……這是什麼蠢問題？」還在吃東西的綠娃娃差點被噎到。

「她只是開你玩笑而已。」藍夜緩頰，對蓓蓓解釋：「一切都已訂定於辭典裡，權威不能被挑戰。此外，我也很好奇，如果沒有階級之分，世界如何運作呢？有些人生而為王，有些人必須為奴。」

「但是……」突然間，蓓蓓找不出方法反駁他的論點。

「所以，在妳的王國裡，每個人都是平等的嗎？沒有國王、皇后或是平民？那誰來統治妳的王國呢？我是說，星球。」

「喔，我……」蓓蓓想了一會兒：「我不會說國王或是皇后。但我們的星球非常、非常的大，在這個大星球上，有很多國家，有些仍然有國王或皇后，但大部分的國家擁有總統……」

「總統？」藍夜感到好奇，「所以，它等同於皇后，對吧？」

「嗯……」對於政治，蓓蓓並不十分清楚：「我猜它們在某些層面是相似的。」

「所以妳可以和總統平起平坐，一起用餐？」綠娃娃問。

「應該……不行吧。」蓓蓓自己也不確定。

「如此說來，你的世界還是有階級之分嘛！」她再度說道。

「是的……我猜也是。」直到現在，她才好好思考這個問題。課本上總說人生而平等，但是，仔細一想，看不見的階級之分到處都是。

「甜點來嘍！」不知道什麼時候，藍夜已把焦糖蘋果放到他們面前：「嘗一口看看吧！」

蓓蓓從未看過這麼巨大又彩色的蘋果！她迅速地抓了個蘋果，咬了一口。說不出的甜味在她嘴裡融化開來。

「太不可思議了！」蓓蓓說：「你怎能做出這麼美味的蘋果？」

「因為有這些植物。」藍夜微笑道：「我混和了蘋果和一些祕密配方，接著，把它們放在挖空的樹洞裡面烤一分鐘。」

「真的嗎？樹洞可以烤蘋果？」

「是的，」藍夜點頭：「以後我可以再教妳。現在，妳需要多認識這個世界，以及這裡的一草一木。」

對於蓓蓓而言，他也有一種讓人信賴的磁場。雖然他那長而銀白的頭髮顯得神祕，他銀灰色的眼睛卻大而溫和，更別提他那溫柔的笑容……他和安禮有些相似，不是嗎？

「你什麼時候會向皇后朵拉報告呢？」綠娃娃問。

「報告什麼？」

「這裡來了個不速之客。」

「你應該表現得像個有教養的主人！」藍夜不禁有些生氣。
「喵！」只有當綠娃娃真正感到沮喪時，她才會「像貓」一樣的叫。
面對這個情形，蓓蓓不禁十分尷尬，她想說些什麼，卻不知道該如何說起。
「叩！叩！叩！」突然間，傳來一陣敲門聲，全部的人安靜下來。
藍夜和綠娃娃的表情都變了。
「怎麼了？誰在敲門？」蓓蓓感到奇怪。
沒有人說話，因為藍夜很少有訪客。當人們要占卜時，他們必須去櫻花樹下。
「叩！叩！叩！」聲音變得大聲。
「先去房間躲起來！」藍夜命令蓓蓓。
「叩！叩！叩！」門開始些微晃動。
「開門吧！」
綠娃娃舉起爪子，吹了口氣，兩道蝴蝶狀似的煙霧瞬間出現，飛向大門，它們時而分開、時而相融。最後，它們竄進鑰匙孔，「砰」的一聲，鐵索掉在地上，沉重的木門打開了。一位彩色木偶跳出來，他大約一呎高（加上他的紅色大禮帽），有張小丑的臉。
「你是……」藍夜瞇起雙眼，感到熟悉：「阿葵巴的木偶？」
他笑了，或那是他原本的表情，「見到您是我的榮幸，藍夜伯爵。」他摘下帽子，鞠了個躬。
「嗯，」藍夜說：「我已經不再是個伯爵，只是位卜者。」
「喔！哈。哈。哈。哈。」他笑了：「抱歉，我的記性真差。哈。哈。哈。哈……」

「有什麼消息是嗎？」藍夜以冷酷的語調問：「朵拉皇后要把我降到鬼舌之林？」

「喔！不。不。不。不。不……」在重複了好幾遍之後，他說出重點：「朵拉皇后要邀您與她共舞呢！」

藍夜和綠娃娃都十分訝異，面面相覷。

木偶掏出兩張大卡片，上面綁了金色大蝴蝶結，比他的身形還大：「一張給你，另一張給這隻貓。」

「我？」綠娃娃感到更驚訝。

藍夜接了過去，拆掉蝴蝶結，上頭浮現了幾個字：

敬邀面具舞會，二月一日。朵拉皇后。

「面具舞會？」藍夜感到奇怪。

「是的。」木偶解釋道：「皇后朵拉已邀請了王國內所有的生物，舞會將會持續三個月。賓客必須攜帶卡片，戴上面具，身著戲服。」

「嗯……」藍夜沉思著。

「好了，我必須趕去下個地點……」木偶開始朝向門口跳了起來，但突然間，他看見桌上有三個碗：「你有其他訪客嗎？」

「那是……」藍夜搶在綠娃娃講完前說：「那是個儀式！」

「儀式？」小丑感到狐疑：「我從未聽說過。」

「是的，」藍夜說：「用來悼念死去的貓。」

「我從不知道你有第二隻貓！」小丑開始跳回來。

「平民的事物不值得一提。」藍夜試著解釋：「在我被貶到百花之林後，有天遇到一隻肚子餓的小野貓，我就把牠撿了回來，第二年牠就死掉了……從那時候起，我們在桌上多放一個碗去紀念牠。」

小丑沒有說話，他繞著桌子跳、繞著廚房跳、以及整間屋子……最後，他停在房門口：「我能進去嗎？」

「當然。」藍夜看起來十分鎮定。

他把門打開，跳了進去。這裡、那裡、床底下、衣櫃裡……他檢視了每個地方，但沒看見半個人影。

「嗯……」他仍然笑著，跳出房間：「我必須在午夜前把卡片發完，不能再多浪費一點時間……」他跳到門口，再度笑了起來：「請務必準時。記得，沒有人能拒絕皇后的邀請。哈。哈。哈。哈……」

在他離開後，綠娃娃又吹了吹手掌，兩隻煙霧蝴蝶把門鎖上。

「難以相信皇后朵拉……」

「難以相信你掩護這個陌生人！」綠娃娃生氣地說。

「別像個被寵壞的孩子，我已經說過，我會在正確的時間點向皇后稟報。」

「什麼是正確的時間點？」她問：「當你娶她的時候？」

「別胡鬧了！」

「抱歉……」蓓蓓走出房間：「剛剛發生什麼事了？」

「你藏在哪呢？」直到現在，他才猛然想起房內的情景。

「我……我的眼睛可以感應到危機……所以在他進來前，我早已跳出窗外。」蓓蓓說。

「妳真是位勇敢聰明的女孩！」

蓓蓓沒有接話，臉上出現害羞的笑容。
「所以……剛剛發生什麼事了嗎？」蓓蓓感到空氣中緊繃的情勢，再度問道。
「我們剛收到皇后的邀清函……明天，我們必須趕去櫻花樹下占卜。」
「櫻花樹？為什麼？」
「用這張卡片占卜皇后真正的意圖。」
「你會占卜？」
「沒錯，我是一位卜師。」藍夜說：「給我一個物品，我就能找出它的前因後果……當然啦，我的能力有些限制。例如，我無法為死人做卜，我只能找出活者和物品之間看不見的線。同時，我也會要求回饋。可以給我妳透過能力獲得之物，或是私人物品。」
「你是說像錢之類的事物，或者……？」
「金錢，是的。當然。此外，也能給我妳的一部分。」
「一部分？」
「是的。」藍夜解釋道：「像是頭髮、眼淚、指甲，或甚至一個吻。取決於妳問的問題。」
蓓蓓沒有說話，但她的眼神充滿驚奇。
此時，綠娃娃打了個哈欠，臉上充滿倦意。
「去睡吧！」藍夜邊摸了摸她的頭，邊問蓓蓓：「妳明天要一起來嗎？」
「櫻花樹下？」蓓蓓感到欣喜：「這是我的榮幸。」
綠娃娃持續用大而不耐煩的眼睛瞪著他看。

「晚安，蓓……蓓蓓？希望我說的正確。」
「晚安，先生……」
「叫我藍夜就好。」
「是的，藍夜先生。」蓓蓓微笑：「晚安。」

＊＊＊

當莎夏睜開雙眼時，她看見一張年輕、俊美的臉。
她試著坐起身，卻感到渾身僵硬疼痛——她甚至不能移動半步。
「妳要坐起來嗎？我幫妳。」左菲士幫她靠著床頭板。莎夏困惑起來，試著回想發生的事情。在森林裡的掙扎……接著，很長一段時間，她陷入沉睡之中……之後，她被一群強壯的男人吵醒，她再度掙扎，卻失敗了，她被帶去一個地方……以及，是了。她記起了這張俊俏的臉。他維護著她，以及……現在，她在這裡，但為什麼呢？他一定是位出身名門的貴族，他那精緻的衣服，以及這華麗的房間……他為什麼要幫她？他的目的是什麼？
「你……你是誰？」
他微笑道：「我是騎士之王，左菲士。」
左菲士？喔，是的，她曾聽過這個名字。聽說騎士們最喜歡騎馬競賽、或是拿劍比劃，並且拿女奴隸當戰利品，而其中的佼佼者，當然是騎士之王，左菲士。他曾經以一比十，在一分鐘內就擊垮所有對手，那次競賽的戰利品，就是下娃之林最棒的豎琴師。他令她彈奏勝利的樂歌，從白天到黑夜，再從黑夜到白晝，最後她雙手流血不止、骨頭彎曲斷裂，再也無法彈琴。

「為什麼……為什麼你要幫我？」她微微顫抖。

左菲士再度微笑，他伸出他的手，掌心放著那朵花瓣。

莎夏睜大眼睛，不知道他想說什麼。

「妳在哪裡發現的？」

「百……百花之林。」

「這樣啊，」左菲士停頓了一會兒：「是它讓妳去反抗哈利的嗎？」

莎夏感到驚異，說不出一個字。

「說吧！」

過了一會兒，她結結巴巴的說：「我……我不知道……你在說什麼。」

他又浮現那神祕的微笑：「告訴我吧，」他拿出另外一朵花瓣：「因為，我也看見那朵花了。」

「你……」莎夏從他手中拿起那兩朵花瓣，把它們放在一起。

「我不會傷害妳，我只是想知道妳經歷了什麼……妳是第一位渴望自由的奴隸。」

這是第一次，有人真正觸到她的心。

於是，一點一滴的，她試著說出每個她能想起的細節：她隨著哈利去百花之林、他對她身體的慾望、看見那朵花之後內心的掙扎、以及最終，她與狡猾哈利的戰鬥。在這長長的獨白後，她的眼睛閃閃發亮，內心又重新充滿熱情。此刻，她發現了語言的真正功用——她的意識變得立體，能使用的文字額度也更多。

左菲士扮演著忠誠聆聽者的角色，並以那雙美麗的藍眼睛看著她。

當她結束時，短暫的沉默降臨。

「要喝口茶嗎？」

「太好了！」她以感激的語氣說道。

他為她倒了些茶，看著她把茶喝光。

「還要再來一些嗎？」

「是的，謝謝你。」

他又為她倒了另一杯茶：「如果妳還口渴的話，我就叫侍女奉茶。」

「喔，這就已經很足夠了。」她微笑著說。

「星野．瑪德蓮娜．安．莎夏，」左菲士覺得這名字喚起甜蜜之感：「我該稱呼妳瑪德蓮娜？安？還是莎夏？」

「莎夏就好。」

「我可以喚妳星野嗎？」

「我不會拒絕。」她笑了。她的心充滿驕傲，因為她有名字，而且比別人的更美、更完整。

「你也是在百花之林看見那朵花的嗎？」

「並不是，」左菲士搖了搖頭：「約兩周前，我騎著我最愛的馬火吻在琉璃之林漫步。過了一會兒，我感到有些口渴，就下了馬，把馬繫在樹旁，到湖邊去取些水來喝。當時，我發現旁邊有個白色圓狀物品，因為好奇，我把它撿起來。接著，就發生了像你剛剛所說的情況：純白乾淨的花、熟悉的香味、以及那種翻江倒海、頭腦快爆炸的痛苦……火吻發出『嘶——嘶——』的鳴叫聲，卻無法救我……」

「然後呢？」

「當一切都平靜下來時，我的內心充斥著一股全新的感覺，某種模糊的事物被喚醒了……」他的藍眼睛閃著深邃的光芒：「那是新的我嗎？還是本來的我？我不確定……我是說，我不應該在這裡，騎馬競賽、飲酒作樂……我應該去某個地方，做著某件事情才對。」

莎夏聽得入迷了，沒想到，有人竟然經歷了和她雷同的轉變。

「從那天起，我就拒絕了名流貴族們的邀請，那種娛樂讓我感到無趣。為了避免他們的揣測，我宣稱我病了，需要更多的休養。在我的地盤上，沒有人敢違背我的命令……因此，我能有些安靜的時刻。」

「你現在感覺如何呢？較快樂嗎？還是……？」

「我不會說較快樂，因為以前我也很快樂。我只感到不同……我是說，當我回想過去的歡愉時，我變得免疫了。現在，我尋求不同的事物。此外，這裡有些事也不太對勁……」

「這房間嗎？」

「這個世界。」

她的雙眼發亮：「玫瑰律法嗎？」

「是的。」他說：「對我而言，辭典所訂定的規則變得十分怪異。我是說，人的命運可以有更多可能性的，不是嗎？」

「這花……」莎夏再度看著掌心的花瓣：「它們太神奇了！它們是什麼樣的花呢？又來自哪裡？」

「最近，我也一直在想這些問題，也翻遍了所有跟花草相關的書籍……」

「有什麼線索嗎？」

左菲士搖了搖頭。

「同樣的花出現在不同的地方……」莎夏說：「我的在百花之林發現，你則是在琉璃之林看到；我在草地上發現，你則是在湖邊看見……」

「它生長在每個地方嗎？」左菲士說：「它看起來不知來自何處。」

「是的……」莎夏問：「不知道總共有幾朵花呢？也許每座森林都有一朵？」

「但它們不從土壤裡長出來。或許，就像蒲公英，它們隨風而轉。」

「啊，是的。」莎夏感到好奇：「此外，還有像我們一樣的人嗎？可能找到他們嗎？」

叩、叩、叩。

「進來吧。」左菲士說。

進來的是一下娃之林的女僕，她的手上端著方形托盤，上面放著一個杯子。

「左菲士大人，」她雙膝跪地，手舉得高高的，說：「這是您要的茶，請慢用！」

左菲士把杯子拿到莎夏面前，說：「喝吧！這是茉莉花茶，有治療傷口、舒緩疼痛的效果，妳會復原得快一些。」

莎夏一小口、一小口地啜著茶，感到香氣在她舌邊逗留，溫柔撫慰著她。

那奴隸在旁邊看到這一切，眼睛和嘴巴不禁張得又圓又大。聽聞這次左菲士大人不僅請最好的藥師為她治療，並讓她入住最豪華的客房。如今，左菲士大人收購大量的茉莉香片，而一杯花茶需要上百朵茉莉花瓣，耗費十幾個小時熬煮……她到底是誰？不過就是名跟她一樣卑賤的奴隸吧？

「下去吧。」左菲士說。

「是，大人。」她小心翼翼地關上門。
「感覺好多了嗎？」
「好多了。」
「剛才，我們討論到那朵花的數量……」
「沒錯。」
「就像妳建議的，我們可以去尋找它們。」
「我們的國土如此廣大，有些充斥著未知的危險，更別提那座禁忌森林……我的意思是，我們可以在哪裡找呢？沒有線索可循。」
「的確，看到的人，也不會說出來；因為說了，就會惹來麻煩。」
「但在某些層面上，他們會顯現出來，對吧？我是說，就像我一樣……」
左菲士點點頭，說：「重點是，它讓我們去質疑眼前的世界……它來自哪裡？又代表什麼？這裡的律法帶給我們……公平正義嗎？」
「正義！」莎夏又學了個新的字詞，在心中覆誦著。。
「或許……這花來自十三森林外面？」
莎夏雙眼亮了起來：「什麼！你是說還有另外一個世界嗎？」
「我說，或許。」
莎夏仍然對這個新想法感到震驚不已。
「如此一來，他們要帶給我們什麼訊息呢？為何是我們？我們是隨機遇到的？還是被選上的呢？」

「嗯……」

「有個人，也許可以幫助我們解開這謎題。」左菲士的藍眼睛閃爍著。

「是誰呢？」

「藍夜，」他說：「百花之林的卜者。」

＊＊＊

在前往櫻花樹的路上，蓓蓓看見了她這輩子前所未見的奇景。五顏六色的花朵在她眼前無遠弗屆開展，奇異的香味開啟了她全身的感官。青蔥翠綠的樹上結滿了金色果實，有些滴下琥珀色的汁液，誘引著蝴蝶與鳥。銀色的杏樹輕輕搖擺，似乎在呼吸著；此外，一些小食人花正在吞噬著迷路的毛毛蟲，從葉片邊緣不斷滴下黑色血液。上千隻的孔雀同時炫示著牠們的羽毛，似乎歡迎他們的來訪……

「小心這些食人花。」藍夜說。

「它們看起來好小……好可愛。」

聽了蓓蓓的話之後，綠娃娃翻了翻白眼。

「是的，但我們有更大的品種，有些習慣躲藏或潛伏在暗處。」藍夜解釋道。

「你這樣形容，好像他們可以思考一樣！」

「我們對它們沒有全盤的了解，因為它們不服從於辭典。」

「你曾經遇過嗎？」

「不，它們大部分都在夜晚出現，我在黃昏前就會回家。」

「我懂了。」突然間，她想到一個問題：「你是……我是指，你曾經是一位伯爵嗎？」

他的臉上出現一抹苦笑。

「為什麼這樣問？」

「我在門旁偷聽到的……我不是故意的，」看見他的表情，她低下頭：「抱歉。」

「無需道歉。」

「我們曾是第三森林，藍石之林的貴族！」綠娃娃的白色毛皮在陽光下閃閃發亮。

蓓蓓不禁再看了他的輪廓一眼。他銀灰色的頭髮與眼睛相互輝映，尖削的耳朵、深邃的眼睛、以及那些許憂鬱的臉龐，帶出了他獨特的氣質。此外，他今天穿著全身素黑，肩膀上的白貓襯得他的黑更亮、更純粹。

「是的，」藍夜說：「我們曾是藍石之林的貴族，以前，我的興趣就是占卜，並非像現在要以此為生。另，我們也是朵拉皇后下午茶宴會的常客。有一天，皇后朵拉要求我在茶會後留下來，因為她要占卜。」

「然後呢？」蓓蓓無法想像，擁有至上權力的女人，會有遲疑的時刻。

「眾所皆知，皇后在她寢室的第二扇門後，放了朵心愛的玫瑰。」

「第二道門？」

「我們皇后的臥室有三道大門：第一扇是通往舉行日常茶會的大陽台，第二扇則是保存那朵玫瑰的特殊場域，除非被邀請，不然沒有人可以進入。最後一扇門則是進出薩月宮的平常通道。」

「所以，她想問關於那朵玫瑰的事？」

「是的，」藍夜說了下去：「她想知道，這玫瑰花的贈與者在何處？」

「這是她的禮物？」

「我也問了相同的問題。她沒有回答，只命令我為她占卜。」

「然後呢？」

「一片空白。那隱形的線是斷裂的，連結不到任何人身上。因此，我告訴皇后，這花原本的主人可能已經死了。」

「她一定十分憤怒吧！」經過了這段日子，蓓蓓已經了解他們皇后的脾氣，即使她從未見過她。

「這是當然。她把一切都怪罪到我身上，把我貶為平民。綠娃娃則自願和我一起被貶黜。」

蓓蓓看了綠娃娃一眼，預期她會發表些驕傲的言論。奇怪的是，她不發一語，毛絨絨的尾巴晃啊晃的，如跳動的心臟。

「看，我們到了。」藍夜指著十一點鐘的方向。

她轉過頭去，那景像震驚了她。巨大、粉色的簾幕籠罩在謎樣的霧裡，散發誘人的香氣。當靠近些看時，她發現櫻花花瓣無止無盡地滾滾落下……彷彿要持續到時間的盡頭似的。

「哇！」她不禁喊了出來。

「我們進去吧。」他們一起穿過簾幕，抵達樹中央，並坐了下來。

藍夜拿出邀請卡：「若我們運氣好的話，我們有可能找出皇后真正的意圖。」

「你只能在這裡占卜嗎？這棵樹下？」一邊問著，蓓蓓忍不住抬頭看。

「不一定，」藍夜答：「但是，這裡面的場域十分清靜，所以我可以全神貫注在解讀事物上。」

解釋完後，他拍了拍綠娃娃：「下來吧。」

綠娃娃朝自己的手掌吹氣，兩隻煙霧蝴蝶再度現身；它們時而交融、時而分開。過了一會兒，它們已織了條鑲金紅毛毯，並緩緩飄落於地。接著，綠娃娃從他肩上輕輕一躍，便坐在毯子上。

此時，藍夜把卡片放在地上、手疊於其上，並開始全神貫注的觀看它，或者說，進入它。他是如此專心，使得周圍空氣隨之凍結，原先的寧靜轉為肅穆；漸漸地，蓓蓓感到越來越重的脅迫感，她看見一道亮藍色的氣流從他背上衝出，把他自己一圈又一圈的包圍起來，那強烈的光暈把她和綠娃娃排除在外，只見藍夜變得更靜默、不可預測，銀灰色的眼睛如映照繁星之海，閃爍著不可知的黑暗。略為尖削的耳朵如蒼谷之鷹，為了尋求答案而往無限飛去，他似乎越飛越高、更高、再更高以刺穿天空……她幾乎不能移動半步、或是呼吸，害怕干擾這個神聖的儀式；而綠娃娃則一動也不動的趴著，只剩下眼睛滴溜溜在轉。

過了很久之後，彷彿有一個世紀、或兩個，蓓蓓終於又聽見自己的心跳，而那股風嘯之音漸漸變得微弱，亮藍色的氣流越來越淡薄、透明，流盪在三者之間的氛圍頓時輕鬆許多，蓓蓓似乎卸下某種精神負擔，深深的吸了一口氣後、再吐出來，綠娃娃則是站起來、甩了甩身體，再舔舔手掌。

而那櫻花，自始至終，如綿綿細雨一般下著。

彷彿沒有任何事發生過。

藍夜低頭沉思了一陣子，終於抬起頭來。

滿天繁星隱沒，他的眼睛，如旭日初升之海。

「結果是……？」蓓蓓問。

當藍夜正要開口說話時，他看見前方有人騎著一匹白馬，「踢躂、踢躂、踢躂……」，那男人身罩深綠色斗篷，朝他們行進。聲音由遠至近，並且越來越清晰。當牠走到櫻花簾幕前停下時，蓓蓓這才看清楚牠額上有一金橘色火燄的圖案，閃著淡淡的幽光。

突然間，蓓蓓眼睛一亮，看見牠長有翅膀！那是真的嗎？或者只是她的幻覺？牠能張開翅膀飛翔嗎？牠不是一個神話般的生物，只存在於她所讀過的故事裡嗎？當她再更進一步觀察時，發現牠相當溫馴。那人縱身下馬，撫摸著牠的臉龐，並湊在耳朵旁跟牠低語幾句，牠發出「嘶——嘶——」的叫聲，似乎在回應他。過了一會兒，那馬用大大的鼻子聞了聞掉落的花瓣，張開嘴巴，開始咀嚼起來。

此時，另一位女性也跟著下了馬。

騎士朝著他們走來。當他穿越簾幕時，背後斗篷「嘩」地輕輕鼓漲，露出腰側的配劍。碧藍雙眼，咖啡色長髮以及驕傲的笑容，他似乎是位天生的王者。而背後那名女性有著棕色皮膚、波浪般的捲髮以及翦翦大眼……如此狂野不羈的美！此外，額前的紅寶石使她更攝人心魄。然而，她似乎受傷了，因為身體某些部位纏著繃帶。

他們，到底是誰？

「左菲士大人，」藍夜站了起來，並彎下腰：「能見到您是我的榮幸。」

「叫我左菲士就好，」他笑了笑，說：「有一段日子沒見了。」

「上次我們見面是……」藍夜瞇起雙眼。

「在上個世紀末，」左菲士接著說了下去：「我們在皇后朵拉的茶會上，那時，我表演了一段舞劍，贏得滿堂喝采，你卻只是盯著我的右手臂，好奇繃帶裡到底藏了什麼……」

「是的，」藍夜說：「我被禁止碰觸你的右手。」

左菲士笑了笑，沒有說話。

此時，藍夜瞄了一眼左菲士身旁的女人，當他看到她額上的寶石時，臉上閃過輕蔑與厭惡的表情。

「這不是風系·閃靈族的女奴嗎？為什麼她在這裡？」

「她的確是，」左菲士說：「這是我今日要來占卜的原因。」

「為一名奴隸占卜？」

「不全然是，」左菲士從盔甲內拿出兩片枯萎的花瓣：「我們好奇它們從哪裡來。」

「那跟這名奴隸有什麼關係？」

「說來話長。」因此，他們一起坐在草地上，左菲士從最初的故事開始說起。他花了些時間描述整個故事，所以當他結束時，火吻已經睡著了。

「是很奇怪啊，」藍夜說：「我是說，奴隸怎會有名字，而您懷疑起自己的身份？每件事不是都已經寫在書上了嗎？」

聽見了這番話，蓓蓓想反駁他，但她不知道如何開口。

「無論如何，我們已經無法再遵守舊的律法，所以我們來到這裡，尋求你的幫忙。」左菲士說。

「那好吧，」藍夜無法拒絕貴族的命令：「但我不能說、或做出任何對皇后不利的事情。」

「當然。」

「請問您要以何物交換呢？」

「讓我獻上騎士之吻。」

「對於平民而言，這是莫大的榮耀。」藍夜起身，單膝跪下。

左菲士傾身向前，親吻他的額頭。

「妳呢？」藍夜看著莎夏。

「嗯……」莎夏沉思了一會兒，她一貧如洗，身上不可能有珠寶或是錢幣等物，除非……

「請取走我的鎖風石吧！」她說。

當聽見這席話時，每個人都十分震驚。

「莎……莎夏！」左菲士說：「我擁有成千上萬的寶物，讓我幫她付吧！」

「您知道這遊戲的規則，親愛的大人，」藍夜強調：「這已寫在法條裡。」

「我……」左菲士說不出話來。

「妳確定嗎？」藍夜再問了她一次：「沒有鎖風石，妳就無法再飛快行走，也會遭受同類的唾棄。」

她點點頭：「我知道該付出的代價，但我必須找出這謎樣花朵的答案……或至少一些線索。」

看見她已下定決心，藍夜也不再堅持：「那閉上眼睛吧。」

莎夏閉上雙眼，藍夜伸出自己的右手，放在她的額頭前。此時，先前的那道光流開始在他胸前成形，流過他的手臂和手，並從掌心竄出螺旋狀的閃電，鑿穿她的前額。

「收！」藍夜大喝一聲，那鎖風石彈跳而出，滾落到地面上。

藍夜的前額微微出汗，他做了深呼吸，那氣流減緩速度，回到他的胸前。

「現在，」他又深吸了口氣：「睜開妳的眼睛。」

她張開雙眼，摸了摸自己光滑的前額：「不可思議……我一點感覺都沒有。」

「很快的妳就有感覺了。」藍夜意味深長地看了她一眼。此時，綠娃娃朝地面吹氣，煙霧蝴蝶把石子帶給她，她馬上吞了下去。

接著，他把那兩片花瓣放在地上，深深凝視著它們後，把右手覆蓋於上，並進入與剛剛同樣的狀態。當占卜儀式結束時，蓓蓓不禁轉過頭看那匹飛馬，牠似乎剛剛從一場睡夢中醒來。

「這很難用言語描述。」藍夜說。

「很難？」左菲士問。

「我只能說它們不是花，是文字。」

「文字？」莎夏感到興奮：「什麼文字？它們說了些什麼？」

「支離破碎的文字……無法解讀，於我而言，它們像是拼圖的一塊。」

「這麼說來，一定有更多花瓣！」左菲士問：「還有其他線索嗎？」

「它們來自另一個空間……其他的，是一團迷霧……我無法清楚看見。」

「另一度空間？你指的是什麼？」左菲士問：「它們不是來自我們的國土？」

「有可能。」

「等等！」突然間，蓓蓓的瞳孔轉動了：「我……我……」

看見她的表情，藍夜被嚇到了：「妳還好嗎？」

「我……我看見一個黑暗的房間，一位老人……很老……他把很多文字放進花裡……五……我看見五朵白色的花……」

「五朵！」他們一起喊了出來。

接著，她的瞳孔停止轉動。

「蓓蓓，那是什麼？妳的眼睛怎麼了？」藍夜問。

「從小，我就一直有這類的幻象。」

「幻象？」

「有時候，當我碰見一些特殊的事物，或是來到一個特別的地方，我就會看見一些影像……它們在訴說某些事情。」

「你沒告訴我！這太讓人驚奇了！」藍夜說：「這在妳的世界很常見嗎？」

「妳的世界？」左菲士感到狐疑。

「我猜沒有……我的母親總是說我是個怪胎，一個意外。」

「等等，什麼叫『妳的世界』？」左菲士問。

「她是……從天上掉下來的。」藍夜解釋道。此時，蓓蓓早已換了衣服，所以其他人看不出她的不同。

「從天上掉下來？」左菲士和莎夏睜大雙眼，把蓓蓓從頭到腳、又從腳到頭，仔仔細細地看了一遍。

「是的，」藍夜說：「或者我該說另一個世界。」

「所以那花是從妳的世界來的？」莎夏變得更興奮。

「我不確定……但我的確來自另一個世界。我記得我被吸進月亮裡……當我醒來時，我已經在這裡了。」

「月亮？」左菲士問。

「她掉到樹外的草地上，那天是一月十五日。」藍夜解釋。

「日蝕！」左菲士叫了出來。

「是的，」藍夜點頭。「這其中可能有些關聯……或只是個巧合。」

「嗯……」左菲士試著結合剛剛的資訊：「回到主題，這花是片段的文字，更重要的是，它們可能來自一個黑暗房間裡的老人。」

「總共有五朵花？或許，我們可以試著去找剩下的三朵……但我們可以去哪裡找呢？十三森林如此廣大……」莎夏說。

「皇后的舞會，」藍夜答：「所有人都被邀請了！如果我們走運的話，可以在那裡找到一些線索。」

「火吻也收到邀請函了。」左菲士說。

「那匹飛馬？」藍夜笑了出來：「牠會跳舞嗎？」

「牠學得很快。」左菲士笑著說。

「不知道皇后在打什麼主意？有些事即將發生。」莎夏感到不安。

「我已經占卜了皇后的意圖。」

「是什麼呢？」

「她在尋找某人。」

「是誰？」莎夏說：「我……我可以問嗎？」

「那位給她大紅玫瑰的人。」藍夜答。

「大紅玫瑰？」左菲士感到好奇：「你是指在她臥室裡的那一朵嗎？」

「你也有看過它嗎？」

「不，我有聽說過它的傳聞。」

「總之，我們皇后曾經要我找出這個人，但我認為他已經死了。皇后在盛怒之下，把我貶到百花之林。」

「是什麼給了她希望？讓她又突然開始尋找此人？我是說，已經過了這麼長的一段時間。」左菲士問。

「是愛啊。」蓓蓓說。

短暫的沉默降臨，有些人疑惑地看著她，有些則面露欣喜之色。

過了一會兒，藍夜問：「什麼是愛？妳的眼睛告訴妳的嗎？」

「你不知道愛嗎？」一開始，蓓蓓感到震驚，但她又想起他們的意識應該和那所謂的字典有關。

「我覺得，我好像知道……但我無法解釋。」莎夏說。

「妳能解釋嗎？」藍夜問。

「愛是……」於她而言，這也是個難題。她曾經被愛過嗎？或者戀愛？此外，如何能對愛下定義呢？

「妳也不知道嘛！」綠娃娃冷笑。

「這是指某人對另一個人有非常強烈的情感。」蓓蓓試著用粗淺的言語去描述。

「無法想像，朵拉皇后會對任何人有這麼強烈的情感。她身邊的寵臣總是一個換一個。」左菲士說。

「還有，我們全被要求穿著戲服、戴著面具……在這麼多人裡面，她要如何找出來呢？」莎夏感到好奇。

「我不確定，妳有看到什麼影像嗎？」藍夜問蓓蓓，但她搖了搖頭。「我們將在舞會裡找尋所有的答案。」左菲士說。

「我也能去舞會嗎？」蓓蓓問，每個人的注意力瞬間集中在她身上。

「我不認為妳有被邀請。」綠娃娃說。

「去那裡對你很危險。」藍夜提醒道。

「但我能看到那些幻象。」蓓蓓說：「我看見折翼蛇、黑衣男子、皇后謎樣般的愛人……我可能幫助你們找出握有白花的人，我也可能找出回到原來世界的路。」

「有妳的幫忙當然很好，但妳沒有受到邀請。」藍夜說。

「火吻可以在這裡等，我是說，藍夜的地方。妳可以用牠的邀請卡。」左菲士建議。

「皇后會發現嗎？」蓓蓓問。

「如果我們要尋找答案的話，」左菲士說：「風險是無法避免的。」

「總之，」藍夜說：「皇后的目標是找尋愛人，不是懲罰僭越者，別太擔心了！我會先準備一些東西，以確保安全。」

「是的，」左菲士說：「喬生一定把我救莎夏的事呈報給皇后了……恐怕皇后早已盯上我。」

「你會在這裡待上些時日嗎？我是說，在舞會前。能有您當我的貴賓，是我的榮幸。」藍夜說。

「當然，」左菲士笑著說：「太棒了！」

第九章　面具舞會

「明天就是舞會了！」

一想到這件事情，蓓蓓就忍不住感到興奮。

打從她掉進這個世界，每件事看起來都像是場夢。現在，突然之間，她就要去參加舞會了！一個真正皇后的舞會！她應該穿什麼呢？她希望能嘗試些不同款式的衣服。她打開衣櫃，喔天啊！就像藍夜說的，有非常多的衣服可以選擇。她隨意挑了件銀色禮服穿上，而她站在那，在鏡子前閃閃發著亮！許久許久，她的視線無法離開鏡子。過了一會兒，她試了另外一套衣服，再一次，她被自己截然不同的外貌所驚豔。她從不知道，穿著可以讓人差異如此之大！接著，她拿了一堆衣服放在床上，看看這件、再瞧瞧那件，她怎能選得出來？它們看起來都美呆了！它們像羊毛一樣柔軟，似乎以最精純的布料編織而成。

「叩！叩！叩！」

她打開房門，看見莎夏，有些訝異。

「妳好……？」

「我來看看有什麼能幫忙的地方。」她說。

「嗯？妳是說……」

「化妝之類的。」沒等到她的回應，莎夏直接走了進去。

「藍夜命我來幫妳上妝，妳才不會被輕易的認出來。」

「我們不是要戴面具嗎？」
「是的，但再小心也不為過嘛！」
「喔，我……」
「過來坐下吧，我的手藝可能沒有下娃女奴那麼好，但我會盡力。」
莎夏握著她的手，領她到化妝檯前坐下。
「開始嘍！」
過了些時候，鏡子裡出現一張精緻的面孔。
「喔！」
「妳看起來棒透了！」莎夏微笑：「如果我們不戴面具的話，一群男孩會為妳瘋狂！」
蓓蓓看著自己的倒影，無法相信自己的眼睛。那是她嗎？或只是一個幻影？她摸著自己的臉龐，感到臉頰上指頭的溫度，這……這是真的，這裡的每件事都太神奇了！但願安禮能看見現在的她，那麼，如此一來……又怎麼樣呢？
「在妳的世界裡，很多男人對妳有著『愛』，對吧？」莎夏試著使用新學到的字詞。
「對我有著『愛』？」過了一會兒，蓓蓓才想起這應該是她第一次使用這個字，她有些窘迫起來：「並……並沒有。」
「為什麼？」
「嗯……」蓓蓓想轉移話題，便眨了眨眼睛，打趣的問：「應該更多男人愛妳吧，看看左菲士大人就知道！」「喔！」莎夏臉紅了，她再度想起蓓蓓對「愛」的解釋：「我不知道這是不是妳所謂的『愛』，左菲士大人對我很仁慈，但大部分的男人對我只有慾望，因為我只是個奴隸。」

蓓蓓對她感到深深的同情，但不知道該如何安慰她。

「妳來自什麼樣的世界呢？」

「它是個，呃……」蓓蓓試著去回想，感覺像是很久遠以前的事情：「它是個混亂、骯髒、冷漠，卻又溫暖而美麗的世界。」

莎夏試著在腦海中描繪，卻無法想像是什麼樣的世界。

「在妳的世界裡，也有奴隸嗎？」

「有些國家有，但是……」看到莎夏的表情，蓓蓓想她應該不懂什麼是國家：「總之，無論是奴隸或者其他身份，人可以透過努力改變命運，只是，要非常努力才行。」

「妳是說，它是個有『希望』的世界？」再一次，莎夏拓展了字的額度。

「希望？」蓓蓓忍不住想到自己的處境：「是的，對於某些人。」

突然間，莎夏緊緊握住她的手：「終有一天，我要親眼看見希望是什麼！」

看著她熱切的雙眼，蓓蓓深深地被撼動了。她猜自己的臉也紅了，幸好，化妝掩蓋了它。

從門的縫隙裡看見這一切的絨娃娃，偷偷溜走了。她跑回自己的房間，並跳上床。

「怎麼了？小公主。」藍夜問。

她沒有回答，只是低頭舔著自己的毛。

「發生什麼事了？你在擔心明天嗎？」

她搖搖頭，繼續舔著。

「來吧。」他把她抱進懷裡，輕撫著她柔軟白亮的毛：「妳一定很想念貴族的生活吧！」

「喵！」

「喵？」

她不願意說話或解釋，只是用大而綠汪汪的眼睛看著他。

「唉！」藍夜說：「妳是個小女人！」

是嗎？她不知道答案。有時，她希望自己可以是個真正的女人！當隻貓是很不錯，但是……她不能化妝或是穿衣服，看看那些華麗的衣裳！它們甚至讓蓓蓓看起來像變了個人似的！另一個字是？美麗！那個蓓蓓，那個不知道打哪來的野蠻人！當然啦，她喜愛自己動人的雙眼，雪白的毛皮，更別說她小而粉紅的肉掌……但是女人！女人的曲線看起來更吸引人……她再度甩了甩頭，試著甩開這樣的想法。怎麼了呢？她怎麼了？她打哪來這麼瘋狂的想法？她們的談話影響了她嗎？或者……？

「睡吧！明天我們要很早起床，」藍夜拍了拍她的頭，把燈關掉：「我們不能遲到。」

綠娃娃再喵了一聲，才閉上眼睛。

＊＊＊

當一行人抵達第一森林——玫瑰之林，蓓蓓被這嘆為觀止的美景所深深震懾了。

眼前矗立著兩座巍然的牆面，巨大的玫瑰莖幹攀爬於上，盛放著大紅玫瑰。中間有一高聳的入口，地上鋪著長長的大紅地毯，遠遠延伸，直達薩月宮。入口兩旁的牆面也左右開展，無遠弗屆。聽藍夜說，這玫瑰牆以薩月宮為中心，花朵皆以奴隸的血灌溉，所以它們開得更大、更狂野奔放。此外，肥碩的刺高高凸了起來，宛如薄刀般鋒利，捍衛著水晶宮殿。說也奇怪，當他們踏上紅地毯時，蓓蓓並未聞到血腥的氣味，而是淡雅的玫瑰香氣。

他們全都戴著金色面具，身披深黑斗篷，只有綠娃娃戴著彩色眼罩，披了件紫色的披風。她的面具遮去三分之二的臉龐，只看見她淡薄粉嫩的唇。他們四人緩慢而沉靜地走著，在喧鬧的群眾間自成一個磁場。蓓蓓忍不住四處張望，只見每人都穿戴著嘉年華會般的面具與戲服。大部分看起來十分正常，只有一些看起來特別奇怪。有的人從面具裡跳出兩個眼球，有的從頭上長出尖銳的綠耳朵，還有頭上長紅角或蓄著藍色長鬍子的人，其他人的特徵則難以用言語形容。從戲服來看的話，有些明顯是人類，有些則搖擺著長尾巴，或四肢扶地。

「好長一段時間沒來了！」說這話的是綠娃娃。她還記得上世紀末的下午茶會，玫瑰奶茶裡漂浮著玫瑰花瓣，如果她今天走運的話，或許能再嚐上一次，當然還要搭配上等的杏仁餅乾。想到這情景，她開始舔自己的手掌。

「的確有陣子沒來了。」藍夜回應。他從未料到，這輩子還有再走進薩月宮的機會！每件事始於彩虹樹的死亡……舞會之後，會發生什麼事呢？另外，喔，蓓蓓今日看起來截然不同！她看起來像是朵百合，面具也無法掩蓋她的美麗！他瞥了她一眼，這舉動，當然啦，讓綠娃娃皺起眉頭。

「但願這是最後一次。」左菲士說。現在，他渴望和莎夏一樣的事物：自由。這舞會是光彩絢爛的陷阱，沒有人能逃脫……他只想騎著火吻，帶著莎夏到最危險、遙遠的地方。他會為她摘最美的花朵，一起踏上最偉大的旅程。

「妳會跳舞嗎？」莎夏問。

「我……我從來沒跳過。」蓓蓓答。

「直到我遇見左菲士大人，我才學會跳舞。」莎夏說：「跟著律動，相信妳的直覺。」

「我的直覺？」

「是的，就是妳最深處的感覺。」莎夏解釋道：「就像是一個，我是說，呃……像是一場對話。喔是的，跳舞就像是對話！妳遇見一個男人，和他說話，感覺對了的話，妳會繼續說下去，對吧？如果沒有，妳不知道該說些什麼，妳就會停止，轉身離開，和另一個男人說話……天啊！我的頭腦湧出了更多新想法！」

「你真是充滿驚喜！在我來之前，我的確遇見了一位男性，一名真正的男子。和他說話真的很棒……只是，我不知道能否再見他一面。」

「妳……」

「到了！」左菲士大聲宣布：「薩月宮！」

百位士兵站在入口兩旁。他們穿著銀色盔甲，手握長矛，上面綴有深紅流蘇，整齊劃一，氣勢巍然磅礴，使人心生敬畏。

「請出示邀請卡。」皇家侍衛說。

綠娃娃朝著手掌輕輕一吹，那煙霧幻化成五張卡片，輕輕落到他的手中；當卡片一碰觸到他的手，便燃燒起來，頃刻消弭於無形。

「歡迎參加面具舞會。」侍衛長微笑道，並深深地一鞠躬。

當踏進大廳的那一刻，蓓蓓和莎夏不禁睜大眼睛、張大嘴巴，發出無聲的「哇」。

碩大的廳堂百米挑高，牆上彩繪流動中的奇風異景，空中懸浮著上千盞白色燭火，燃亮大廳；精靈振翅，忙著以鮮花妝扮舞會或準備糕點。此外，玻璃高腳杯疊聳如尖塔，裝盛瓊漿玉液或葡萄酒；筆長的白色桌子綴以玫瑰花瓣。上乘的樂師演奏樂器，音樂緩緩流盪……每個人都屏住呼吸，等待舞會揭開序幕。

「這氣味……」綠娃娃深吸了口氣，眼睛發亮：「如此熟悉啊。」

藍夜和左菲士不發一語，看著這光燦無比的大廳，各懷心思。

此時，阿葵巴從空中緩緩而降，站在舞池中央。他穿著一貫的燕尾服，胸前別了朵玫瑰。頭戴黑色高禮帽，手戴白色大手套，當進一步看時，可看出他的身上綁有亮銀色細線。當抵達地面時，他清了清喉嚨，抓住每人的注意力。

「各位先生、各位女士，歡迎來到面具舞會！邀請您來到薩月宮是我們莫大的榮幸！對於她的子民，朵拉皇后一直都十分仁慈、親切與慷慨。她很開心能見到你們。首先，當然，朵拉皇后與我會跳開場舞；之後，你們每個人都必須選一個舞伴跳舞。在每首歌結束後換掉舞伴。最重要的是，每個人都必須和皇后跳一支舞。你可以在舞會結束後離開，也就是三個月後！」

此時，藍夜遞給他們四個小瓶子，音量壓低：「這是白烏鴉的血，一滴就能使你隱形，但藥效持續不久。此外，如果我們分散的話，在……的第三棵月桂樹見面……」

「抽號碼！」

突然間，阿葵巴的手從左揮到右，在空中畫了個大大的圓。蓓蓓感到手臂上些許疼痛，接著，一個紅色的號碼在她的右前臂浮現：８９９。不只是她，每個人的手臂上都出現不同的號碼：藍夜是６７７號，左菲士23號，莎夏１０５１號……等。

「這是你們與皇后跳舞的順序。保持高度注意力，不可讓皇后等待。」

樂聲嘎然而止，燭火熄滅，靜默的暗黑驟然而降，蓓蓓只能聽見自己的心跳聲。她試著深呼吸冷靜下來，心跳卻越來越快。她看不見也觸不到任何人，她微微顫抖，感到寒冷了些。接著，出乎意料之外，燈火「嘩」的亮起來，就在那裡！一位美麗的女子站在舞池的正中央，穿著大紅蓬蓬裙，上衣為綴滿蕾絲的黑色馬甲，豐滿胸脯呼之欲出。完美的金髮、大眼、以及櫻桃小嘴，彷彿玻璃櫥窗裡最昂貴的洋娃娃。

就是她嗎？淩駕於一切之上的皇后朵拉？

此時，阿葵巴紳士般的彎下腰，向她邀第一支舞。

她伸出手，吉普賽舞曲響起，他們便開始旋轉起來，轉啊、轉的，她如此輕巧，當他將她拋擲而出，她躍起如出水芙蓉，在空中翻滾幾圈後，墜落如星辰之火。纖腰被緊握於掌中，裙襬爆裂如滿樹鳳凰，燒得人心都沸騰起來。觀眾看得如癡如醉，掌聲響徹雲霄。

「只屬於一個女人的舞會。」蓓蓓在心裡想著。

第二首曲子緊追而上。蓓蓓四處張望，卻沒看見藍夜或左菲士，鄰近的每個人都已經選好舞伴，讓她緊張起來。更糟的是，她感到小丑往她的方向看了過來……有嗎？他發現她是個入侵者了嗎？一位不速之客？他在群眾間嗅出她的異味了嗎？現在，每個人已開始跳舞，所以，她必須做些事情……動啊！蓓蓓！動起來！她使盡九牛二虎之力，混入人群內，試圖避開小丑的注意力——她似乎是用力過了頭，沒注意到底下那些腳，因此，她踩到一雙又一雙鞋子。

「噢！」

「抱歉，真的很抱歉！」

她往後一步，但後頭也有人。

「嘿！滾開！」

「我……」她沒有把話說完，因為她已經滑倒了！

頃刻間，一隻有力的臂膀抓住了她，她掉進一位陌生人的臂彎裡。她驚慌的睜開眼，看見一雙美麗而熟悉的眼睛。

「和我跳舞吧！」

蓓蓓瞪視著他——面具底下那雙綠色眼睛，深深地吸引著她，彷彿要將她拉進深不見底的湖裡……她不敢發出任何聲音，只是隨著他擺動，接著，她瞄了那小丑一眼，發現他已看向別處。她再度看著他，跟隨著他的引導。他沒有看她，卻全然掌握著她的身體，一手搭在她肩上，另一隻手則領她前進、後退、或旋轉……但，為什麼呢？為何他看起來如此熟悉？當她轉了第四圈時，她看見他背後折疊的白色翅膀：那曲線、銀亮的白色羽毛……

「這是……」她伸出手，渴望觸及他的面具。此時，音樂停止，他面無表情的看著她，溫和的將她推開。她注意到他前臂的號碼：868。

第三首舞曲隨即響起，蓓蓓又被迫和另一位陌生人跳舞。她試著去找尋她的同伴，卻徒勞無功。時不時她總會看見荒謬的組合。例如，有些舞伴大小差異懸殊，有些無法跟上節拍，有些則姿態奇怪。蓓蓓甚至看見一位巨人和人魚跳舞，讓她不禁笑了出來。當音樂停止時，她聽見朵拉的咆嘯聲從中央傳了過來。

「殺了他！」

發生什麼事了？她走向前去，想看得清楚一些，害怕她的同伴會發生什麼事情。

當她終於鑽到最前面去時，看見一個矮人跪在地上。

「笨死了！笨死了！」朵拉說：「你已經踩了我的腳好幾次！你是吃錯藥了嗎？」

「我……」他顫抖著：「我……我很抱歉……我太矮了，我……我不能……」

此時，兩名士兵衝了進來，將他拖走。

蓓蓓早已聽聞了皇后喜怒無常的脾氣，但她並未料到，會這麼快就看見粗暴的一幕。幸運的是，在與皇后跳舞前，她可以練習八百多次，她得抓緊這個機會好好練舞。

在矮人的死之後，蓓蓓感覺氣氛變了。每個人仍然跳著，只是他們都變得小心翼翼，特別是那些號碼排在前面的人。這次，與皇后跳舞的人來自百花之林，他無法停止顫抖，且幾乎不敢移動半步。但他幸運些，朵拉只將他逐出舞會，把他貶為千夜之林的奴隸。

因此，每當朵拉跳一支舞，只要她有一丁點不開心，就馬上懲罰或嘲笑她的舞伴。雖然音樂如絲綢的河般流洩，無以計數的燭火如金色星星般閃爍，氣氛卻變得越來越沉重。日以繼夜，夜以繼日，一首曲子終了，另一首又響起。有時只彈了一個音符，朵拉便匆促喊停。她似乎變得越來越暴躁易怒。或許她是太累了，或只是疲於找尋……蓓蓓覺得她像座活火山，隨時都可能爆發。也許，到了最後，所有的人都會被殺吧？當往這方面想時，蓓蓓變得遲疑了。也許她現在應該逃跑？只要一滴白烏鴉的血，她就能隱形。沒錯，只能維持一段時間，但她有存活的機會。藍夜和其他人呢？或許他們早已逃跑了？然而，在她的內心深處，有個聲音告訴她，再等等吧。喔是的，只要再等一下子，她就能看見某樣事物——

拜託，只要再等片刻。

突然間，她的瞳孔劇烈轉動，在群眾之間，她看見了那黑衣人，那提著籠子的人！是他！他怎麼可能在這裡？他是個幻象嗎？或是受邀來這舞會呢？她甩甩頭，再看一次，天啊，真的是他！他也掉進了月亮的缺口嗎？那黑衣人似乎注意到她，也向她看過來……蓓蓓瞪著他，往前走去。他一定是這一團謎霧的線索！這次，她決不能再跟丟！她費盡力氣的往前走，但太多人在周圍同時跳著舞……有個人轉過身子，酒潑到了她的身上，她小聲尖叫，注意力被岔開，當她再抬起頭時，發現他已失去蹤影。

「喔！不！」她感到十分失望，不知道接下來該怎麼做。

至於莎夏，一開始她就被這一大群人推擠進舞池裡。她被迫與一個又一個陌生人跳舞：有些溫和有禮，有些則粗暴無文，她只能跟隨著音樂的律動。因為朵拉皇后，這些曲子總是忽的就結束了，因此，她必須迅速換到另一位舞伴。適才她正在轉啊轉的……「滾開！你這骯髒的手！」皇后生氣的聲音再度響起，因此，她又馬上配對了另一位男士。但等等，這溫柔的撫觸，熟悉的氣味……她抬起頭，喔！左菲士大人！這是真的嗎？

「左菲士大人！」

「莎夏！」他微笑著：「我夢想著這一刻已經很久了！」

「喔……」

「噓……」他示意她安靜：「隨著音樂起舞吧！」

她笑了，卻微微顫抖著。這是真的嗎？不久前，她還是位垂死的奴隸，但現在，她在這裡，在一位大人的懷裡，一位貴族！她一度尊敬或害怕的貴族！她安靜的跟著他，充滿仰慕的看著他的眼睛。她沒有聽見音樂或其他雜音，只感受到他的身體緊緊地靠著她。他們認識不久，但他卻對她的身體瞭若指掌，了解她的堅強與軟弱。他們一起舞著、舞著、舞著……彷彿這是生命中的最後一天。她感到體內有一股熱而溫暖的氣流在迴轉，幾乎淹沒了她……

與此同時，伯納公爵早已經累壞了。一開始，他接到皇后的邀請卡時，他並不那麼開心。他從不擅長跳舞，甚至少量的運動就已經讓他流汗。現在，每個人都必須戴上面具，這也困擾著他，因為他濃密的大鬍鬚。他曾經想剃掉鬍子，但長回來又得花上很長一段時間。到最後，他決定為自己的鬍子訂做一只面具。此外，為了他的大肚子，他也必須讓這些女奴重新量製特大號的戲服。他試穿了好幾件，終於找到一件滿意的戲服。就在他為這盛大的舞會做了「萬全準備」時，發現已經沒有太多的時間讓他練習舞步。現在，他在這兒，氣喘吁吁，滿頭大汗，感到頭越來越暈；他懷疑自己是否能撐到和皇后跳舞的那一刻，因為他的號碼是１００１。現在是第５５６首曲子…他能再跳另外５００首嗎？

本曲終結，另一首新歌響起，一位戴著面具的高大男子突然現身。

「和您跳舞是我的榮幸，伯納公爵。」他鞠躬。

「你怎麼……怎麼知道我的名字？」

他沒有回答，只是拉起他的手，開始跳舞。

伯納瞪著他，想知道他是誰。他穿著火紅艷麗的服裝，面具卻為純金打造。雖然他的臉完全被遮蓋起來，伯納卻看見他白色的長髮，尖削的耳朵。此外，他的舞步展現了無懈可擊的優雅……是他嗎？不……不可能吧！他已經派最頂尖的殺手去殺了他！聽說，他的屍體消失了，但他絕不可能存活！那些飛鏢是最惡毒的！但現在，這位謎樣的男子，這惱人卻漂亮的身體曲線！

「嗯，」他說：「伯納公爵，好久不見。我們不該閒聊一會兒嗎？」

「阿……」在伯納說話之前，陌生人說了下去。

「最近過得好嗎？伯納公爵？你的鬍子還是老樣子，更別提你這大肚子……似乎比我上次看到你還大呢？」

伯納張大嘴巴，試圖說話：「阿薩……」

「你想說什麼？」

「阿薩密……」

「阿薩密斯？」他嘲諷道：「你怎麼提起他的名字？阿薩密斯已經死了！被匿名刺客殺死了！打從那時候起，我就一直在找啊、找啊、找啊……猜猜看，我找到什麼？」

伯納沒有移動，只是驚慌地看著他。

「跳啊，伯納，為什麼不跳了呢？仔細聽！這曼妙的音樂！舞會不就是讓我們跳舞的嗎？」

「是的，我們……跳舞，我們跳吧！」伯納費力地移動身體。

「沒錯！這就是了！一、二、三！一、二、三！一、二……」

聽到他在數節拍，伯納的臉漲得通紅。

「我們剛聊到哪？喔對了，我們正在聊阿薩密斯……為什麼？難道，你知道是誰殺了他？」

「喔！」伯納張大嘴巴，呈現一個O字型：「我怎麼……怎麼可能知道？我……我以為你就是阿薩密斯！我到現在才知道……知道這個消息！」

「哈哈哈……」那陌生人笑了：「說的好啊，伯納，那麼，你覺得我是嗎？」

伯納回答不出來，他現在汗如雨下，只希望有條毛巾來擦臉；然而，他只有雙手，更不幸的是，正緊緊的被這陌生人握住。

「為什麼？發生什麼事了？你怎麼流這麼多汗！」突然間，他把他的手握得更緊，似乎打算捏碎他的骨頭。

「啊！」伯納不敢大聲叫出來，因為他不想引起任何人的注意：「記住艾諾斯和魯弗斯的死！」他靠近伯納：「總有一天，你的下場會和他們一樣！」

看見伯納雙眼圓睜，那陌生人又笑了。歌曲終結，他放開伯納的手，消失於人群中。

「主人，為什麼呢，你看起來心不在焉！」新的曲子開始了，綠娃娃終於遇見藍夜。

「沒有，為何這樣問？」

「你在找尋某人嗎？」

「別疑神疑鬼了！」藍夜說：「享受這一刻吧！」

「那當然！」綠娃娃閉上眼睛，跳到他的右肩上。

她的身體左右擺動，隨音樂起舞。這種感覺，以及天堂似的氛圍，讓她回想起上個世紀。當時，他們都還是皇后茶會的貴賓，他們飲酒、歌唱、翩然起舞……此時，藍夜會表演魔術，左菲士則舞劍，有些貴族則獻上夜明珠、龍爪、亦或人魚傳奇的眼淚。這些回憶如浪潮般湧向她，使她的心充盈著花蜜與甜酒。現在，她無法停下來！她想像這樣舞著，此刻、永遠……

藍夜也被這樣的旋律所吸引著，但並未像綠娃娃那樣深切。有時候，他的確想念著過去的日子，那些金色的韶光：皇后的笑語、阿薩密斯機智的言論、無止盡的宴席與狂飲作樂……對於綠娃娃，他內心感到歉疚，沒有他，她可以過得更好。他希望看見她的驕傲與快樂，但似乎蓓蓓來了以後，她就不那麼幸福快樂。沒有人能預料到她的降臨，就像沒人預料到彩虹樹的倒下……左菲士也變了，他應該迎娶貴族或是權貴！而蓓蓓，這謎樣的女孩，她……

樂曲終結，他們的思緒戛然而斷。綠娃娃十分不願意離開自己的主人，因為她已經等了896首歌了！至於藍夜，他深情的看著她，給了她一個飛吻。

在連續跳了好幾天後，朵拉皇后變得越來越累，並且絕望。現在，她沒有心的舞著，對於這些弄髒她宮殿的平民百姓感到厭煩。到現在為止，她已經換了好幾套洋裝和水晶鞋，當然也補了好幾次妝。她後悔採納阿葵巴的建議。沒錯，她的確能回想起與賽加洛的時光，他跳舞的方式，但……但假若賽加洛換了跳舞的方式呢？或，更糟的是，他變成了一隻醜陋的青蛙？或者，該早點結束這荒謬的舞會了嗎？

當歌曲結束，她的舞伴向她鞠躬，在她手上一吻，走進了人群之中。

她揮一揮手，想喚來阿葵巴；然而，一位男子突然走向她，邀她共舞。朵拉震驚了，在她的領土上，沒有男人敢僭越界線！當然啦，她想拒絕，並將他處以死刑！但是，他快速地走近她，抓住她的手，並將她拉進懷裡。

奇蹟似的，他們開始起舞。

沒有音樂。

在場的每個人都摒住呼吸，睜大眼睛。亙古的沉默降臨，他們只聽見兩雙鞋子踩踏的聲音，不敢相信自己的眼睛。樂師們面面相覷，不知道是否該演奏樂曲。他們看向阿葵巴，但他也沒有對他們下任何指令。

當朵拉與他共舞時，她被深深的震撼了。

他一手緊緊托住她的腰，使她靠近他的胸膛，因此，她只能跟隨他的腳步。另一隻則緊緊握著她，幾乎弄痛了她。她無法呼吸，只能與他共舞，這違背了她原本的意圖——轉啊，轉啊，轉啊。她的心開始變得柔軟，喔，那些熟悉的場景，月光下的私語，以及古老的甜蜜與憂傷，全都向她湧來……她忍不住顫抖起來——她想就這樣和他一起舞著，像這樣，直到死亡盡頭！緩緩的，但滿懷羞澀，她抬起頭，恍若處女般的新娘在初夜與自己的丈夫相遇，觸到那雙漂亮的綠色眼睛，正熱烈的看著她。那陌生人的動人雙眼！她從未看見這樣的眼睛！

是真的嗎？有可能嗎？是他嗎？他可能是他，對吧？

她伸出手，觸及他的面具，堅硬而冷，但她並未退縮，只是輕輕地、像是剝蛋殼一樣，摘下他的面具。

「啊——」人群中傳出一聲尖叫。

是蓓蓓。她完全的震驚了，不敢相信他……他居然是安禮！怎麼會……等等！那綠色的雙眼！那熟悉的翅膀！她的瞳孔再度轉動，他是安禮嗎？他是與她跳第一支舞的人！他是……

此時，朵拉並未聽見她的尖叫。她只是仔細地觀察他的臉——那張她尋找了幾世紀的臉龐——黑色的頭髮、溫和的臉、綠色眼睛，以及他唇上隱約的微笑。

這，就是**賽加洛**嗎？

「你是賽加洛嗎？」她問。

「是，我是。」他雙手托起她的臉龐：「好久不見，我的朵拉皇后。」

接著，他低下頭，靠她越來越近。當他即將吻上她的唇，另一聲尖叫打斷了他們。

「啊！放開我！放開我！放開……」

他們兩人往聲音的方向看去，看見一位女孩被兩位衛兵抬在肩上。她十分害怕，奮力地掙扎著。

「放開我！放開——」衛兵將她帶向朵拉皇后面前，並把她丟在舞池正中央。此時，她的面具掉落，而她的美貌使每個人瞬間著迷。

「怎麼了？」被打斷的朵拉相當不悅，冷冷的問。

「親愛的皇后朵拉，」阿葵巴回報：「她是個侵入者！她不是我們王國的人！」

朵拉十分震驚，眉毛揚起：「怎麼說？」

「她的尖叫聲顯露了一切！那不屬於這裡，在十三森林內，沒有這樣的音調與頻率！」

聽見了他的報告，每個人也不可置信，開始竊竊私語。

朵拉沒有變得歇斯底里，而是不發一語。她肅穆的看著她，想起這段日子以來那些不尋常的事件。彩虹樹的倒下、哈利的死以及阿薩密斯的消失，更別提左菲士救了那該死的奴隸！是有一條隱形的線連結著每個點，而她卻疏忽的嗎？這種事不應該發生，特別是在玫瑰辭典的監控下！那些字詞！她已經仔細檢查過了！早些日子，她的心被賽加洛所佔據，還有忙著準備這盛大的舞會，她以為它們只是偶發的錯誤罷了，就像有些時候，人們會被森林裡的食人族所吃掉。但現在，這個女孩……這不知打哪裡來的女孩！她是誰？為什麼來到這裡？她是怎麼來的？十三森林的平衡已遭到破壞，她必須立刻採取行動！越快越好……她是皇后朵拉，獨一無二的皇后朵拉！

「放開我！放開——」她還在掙扎著。

「妳的名字。」朵拉揮舞著權杖，舒緩她的情緒。

「蓓蓓……許蓓蓓。」她說。

「蓓蓓？多漂亮的一張臉蛋！」朵拉用權杖慢慢地檢視她的臉。

「妳從哪裡來？」

「我……我……來自另外一個地方。」

「另一個地方？」朵拉嗤之以鼻：「什麼是另一個地方？」
「我來自地……地球。」
「地球？」朵拉皺眉：「沒聽說過！」
「它是……它是……」
「這不重要！妳為什麼來這裡？說！」
「不……我……」蓓蓓不知該如何解釋。
「說實話？」現在，她把權杖指向蓓蓓的脖子：「否則，妳只有死路一條！」
「我……」蓓蓓感到口乾舌燥，吞嚥困難：「我不知道，我是說，我不想來……我是從月亮掉下來的。」
「等等，妳剛剛說妳從地球來，卻從月亮上掉了下來？」朵拉忍不住哈哈大笑，每個人也跟著笑了。
「我……救救我！安禮！你看見了！告訴她實話！」
「實話？妳在說什麼？為什麼妳叫他安禮？」朵拉變得緊張。
「安禮！你已經忘記所有的事情了嗎？」蓓蓓幾乎哀求起來。
「忘記？忘記什麼？」
「這位女孩，或蓓蓓，」賽加洛終於說話了：「我不是妳的安禮，妳認錯人了。」
「不，你是……等等，你是……」蓓蓓看著他的綠眼睛和純白翅膀：「你是……」
「他是賽加洛，我的賽加洛！」
「賽加洛？」蓓蓓搖了搖頭：「不，他是……」

「閉嘴！」朵拉害怕她可能講出什麼，破壞他們的團聚。她舉起權杖：「死人不會再說話了！」

「等等！」一隻強而有力的手抓住了她的臂膀：「她只是個女孩，讓她走吧！」

「你……為什麼？」朵拉不敢相信自己的眼睛：「你真的認識她嗎？為什麼替她說話？」

「不，我不認識她。」賽加洛說：「只是，別再殺人了，朵拉！這些日子來，妳已經懲罰了夠多的人！當我最初認識妳時，妳就像這個女孩一樣，如此嬌弱而純真！」

「喔，我……」她的權杖自手上滑落，阿葵巴迅速撿了起來。

「妳是我所遇見最仁慈的女孩！」賽加洛說：「我是說，曾經是。」

「我……」朵拉試著解釋：「我……」

「親愛的朵拉皇后，」阿葵巴雙膝跪下，呈上權杖：「這女孩太可疑了！在我們找到真相前，不可以輕易放她走！」

每個人都看著皇后，等待她下一步的裁決。

「親愛的皇后，」阿葵巴加重語氣：「太多奇怪的事發生了！這女孩可能是這些謎團的關鍵，我們不能冒著人民生命的危險，這和領土的安危有關！」

她嘆了口氣，看了賽加洛一眼。她從未陷入這樣的兩難之中！殺戮曾經是個遊戲，但現在……她不可能不去在乎賽加洛的觀感！

「好吧！把她關在地牢裡！」最後，她終於下定決心。

好幾位彪形大漢衝了進來，穿越人群，把蓓蓓從地上拉起來。

「幫幫我！救命啊！救命！」蓓蓓再度喊叫。

突然間，一名男子衝出人群，「唰！唰！唰！」只見刀光不見人影。片刻間，那些護衛便放開了蓓蓓，因為他們開始流血叫喊。蓓蓓又跌坐地上，一時之間還站不起來。

「左菲士！我知道是你！這是第二次了！」朵拉生氣的說。

他拿下面具，丟開它：「朵拉皇后，違背您的命令並非我所願，但這女孩是無辜的！她不該被鎖在地牢裡！」

「她闖進十三森林，還偷溜進我的舞會！讓她活著已經對她很仁慈了！」

「她並非有意進入我們的國土，只是個意外。另外，是我給了她火吻的邀請卡。」

「好啊，我知道了……」朵拉點頭：「你們全都是一夥的！很好！那我就把你也抓起來！全部！」

聽見了皇后的命令，越來越多衛兵衝進來。「咚！咚！咚！咚！」一個接一個，擁擠的空間讓更多賓客踏出宮殿。接著，朵拉向阿葵巴低語幾句，只見他不停點頭，過了一會兒便不見蹤影。

同時，左菲士扶蓓蓓站了起來；然而，他們被士兵團團圍住：前、後、左、右，沒有可以逃跑的路途。蓓蓓記起了她有白烏鴉的血，便手伸進衣服內摸索著。

「太好了！」終於，她找到並拿了出來。當她試圖打開蓋子時，因為用力過度，這迷你瓶反而從她手中彈出。

「喔！」惱怒之情向她襲來。此時，有人抓住她的右手——是左菲士！他把瓶子塞到她手裡，低語道：「用我的，快走吧！」

「不——」蓓蓓睜大眼睛，搖了搖頭。然而，圍繞他們的士兵早已失去耐性！他們舉起武器，直直向他們砍了過來！「唰！唰！唰！」一開始，左菲士還能保護他們自己，並反擊回去。但隨著越來越多人湧進，他的戰鬥能力減弱，也受了嚴重的傷。
「走啊！」左菲士向蓓蓓大喊。
蓓蓓還在猶豫時，另外兩個人又衝了過來。
此時，他們已脫掉面具：一個是莎夏，另一位則是藍夜。
藍夜手握長矛，可能取自某具士兵的屍體。他跑向蓓蓓，從正面保護她。莎夏手中握著某樣東西，跑向左菲士和蓓蓓；她似乎在瞄準某樣東西，沒有說任何一句話。這些士兵，一個接一個，不斷地跑向他們。藍夜不擅長揮舞長矛，他只是緊緊握住，並砍向任何跑過來的人。蓓蓓則模仿藍夜，她也從死人身上拿走一支長矛，用盡最大力氣戰鬥。此時，左菲士的傷變得越來越嚴重，他幾乎無法持劍站立，視線變得模糊起來。看見這個情景，莎夏馬上丟出手上的小石子。
是火種！
「啊——」被打中的人們淒厲哀號著，他們的身子起火燃燒。在他們反應過來前，只聽見劈啪作響，手變成焦黑的枯木。此外，他們全被其他士兵圍繞，沒有地方可以逃跑！就像是骨牌效應，一個接一個，鄰近的士兵也著了火！
看見這情景，朵拉氣得直跺腳，，賽加洛則保護著她，不被火勢波及。
當他們試圖在這一團混亂中逃跑時，莎夏不小心撞到一位在藍夜身邊的士兵，他一邊燒著，一邊朝藍夜的方向倒了下來。藍夜反射性的往後退，卻十分靠近這起火的人。他顫抖著，拿起身邊的長矛，使盡最後的力氣向藍夜丟過去——一個白色的影子閃過，護衛了藍夜。
當他看清楚那是什麼時，他驚叫而出——

「綠娃娃！」他馬上蹲下，忽略旁邊有個著火的屍體在翻滾。

他脫掉她的披風，見這長矛插進她的胸膛。她的身體正在流血，柔而亮白的毛被染成深紅。

「綠娃娃！」一邊顫抖著，藍夜又叫了一遍。

「藍……藍……藍夜……」綠娃娃說：「我……我……我看……起來好……髒……髒……我……要……洗澡……我……醜……」

「好！當然！沒問題！我現在就帶妳回家！」他撫摸著她溫熱的身體：「我要幫妳準備泡泡澡！還有茶！奶茶！餅乾！妳最愛的是……」

「沒時間了！快走啊！」左菲士使力拉他的手。

聽見左菲士，藍夜變得較為理性。他丟掉長矛，把她擁入懷中。現在，他們試著找出這些迷你瓶；然而，綠娃娃的早已不見蹤影，因此，合起來只有三個迷你瓶。

「給綠娃娃！她需要療傷！」左菲士說。

藍夜沒有拒絕：「那你們呢？」

「我有劍，至於你們……」左菲士看著莎夏和蓓蓓。

「走啊！」莎夏說：「妳不該被牽扯進來！」

「但是……」蓓蓓猶豫著，莎夏只是個奴隸，一旦她被皇后捉住，她可能就沒有存活的機會。

藍夜從莎夏手中取走瓶子：「她說的沒錯。妳不屬於這裡，妳不該被牽扯進來！左菲士會保護沙夏！打開瓶子，滴在自己身上吧！」

他打開兩個瓶子，滴在他自己和綠娃娃身上，消失了。

「咻！咻！」

此時，上方傳來奇怪的聲響，他們抬頭一看，天花板竟裂開一個大洞，伸下兩隻木製巨手！一隻抓住左菲士，另一隻抓了蓓蓓和莎夏。他們被帶離地面，懸在半空中。

到現在為止，大部分的火焰都已經撲滅，只有零星火光在閃爍著。一堆堆焦屍被疊放在地上，發出撲鼻的惡臭。宴會被破壞殆盡，流動的燭光黯然失色，玻璃高腳杯已成空，玫瑰花瓣也被踩踏成爛泥，更別提一大群賓客已從這舞會中倉促離去。只有朵拉、賽加洛、一些手握長矛的士兵、喬生（從未停止記錄）、鬼蝸牛以及阿葵巴（正操作著機器怪手）仍留在大廳內。

「妳太天真了！現在，ß 1539762-！」

聽見朵拉的宣示後，阿葵巴按下一個鍵，巨手把莎夏丟在地上。看見她掉了下來，這群士兵馬上將她團團圍住，以長矛指著她。

「說！為什麼妳會去反抗烏鴉！」朵拉問。

「因為……」莎夏摸了摸自己的頭，找到最後一個火種。她想也不想便將它丟向朵拉，然而，一名衛兵識破了她的詭計，抓住她的手，這火種打偏了，打在朵拉的裙子上，開始燃燒！

「啊——」朵拉尖叫，但賽加洛迅速蹲下，撕去她半邊裙子，把它丟得遠遠的。好幾名衛兵衝了進來，一人一腳地把它踩熄。

看見精緻的禮服成了塊爛布，朵拉氣得說不出一句話，她直直走過去，「啪」的一聲，給了她一巴掌。

莎夏沒有說話、也沒有反抗，只是用那大而憤怒的雙眼，瞪著朵拉看。

「好啊，妳……妳以為自己很厲害是吧！」朵拉俯視著她，冷笑道：「把她拖出去！劃爛她的臉，順便挖出她的眼睛！」

即使在盛怒之下，她也沒忘記看賽加洛一眼；只見他不發一語，似乎默許了這個決定。

「不——」還懸在半空中的左菲士掙扎著。

聽見了這個命令，這群士兵紛紛伸出手，要將她強行架走；就在這個時候，莎夏突然消失了！

「啊！」他們停下動作，面面相覷，一時之間，不知道該怎麼做。

「可惡……」朵拉握緊拳頭：「派一百名士兵到百花之林，到藍夜家中把他們全都抓回來！他們跑不遠的！喬生、鬼蝸牛，你們也跟著去，把事情經過全都記下來！」

第十章　祕密

「我從未想過，我可以再見到你。」朵拉說。

「我也是。」賽加洛答。

「這六百年來，我一直在尋找你。」朵拉又說。

「六百年……」賽加洛說：「有那麼久嗎？感覺……似乎才過了幾天而已。」

「我就知道，」朵拉嘟起嘴巴：「你喜歡我沒有我喜歡你多。」

賽加洛笑了笑，說：「這麼說就太不公平了。」

他沒有給她反駁的機會，因為他已經吻上她水嫩的唇，嚐起來像棉花糖般的果凍。當然啦，她試圖掙扎，但很快的便投降了。起先，他很溫柔，突然變得粗暴，又轉換成溫柔。逐漸地，他的唇往下搜尋，落在她的脖子上、肩上，以及……喔，女人！他把她的衣服撕開，想看她看得更清楚：她鎖骨的曲線、肩膀美好的弧度，以及她渾圓的胸脯，更別提……如此美味的誘惑啊！他不能停止，也不想停止！他已經等待了太久、太久，強烈的慾望在他體內膨脹，原始的渴求如午夜閃電撞擊著他！他瘋狂吻遍她每吋嬰兒般光滑的肌膚，沉浸於她無邊無際的溫柔裡，全心的呼吸進她的氣味……她的身體是道豐盛的宴席，他則是飢餓的野獸，已漫無目的地遊蕩了好長一段時間。

最後，當他在她體內休憩時，他宛如乘風之翼的豹。

在過了，或許，一個世紀後？他們終於醒來。

房間依舊昏暗，只有燭火閃爍著。

「所以，這是你的臉……」她輕輕地撫摸他的臉龐。

賽加洛稍稍把頭轉開。

「怎麼了？讓我看看你的臉嘛！我要捏你的臉頰！」

他坐了起來，迅速穿上衣服：「還記得我們第一次相遇嗎？」

「當然，」朵拉說：「忘記的人是你吧！」

「我……我從未忘記。」

「那是在哪裡？」朵拉開始考他。

「在妳臥室的陽台上。」

「喔，」朵拉又問：「那……在什麼時候？」

「妳和修羅王的新婚之夜。」

「你真的記得！」朵拉似乎心滿意足，從背後抱住他。

「現在換我考妳，」賽加洛轉過身來：「那天，發生了什麼事？」

朵拉看著他，像說故事一樣，把事情的經過娓娓道來。

那是很重要的一天，屬於她和修羅王的日子。國王已邀請了每位賓客來參加婚宴，王宮內燈火輝煌、笑語喧嚷，而民眾在街上手足舞蹈，以虔誠的心恭賀國王的新婚。此刻，在宮殿深處的一個小房間內，坐著朵拉和幾位侍女。一位正在為她上妝，另一位在幫她做髮型，其他的則準備著花束。

「修羅王……長什麼樣子呢？」她小心翼翼地問。

那做髮型的侍女看了她一眼，說：「休羅王大人長得很健壯，眉毛粗濃，臉上有大鬍鬚，看起來富有男子氣概，並且英俊……」

「哈哈……」正在幫她畫胭紅的婢女忍不住笑了出來。

「妳在笑什麼？」那位做髮型的侍女，稱作琪琪，問道。

「有男子氣概？」上妝的婢女，叫露露，說：「他是又矮又胖吧！」

朵拉心裡一驚：又矮又胖？難道他甚至比她矮嗎？當她想提出問題時，琪琪又說話了。

「而且，他還是個光頭。」

朵拉瞪著她看，說不出一句話來。

琪琪試著去安慰這嚇壞了的新娘：「別太擔心了！我們國王又聰明又富有才智。」

「雖然，他是個酒鬼。」露露又帶給她壞消息：「他常常都醉醺醺的，只有清醒時才變得英明。」

「沒錯啊，」做衣服的仕女菲加入談話：「上次婚禮，新娘等了四天才見到修羅王！四天耶！」

「你說的是上上次吧！上次是五天……」露露回想道：「我們國王到底結了幾次婚呢？」

「三……十八次？」琪琪試著數了一下。

「喔！還有一次，修羅王在一星期後就離婚了！」菲說。

「可能當他醒來時，發現這新娘子長得太醜吧！哈哈……」露露忍不住又大笑。

聽見她們你一言、我一語的高談闊論，朵拉感到越來越沮喪。

沒錯，她是漂亮的。然而，她只是個尋常女子，不是位公主。她只想找個好男人——一位善良、誠懇的男子，並和她父親一起居住。她父親是個小販，她常常幫他賣些玩具或糖果，因為她的美貌，他們的生意還不錯，一些男子常來買這些小玩意兒，只為了和她攀談。只除了有那麼一天，可能是命運、或者機緣，修羅王坐在馬車內出巡，對她的美貌驚為天人。接著，他命他的隨從留給她一個銀色長髮夾。每個人都知道這髮夾的意義——國王買定了這女孩！自那天起，她便不停哭泣，她知道，她再也沒有與父親見面的機會！他沒有流淚，只是安慰她：「勇敢些，女孩！我以你為榮！現在，你成了國王的女人！」

「婚禮要開始了！快來吧！」另一位婢女衝進房間。

「快好了！」琪琪、露露和菲異口同聲地說。

她們停止閒聊，幫朵拉打理好服裝，蓋上紅色透明面紗。

「好了，看看你自己！」琪琪說。

朵拉試著在鏡子內看自己的臉，卻只是一片朦朧。

「走吧！真的沒時間了！」另外兩名婢女又衝了進來。

因此，在一行人的簇擁下，她走出房門。經過又長又彎曲的水晶迴廊，她的心七上八下，無暇顧及兩旁的華麗美景，只是緊盯著眼前那模糊的道路，好奇那路怎能又廣又遠的蜿蜒下去，見不到底。

「慢些，慢些……注意門階……到了！」一位侍女提醒她。

一條長而深紅的地毯在她眼前開展，因此，她更小心翼翼地走著。她聽見百位賓客的鼓譟，聞到了食物和酒的氣味……她繼續走著，胸前捧著一大束花，她看見一位男子，一位矮小的男子，站在走道的盡頭。

他，就是修羅王嗎？

她的心跳得更快，因此，她必須深呼吸，讓自己冷靜下來。

「勇敢些，女孩！勇敢些……」她在心中覆誦，試圖在行走時保持節奏感。一步、兩步、三……然而，花束實在是太大了，擋住她的視線，突然間，她被自己的禮服絆倒，跌了一跤。

「喔——」群眾喧騰起來。

在她反應過來前，一名男子以電光火石之速跳出，接住了她。她跌進他懷中，面紗滑落。

「看阿！新娘子好漂亮啊！」群眾更為興奮，哄堂大笑。

她臉紅了，抬起頭來——她現在無法描述那張臉，但她記得他的氣味——那是成熟男人的味道，片刻的溫柔與寧靜攫獲了她的心。

他們很快的分開，而她沒有機會向他道謝，因為侍女們已衝進來幫她。

「賽加洛！你好大的膽子！你先看見新娘的臉了！」修羅王半嚴肅、半開玩笑的說。

「我的國王，」賽加洛答：「我只是來查看她是否夠漂亮當您的妻子！」

「哈哈哈……」不只是國王，群眾們也哈哈大笑。

「很好！很好！」修羅王問：「你的看法如何？」

「我的國王，」賽加洛說：「她能當您的皇后！」

「哈哈哈……」修羅王再度大笑：「我看看！」

接著，他直接走向她。看見這個情景，一隻與人等高的青蛙快速跟在他身後；牠穿著西裝、繫條紅色大領帶、且戴副黑框眼鏡。

牠走到國王與新娘中間，拿出一張羊皮紙，開始宣讀婚禮誓詞。

「現在，您可以親吻新娘子了！」青蛙宣布。

修羅王揭開面紗，吻了她的額頭。

朵拉只覺得皮膚像是被粗砂紙磨過，感到疼痛。

直到他離開了她的臉頰，她才看清楚他的臉！

侍女們的話是對的，他比她還要矮很多——他腳下甚至墊了個大黑紙箱！除了她們早先描述的特徵外，修羅王甚至有雙突出的大眼睛，看起來比那青蛙還要嚇人。

「嘻嘻……」他一直看著，或說「瞪」著她看：「美人啊！美人！」

「親新娘子啊！再親一遍新娘子啊！」

「看啊！她又臉紅了！」

「親新娘！」

「……」

賓客們幾乎全都瘋狂起來，特別是在掌聲和酒精的助興之下！

「好吧！好吧！」修羅王雙手高舉，表示投降：「我不能阻止他們！一位好國王應該要聽從人民的建議！」

他再親了她一下——這次是在她的鼻子上。

「來狂歡吧！」他從黑箱子上跳下來，牽著她走向賓客，開始敬酒。

朵拉根本不勝酒力——幾杯下肚後，她頭暈目眩，有作嘔之感。此外，群眾的叫囂聲讓她的腦袋嗡嗡作響……修羅王皺起眉頭，但沒有說什麼；他命幾位侍女護送她去新的大臥室。在被送上床後，她沉進了深深的夢鄉裡。

她不知道自己睡了多久，但當她醒來時，天色仍然昏暗。

在梳洗過後，她喝了些水，感覺好多了。接著，她打開落地窗，走進大陽台內。

「啊！」她的心充滿敬畏，所以，這就是貴族的生活嗎？陽台詩意般的設計，腳底下光滑的象牙地板，更別提頭頂上無以計數的星星——寧靜、無風而恆久。

此時，在半圓的露天陽台欄杆上，站著一個人。

那人提著一只金色鳥籠，籠子裡放著一朵深紅玫瑰。

朵拉停在原地，她不知道他是誰，也不知道他要做什麼。

那人從欄杆上輕巧一躍，緩緩朝她走來。

「妳還好嗎？」他停在她面前。

「我？」朵拉問：「你是誰？」

「適才，妳跌進了我懷裡……希望妳安然無恙。」

「喔！」現在她才認出他：「我……謝謝你。我只是……太不小心罷了。」

「妳只是太緊張了。」

她微微笑了笑，臉色迅速漲紅。

「容許我再自我介紹一次，」他說：「我是狩獵群王，賽加洛・伊凡・修。」

「我叫朵拉。朵拉・左伊・維爾莉特。」

「朵拉，」賽加洛說：「可以嗎？我是說，只稱呼妳朵拉？」

她點點頭。

「我帶了個禮物給妳。」他遞給她金色籠子。

「這是什麼？」
「她是王國裡最美的漂浮玫瑰，當妳有空時，把她放出來，帶她散散步。」
「放出來？」
「是的，我了解她，」賽加洛說：「有時，她需要寧靜的空間與清新的空氣……待在金籠子裡太久只會讓她枯萎。」
「它……我是說，她太美了！」
賽加洛微笑道：「希望妳會快樂……我是說，現在，妳是國王的妻子了。」
「是的，」朵拉凝視著那朵玫瑰：「謝謝你的結婚禮物。」
「和有夫之婦閒聊太久是不道德的，」他富含情感的看著她：「我得走了。」
他轉過身去，再度跳上欄杆。朵拉好奇人怎能跳得那麼高。
「等等！」她問：「你會再來嗎？」
「當然，」他說：「我保證。」
「說完了！」朵拉得意地看著賽加洛。
「沒想到……妳記得這麼清楚！」接著，他輕輕吻了她的臉頰：「妳的獎賞。」
「你真是……小氣！」朵拉嘟嘴。
「小氣？小氣？」他搔她癢：「小氣？」
朵拉忍不住大笑：「別這樣！住手！哈哈……」
在玩耍親吻了好一陣子後，賽加洛嘆了口氣。

「嗯？」

「只是……」賽加洛說：「可惜那玫瑰已經凋零了。」

朵拉神祕的笑了笑：「她還活著。」

「真的嗎？」賽加洛十分訝異：「已經……六百年了吧！」

「來吧！」朵拉穿上睡衣，領他走到第二扇門前，將它打開。

「啊！」在隨她走進陽台後，賽加洛感到深深的震撼。

廣漠無垠的星空開敞，滿天星斗傾斜，彷彿要倒在他身上似的……此刻，星沙從天空飄落，而那朵紅玫瑰，彷彿最尊貴的名伶，緩緩現身。

「她還在！」賽加洛深深的感動：「世界已全然改變！但這朵玫瑰卻依舊盛開！」

「有了權杖，我可以呼風喚雨。」

「那不是修羅王的權杖嗎？」

「不錯。」

「他送妳的？」

「我偷走了……」朵拉低語道：「我殺了他。」

「妳也變了好多……」對賽加洛而言，朵拉依舊美麗；然而，他很難將昔日的朵拉和現在的她做聯想。

「失望嗎？」朵拉說：「時間可以改變一切，你不可能指望什麼都沒變……他是神指派的國王，但人可以改變自己的命運。我……我只是想捍衛我自己！」

「我愛妳……」賽加洛握住她的手：「無論妳變成什麼模樣。」

朵拉笑了，雙頰泛起桃紅，看起來像那晚害羞的新娘。

過了一會兒，她鎮靜下來：「但是，法亞還活著。」

「法亞？」賽加洛問：「妳是指休羅王的御用記錄員？」

「我讓他每日食用珊瑚粉。」朵拉點頭。

「原來如此，」賽加洛又問：「為什麼要讓他活著？」

「六百年前，修羅王取走有關你的文字，私下給了法亞，因此，沒有人可以記起關於你的事情。法亞對我的處境感到憐憫，給了我部分文字，因此，我尚能憶起我們在一起的時光……在殺了修羅王後，法亞拒絕告訴我剩下的文字在哪，因此，幾個世紀以來，我無法記起你的臉……」朵拉深呼吸後，省略掉弄瞎他右眼的部分：「但是，你回來了！我們再也不需要他了！」

賽加洛沉默了一會兒：「無論我變成什麼樣子，你都愛我嗎？」

「什麼？為什麼……為何這樣問？我……我不懂。」

「不，」他說：「這不是我。」

「你在說什麼啊？我……」朵拉大吃一驚。

「這不是我的身體。」

「什麼？」朵拉瞪著他。

「這不是我的身體……或許，這是安禮的身體。」賽加洛說。

「安禮？」朵拉想起這個名字：「你瘋了嗎？安禮？那女孩的安禮？」

「是的。」

「但是……你怎麼會有賽加洛的記憶？」
「我還是賽加洛，只是，我住在安禮的身體裡。」
那麼，她吻的是誰呢？擁抱的是誰呢？甚至……朵拉在心裡這樣問。
「當修羅王取走我的文字，沒人記得我，甚至我自己！我被變成了一條蛇，逐出王國……」
「等等，」朵拉問：「蛇？什麼是蛇？」
「我懂了，」賽加洛說：「他也刪去了你們關於蛇的記憶。」
他脫去衣服，背對著她：「看！這就是蛇！」
一條黑色、細長的生物被嵌進他的背中，沒有四肢，它正伸出舌頭，緩緩蠕動著；此外，在他頭頂上還有兩個綠色、發光的小點。
她的心充滿厭惡，感到作嘔欲吐。
「如果妳仔細看的話，妳會看到它背上有兩個燒焦的痕跡。」賽加洛說。
「我……」朵拉不敢相信這居然是賽加洛！她思念了幾百年的人！
「別害怕，」他說：「它不會咬人。」
朵拉點頭，試著再看更仔細些。喔是的，她看見那痕跡了。
「它們是我的翅膀。」賽加洛解釋。
「你有翅膀？」
「狩獵群王有最健美的雙翅！」
她試著去想像他鼓動翅膀的模樣，但……眼前的「他」也不是「他」。

「還記得剛剛妳說『在半圓的露天陽台欄杆上，站著一個人』嗎？還有，你好奇『人怎能跳得那麼高？』」

「喔！」朵拉恍然大悟。

「被放逐後，你去哪裡了呢？為什麼會附在此人身上？」她緊張地問。

「這我之後再告訴妳……」賽加洛說：「當務之急，是先請法亞給我們那段文字，我才能重新獲得自己的身體。」

「是的，但願如此。」

他把她的手握得更緊，翡翠綠的眼睛閃閃發光：「我必須找回我自己！以真實的身體擁抱妳！」

＊＊＊

「噠—噠—堤—堤—啦—啦—噠—啦—」

黑暗的房間裡，一個造型精緻的音樂盒被打開，放在桌上，裡面的幾個迷你木偶與塑膠花彈了出來，開始一起一落、如旋轉木馬般的奔騰、歡唱，並發出閃爍的彩色亮光。

「噠—噠——堤—堤—啦—啦—噠—啦—」

此刻，有兩個人正和著節拍，沉醉的隨音樂起舞。其中一人是阿葵巴，另一位是個女孩，他一手摟著她的腰，另一手握住她的手，前進一步、後退兩步，再滑行——她跟著他每一個步伐：後退、前進、滑行——如此溫柔嵌合，簡直是每個男人夢寐以求的舞伴。

「噠—噠—堤—堤—啦—啦—噠—啦—堤—」

阿葵巴滿足的笑著，應該說他永遠都會這樣笑著——這個女孩，這漂亮的女孩子！長得與皇后朵拉有幾分神似：波浪狀的金髮、藍眼睛、櫻桃小嘴，特別是那高聳的酥胸，宛如美好的果凍，誘使男人咬上一口。

此刻，阿葵巴的臉頰上，兩道黑色細線從他眼上垂了下來，他的眼眶被染得越來越黑，而那線也變得越來越粗……但是，興高采烈的微笑依舊懸在那，因為那是小丑的表情。

轉啊。**轉啊**。**轉啊**。他不停旋轉著，幾乎瘋狂起來。那女孩是他最貼心的舞伴——沒有開口問他任何問題，也不曾抱怨自己的腳痛，彷彿知曉他內心的每個祕密。沒錯啊，他，阿葵巴，自始至終，衷心愛慕著朵拉皇后！但是，他的皇后，他的朵拉，現在躺在另外一個男人懷裡，和另外一個男人在月夜下共舞……

轉啊。**轉啊**。他依舊旋轉著。眼神越過眼前的這個女孩，思緒飄回到六百年前。那天是她的生日，他為她做了十九層草莓蛋糕，上邊點綴著蝴蝶結狀奶油與彩色花朵糖霜，花朵裡不僅灑了巧克力屑，另外，在最上層還站著幾個小人偶，只要一啟動開關，蠟燭會瞬間彈跳而出、自動點燃，這些人偶還會一邊拍手跳舞、一邊唱生日快樂歌。**轉啊**。**轉啊**。那天，他小心翼翼捧著這又大又重的蛋糕，走到朵拉房前，發現門沒有關，於是他溜了進去，想給她一個驚喜，發現房內也沒有人。此時，他看到通往陽台的門是開著的，悄悄走了過去，看見陽台有兩個人影……**轉啊**。**轉啊**。他看見那人把朵拉擁入懷裡，在她耳邊低語，而朵拉也以那雙小而纖細的手緊緊回抱。**轉啊**。**轉啊**。他沒有說話、或發出任何聲響。他走出房門，回到自己房間，把那蛋糕摔到牆上，裡面的線路構造瞬間四分五裂，人偶跳了出來，「啪啪啪啪」地不停拍手，祝他「快樂—快樂—快—樂—」。**轉啊**。**轉啊**。他記得自己哭泣了許久許久，最後，終於站起身來，他沿著宮裡的水晶迴廊往前走，穿過詩意的噴泉，越過五彩繽紛的花園，接著，他停在另外一扇門前面。

「叩！叩！叩！」

門被打開了，他走進去，看見另外一個男人坐著。他單膝跪地：「親愛的修羅王——」

「噠—噠—堤—堤—堤—堤—堤—」

怎麼啦？阿葵巴不禁皺起眉頭，聽見它不停重複同樣的音調，是壞掉了嘛？他向它走過去，只見其中一隻迷你木偶不斷的跳上跳下、跳下跳上，那塑膠花開了又謝、謝了又開……而其他的木偶依舊坐著不動，它的確是故障了。

他打開燈，把它倒過來，撥弄上面的發條。

「堤—堤—堤—堤—堤—堤—」

那木偶仍然不停的跳著，彷彿要去衝撞這靜默的夜晚。

「堤—堤—堤—堤—匡噹！」

轉眼間，那音樂盒已被摔得稀巴爛，裡面的零件散了一地。

「嘻嘻嘻……」阿葵巴笑了，問身後的舞伴：「妳喜歡嗎？妳不就是喜歡粗暴嗎？」

「我喜歡你。」終於，她開口說了第一句話。

「妳真的喜歡我嗎？」阿葵巴轉過身來，走向她。

「我喜歡你。」她又說了一次，彷彿要說服他。

「說謊。」他輕輕地撫摸著她的臉頰。

她沒有辯解，也沒有回答。

「說謊！說謊！說謊！」突然間，阿葵巴瘋狂的向她叫囂，把她當作朵拉的代罪羔羊。

他狠狠的連甩了她好幾巴掌：「妳根本就不喜歡我！」

她的頭一個不穩，掉到地面上，暴露出裡面的線路、機械裝製與卡帶，當聽到「喜歡」這個字時，地上的人頭又自動反應的說：「我喜歡你。」

「閉嘴！不要再說了！鬼扯！」阿葵巴把她的衣服扯碎、撕裂，那半裸的酥胸只是填充海綿，散發出塑膠的氣味；接著，她把那斷了頭的人形木偶往牆上一摔，「匡噹」一聲，她身體的各個部位瞬間毀壞崩解，積木散落了一地。

室內變得更沉、更靜，阿葵巴走到自己的梳妝台前，坐下。

此刻，他臉頰上那兩道黑線已經乾涸，彷彿把自己的臉頰切成兩半。他打開一個黑色玫瑰盒子，拿出粉撲，在自己的臉上拍打，想蓋住那兩道黑線。

突然間，他背後出現一位黑衣男子，正對著鏡子裡的他笑；阿葵巴嚇得站了起來，迅速轉身，一不小心，把粉盒打翻。

「你……你是誰？」阿葵巴顫抖著。

「我是Desire。」那黑衣男子笑道。

「Desire？」阿葵巴說：「我……我不認識你！」

「你不需要認識我。」

「我……你……」

「呵呵……」Desire問：「怎麼啦？怎麼說不出話來了？」

「你……如何……你是怎麼闖進來的？」阿葵巴的住所周圍都已設下機關陷阱，更遑論附近站哨的士兵們。

「你召喚了我。」

「我不懂。」

「我是被你的慾望召喚而來！擁有最強烈慾望的人總會吸引我！」

「慾望？」阿葵巴感到微微燥熱，幸虧他的粉蓋住了他發紅的臉：「我……我不知道你在說什麼。」

「哈哈哈……」Desire放聲大笑：「只有弱者才會逃避自己的慾望。」

阿葵巴沒有說話，用一貫的笑臉看著他。

「現在，你一定很孤獨，很痛苦吧。」Desire以溫柔的聲音說：「我知道你最深的慾望，全世界只有我最了解你！現在，我跟你做個交易——去偷朵拉的權杖吧！我會建立一個以慾望為主的世界，在這新世界裡，男人可以主宰女人，而朵拉，你尊貴的皇后朵拉——會跪下來吻你的腳！」

＊＊＊

花費了好幾天穿越藍石、白雀、荒泉等數個森林後，喬生、鬼蝸牛與其他士兵終於抵達百花之林，夜色降臨，森林內蛙語蟲鳴，暗香湧動，一波又一波的香氣襲來，攪擾人的心思。

「大家小心！」鬼蝸牛飛到他們頭上：「這裡危機四伏，多數花卉皆藏有劇毒，千萬別踩到它們。」一聽見它的警告，士兵們便集體放慢腳步，變得更為警醒。接著，鬼蝸牛又飛回喬生身邊，此刻，他正走在士兵的最前面，不停地寫著筆記。

「沒想到……她居然能從皇后手中死裡逃生，」鬼蝸牛問：「她是怎麼辦到的？」

「這次她所使用的，可能是白烏鴉的血。」

「白烏鴉的血？」

「沒錯，」喬生解釋：「烏鴉是最受排擠的動物之一，因此牠們慣於隱藏自己，而白烏鴉的血一被提煉後，就可以在人類身上發揮隱形的效果，但是，藥效無法持續太久。此外白烏鴉數量稀少，來源十分不易。」

「他們從哪來這麼珍貴的東西呢？」鬼蝸牛問。

「或許是……」

「啊——」突然間，他們聽見後方傳來一聲尖叫，他們轉過頭去，發現一名士兵被一肥大的荊棘緊緊纏繞住身體，並且被舉到半空中高，正在激烈地蠕動掙扎著，身體滲出絲絲血液。

「這是……」喬生還未反應過來，只見樹林深處忽地出現一朵巨大的紅花，花朵張得又大又開，吐出又長又熱又濕的舌頭，淌著口水，向他們追了過來！

「天啊！這是傳說中的蝕魂之花！」一名士兵大聲尖叫。

其他人一聽，紛紛沒命的往前狂奔，完全忘了自己手上還有武器；有些跑得太快，不小心跌落於地，有些則是被蔓生的樹根絆倒，奮力掙扎著要站起來。此時，那朵花長長的舌頭一伸，把喬生捲了起來，鬼蝸牛則不小心從他肩上掉了下來。

那花似乎捕到獵物後就心滿意足，迅速的往後方退去，鬼蝸牛跟著飛了去，並伸出長長的觸角，「啪」的一聲，抓住喬生的腳，但蝕魂之花的力道太強，使得鬼蝸牛的觸角被越拉越長、越拉越長——而鬼蝸牛飛行的速度又沒有那朵花後退的速度快——又「啪」的一聲，鬼蝸牛向後反彈數十里，跌到樹叢裡。

片刻之後，它抖擻一下身子，從樹叢裡飛了起來，看看滿地都是橫七倒八的士兵，它生氣地大喊：「你們馬上給我站起來！」這些士兵趕緊撿起長矛，迅速站了起來，整頓盔甲，看起來驚慌而狼狽。

「皇家記錄員已經被擄走！我必須趕回去稟報朵拉皇后！而你們繼續前往藍夜家裡，把他們全抓起來！特別是那該死的奴隸！」

一聽見鬼蝸牛的命令，這些士兵趕緊振奮精神，往既定的方向前進，只是，剛剛已有好幾名士兵死於這場意外，所以現在只剩約八十名士兵。

鬼蝸牛見這些士兵已經回復正常，便騰空飛往薩月宮，只希望在一切都太遲前抵達！

至於喬生這邊，他被一條又大又熱的舌頭纏住，只聽見它那朵花心「トトト」快速跳動的聲音，似乎因為捕獲獵物而感到無比興奮；此外，那舌頭從舌根深處散發出腥臭的氣味，不斷蠕動、分泌濃稠液體，把他的身體弄得黏答答的，似乎要先軟化他，才要一口把他吞下肚。

喬生感到害怕，卻又告訴自己應該冷靜。第一，以往他在觀測百花之林時，都會特地挑選白天的時段，這次則是因為緊急事件才必須在夜晚行走。第二，歷史上沒有記載過一名記錄員在被野花抓了後該做什麼。現在，他的筆記已不知道掉到哪裡去，他也無法按照昆汀的建議繼續寫作。結論是，他必須先活著，待會兒再來寫作；雖然，這行為看起來像是個二流的記錄員，因為人類的記憶有時不是那麼牢靠。第三……好吧，他現在應該停止思考，因為他隨時都可能被溶化掉。看見身上只剩下幾支筆，他抽出一支，狠狠的往那舌頭刺下去。

那舌頭顫動了一下，噴出大量綠色的汁液，噴得喬生滿臉都是；喬生再不停的亂扎亂刺，那舌頭受到這樣的刺激，不僅「唰！唰！唰！」的狂噴，更大幅度地搖來晃去，從舌根深處發出巨大吼聲。

此刻，喬生從頭到腳都覆蓋著綠色泥漿，儼然成了個綠色泥人。他趕緊抹了抹臉，讓自己的視線恢復清楚。在他這樣像盪鞦韆似的被甩低拋高後，他發現就近有根突出的樹枝，於是，他跳了起來，抓住那近在眼前的樹枝，使盡力氣甩開那朵花。

但是，蝕魂之花並非等閒之輩，它因為吃了太多動物的血肉而變得越來越頑強，頃刻間，只聽見「喀嚓」一聲，那樹枝斷裂，喬生臉色僵硬驚恐，又回到花朵的懷抱裡。此時，那花已失去所有耐心，也不等唾液全部分泌完全，「咻咻咻」的，舌頭內縮，花瓣合攏，要把喬生直接捲入花心，吃下肚子。

喬生只看見眼前越來越黑，而自己直直地往下掉——要掉到無底洞裡去似的！想也不想，喬生迅速將那樹枝橫向擺放，暫時卡在舌根的上方，藉此拖延被消化的時間。那舌頭減緩自己內縮的速度，花瓣也暫時停止閉合，留下他頭頂上的一小方空間。然而，越來越多的濃稠液體蔓延而上，從他的腳至他的腰，似乎打算淹死喬生。

喬生突然想起，蝕魂之花只吃動物的血肉，從不吃素，這次他把這樹枝帶進花瓣裡，難怪它得分泌更多的唾液來消化他！也許，最後它會將他們都吐出來也說不定？話雖如此，喬生還是不想投機取巧，他一手握住那樹枝，另一手從口袋拿出一堆筆，思索著該怎麼走下一步。

只見那唾液往上攀昇的速度越來越快，轉眼間已經到了他的胸部，他已感受不到自己的下半身，甚至連呼吸也感到困難……他喘著氣，頭往上仰，大力吸著僅剩的空氣。藉著那樹枝緩、慢、移、動到靠近花瓣的地方，用盡全身的力氣往下一刺——那花瓣被刺破一個洞，唾液洩了出去。

喬生心下大喜，又舉起手，再往下一刺，水平線也下降了一些。此時，那花勃然大怒，忽地把花朵張得大開，使的全部的唾液像瀑布般一瀉千里，接著，那舌頭再次迅速內縮，似乎打算生吞活剝喬生，不給他任何喘息的機會。這次，喬生無法再利用樹枝卡住兩邊的花瓣之牆，他往下一看，發現花心深處居然有兩排如鯊魚般的尖牙利齒，正張著血盆大口，等待他的到來！

「啊——」在這樣自由落體的速度中，喬生在心裡大聲喊叫，現在，他完全被含在一個又大又潮濕的嘴巴裡。再一次，他又用那樹枝把花的嘴巴卡住，上下撐開，幫自己暫留了一小片空間。它發出痛苦的哀嚎，舌頭胡亂顫動，把喬生撞得七暈八素！喬生感到作嘔欲吐，他用僅存的理智，把全部的筆拿了出來，一邊往上、一邊往下的同時刺了下去！那舌頭終於承受不住，它顫抖著，黑色的血液汩汩流出，將他彈出嘴裡，射得又高又遠。

喬生掉到一處草叢內，感到全身又酸又痛又麻，彷彿全部的骨頭都移了位，使不上任何氣力。他想坐起來，卻因為實在太虛弱，依舊攤在地上，呈現一個「大」字型。

就這樣，他躺在那，頭腦一片空白，幾乎要昏睡過去。此時，他的左手突然被某樣東西刺到，他順勢去摸，抓到一個小而堅硬的殼……

那殼噴出一團亮霧後，開出一朵純白無垢的花。

＊＊＊

與此同時，莎夏也已進入百花之林。

沒日沒夜的趕路，已經讓她精疲力盡，加上她已失去額上的鎖風石，只能以正常人的速度前進。天色已晚，森林內的路途變得曖昧不明，她試著憑藉直覺前進，只是，她不確定該往哪裡去；既然左菲士已被捕去，她似乎不可能被貴族或藍夜所接納。那麼，她能上哪去呢？由於她已受傷，從這到盜光之林也有一大段距離，更別提她沒有用藥的知識了！但是，她唯一能找的也只有藍夜，對吧？

夜晚森林的冰冷籠罩著她，暗處似乎有上千隻眼睛潛伏著。現在那白烏鴉的血早已失去效用，讓她感到不甚安全。此刻，她只祈禱能盡快抵達藍夜住處。

突然間，上方傳來一陣奇怪的聲響，她尖叫起來，而在那裡！原來是隻鼬鼠！牠回頭看了她一眼，又迅速跑走了。她深深吸了一口氣，然後吐出，心中感到如釋重負。

她又繼續走著，寒冷的風依舊在暗黑的森林裡窸窣作響，刮刺著她的骨頭。她看見前面有一棵小樹，樹根旁有個水窪，於是，她走上前去，彎下腰來，以雙手作勺，舀了點水出來喝。然而，那水中倒影竟出現一個白色、模糊的影子！她心下一驚，水跟著灑了一地，她發不出任何聲音，迅速站了起來，轉過身子。

當莎夏看清楚他的臉時，她不禁倒抽了一口冷氣！

那是張臉嗎？還是只用一些布料縫製的人皮面具？一堆線頭露了出來，似乎是個二流工匠的作品。另外，靠近他眼睛的部位，挖空兩個窟窿，鼻子部分插了兩根細管，嘴巴則被布蓋住，只是在靠近喉嚨部分綁有一個黑色小盒，看起來像發聲器。再往下看，他的全身上下，都被一深紅的戲服蓋住，戴著黑手套，手裡拿著一個銀色面具，在月色下閃閃發光。

「妳……有想念過我嗎？」他的聲音從那盒子發出，聽起來扁平而不自然。

「哈……利！」最後，她終於說出話來。

「哈哈……」他笑了笑：「自從上次別離後，我沒有一天忘記過妳……現在，我們又在百花之林相遇！」

莎夏的心臟跳動的十分劇烈，幾乎快跳出胸膛。

「在我滾落山谷後，恰巧掉進一處水池，」哈利回憶著說：「那水滅了我身上的火，只是我已經毀容，身上幾乎所有皮膚也被燒爛掉，只剩一些重要的臟器還可以運作。於是，我用這裡的藥草自我醫治，爬出山谷。白日躲藏、黑夜行走，前往薩月宮，找到了阿葵巴，把我變成了現在這個樣子。」

她依舊瞪著他看，內心感到無比驚嚇。

「一開始他當然不願意，還勸服我去找皇后……我不斷乞求他，又跟他做了另一筆交易。」哈利說：「在面具舞會上，我就一直在找妳……接著，妳被皇后抓了起來！看見妳消失不見，我推測妳用了白烏鴉的血！果然不錯，在藍石之林時，我就已經發現妳的蹤影，一路尾隨妳到這裡……」

她額頭冒出豆大汗珠，沒想到，失去鎖風石後，她的警覺性變這麼低！

「哈哈……」哈利的笑聲從黑盒子傳了出來，聽起來又詭異又陰險：「現在，我邀妳跟我跳最後一支舞——」他伸出手來：「死亡之舞！」

他的袖子裡射出一枝尖細的銀針，射穿她的右上臂，她大聲尖叫，雙腿一軟，跪了下來。

「哈哈哈……」他瘋狂的笑聲在黑夜裡迴盪：「我的身體絕大部分都由機械構成，可以隨時隨地發射銀針……妳就當我第一個試驗品吧！」

他的右手高高舉起，正想發射銀針時，一支冷箭襲來，射下了他的面具，將它釘在地上。

「是誰？」哈利大驚，後退了兩、三步。

沒有人回應，只見又一枝箭迎面而來，竟然射中了他的左眼。

「啊！」哈利驚聲慘叫，用左手捂住他的眼睛，那血還是不斷汩汩流出，把他的面具染成暗紅色。

「可惡！」哈利大喊：「你再不出面，我就先殺了這名奴隸！」

一人從枝椏間飛竄而出，站在他面前。

從僅剩的那隻眼睛，哈利看見他的右臂上刺有一隻老鷹。

「灰……灰鷹！」

「沒把我認成黑鷹，眼力真好！」他說：「放了她吧！」

「她毀了我的身體！我不可能放她走！」哈利顫抖著。當他說話時，那血還是不斷地滴下來。

「這樣吧，我們做個交易，」灰鷹說：「你放了她，我就放了你。」

「哈哈哈……」哈利狂笑：「你真的很自以為是啊！」

他撫摸著自己的弓箭，微笑道：「這世界上我唯一射不下的，只有那天上的太陽而已。」

「很好、很好，反正……你也看不見明日的太陽了！」哈利說：「你根本不懂阿葵巴到底在我身上裝了什麼，今天，我就讓你見識一番！」

灰鷹的唇邊帶著一抹笑容：「那正好，我也很想看看。」

還未等他說完，哈利便十指對準了他，射出數十枝銀針！

灰鷹從地面上彈跳而起，在空中翻了個圈，站到哈利背後；哈利轉身，又再次發射，灰鷹瞬間下腰，躲過那些銀針。

「哼！」那黑盒子傳來哈利不屑的聲音：「你只是善於躲藏罷了！」

他的右邊袖口再度發出數枚銀針，灰鷹拿起他的弓快速旋轉，那弓開展如鷹翼，形成一道屏障，擋開攻擊。

「唰—唰—唰—」銀針掉了一地。

「可惡——」哈利十分憤怒。這次，他從不同的角度發射，並且不斷交叉射擊，灰鷹果然閃躲不及，傷了手臂與大腿，滴下好幾滴血。

「哈哈……」當哈利想發射最後一支箭，這才發現銀針已經全數用盡。

「用完了嗎？」灰鷹問。

哈利沒有說話，從那張面具也看不出他臉上的表情。

「那換我吧。」灰鷹調整弓箭，對準了他，「咻」的就是一箭。

那箭正中哈利的肩膀，然而，他沒有移動，也沒有說話，那被箭射中之處也沒有流血；灰鷹又射出一箭，哈利仍然不動。他一箭又一箭地射了出去，哈利就像個稻草人似的站著，彷彿在嘲笑著他的徒勞無功。

「發生……什麼事了？」灰鷹不敢相信自己的眼睛。

「哈哈哈……」哈利驚悚的笑聲變得更瘋狂。只見他雙手緊握，過了一會兒，身上的箭竟全數噴出，遠遠近近，掉得滿地都是。

灰鷹反射性地退了好幾步，全身警戒，盯著他看。

而處於後方的莎夏則單膝跪地，伺機等待偷襲哈利的最佳時機。

「你根本不知道我經歷過什麼，或我變成了什麼！」語畢，哈利在左手掌心按了一下，「喀」的一聲，他的「手」彈跳而起。轉啊轉的，哈利將左手取下，丟在地上，露出裡面的大鐵環。灰鷹這才了解到哈利的手掌早已被截斷，銜接於上的，是複雜的線路與機械裝置。

「你……」灰鷹瞇起雙眼，不知道他下一步要做什麼。

哈利沒有解釋，只是把那鐵環對準了他，向那鐵環一吹，做出一個泡泡，直接向灰鷹衝了過去，他立即跳開，那泡泡撞到後面的樹，瞬間爆炸。

「碰！」

接著，哈利不斷地發射泡泡：「碰！碰！碰！」它們如同炸彈般電光火花四射。鄰近的動物被嚇得四處逃竄。灰鷹試著一邊閃躲、一邊保護莎夏。就在這跳上跳下的過程中，灰鷹不斷思考，尋找反擊的機會，突然間，他靈光乍現，附在莎夏耳邊低語幾句，接著，她便溜進了樹叢裡。

「給我回來！今日，就是妳的死期！」哈利氣瘋了，他已下定決心今日要取她性命！當他因她的舉動而分心時，灰鷹取出弓箭，朝他的右眼射了一箭！不料卻被反彈回來，掉到地上。

「哼！」哈利嗤之以鼻：「我的右眼可是有保護裝置！」

接著，他又朝灰鷹吹了個大泡泡，這次他閃躲不及，被炸傷了右大腿！

「啊！」他慘叫一聲，單膝跪了下來。

「呵呵……跟死神打招呼吧！」哈利的右眼閃著森冷的銀光。

然後，他對著他，吹出最後一個大泡泡。

突然間，一桶水向哈利潑了過來！

「啊——」哈利發出慘叫！這水不但澆滅了泡泡，還摧毀了他體內的機械線路！現在，他的身體看起來像個煙囪，滋滋作響，開始冒煙。

「客……烏……」他的聲音早已變形，那小盒子似乎隨時都會故障。

此刻，灰鷹朝他射出最後一箭，那箭穿過鐵環，射穿了黑盒子！

哈利整個人往後倒下，經過一番激烈掙扎後，終於斷氣而亡。

莎夏趕緊蹲下去察看灰鷹的傷口：「你還好嗎？」

他擦去額頭的汗珠：「我還可以，妳脫掉他的衣服，看看裡面有什麼。」
莎夏解開他的鈕扣。當她揭開那深紅色的外衣時，兩個人都愣住了。
他的身體只有骨骼支撐著，裡面以木材、鐵線固定臟器，而外面則覆以大量海綿。手腳皆是塑膠模型，渾然是副行動骷髏。
此時，莎夏居然感到了一股淡淡的哀傷，無法言說。
一個被強烈復仇意志支撐的身體，或說骨架？
「他總算是死了。」灰鷹說。
過了一會兒，莎夏逐漸回到現實，她不禁好奇的問：「你……為什麼要救我？」
「看！」灰鷹從衣服內拿出一枚枯萎的花瓣。
她的雙眼圓睜，充滿了喜悅的眼淚。

第十一章　死亡遊戲

浩瀚無際的宇宙中，一道閃電劃過，割裂瞳孔。

他在那間隙裡窺見一條通道，一間暗房，與一位老人。

一場混戰後，他力氣用盡、全身虛脫，但是，他強迫自己站起來，以小小步伐往目的地邁進。

一步、兩步、三步……

此刻，他的身上沒有筆，也沒有記事本，這讓他感到輕鬆愉快，彷彿卸下某種精神負擔似的——他不再是記錄員，至少他不認為自己是——原先建構的系統已經毀壞了一部分，他不需要時時刻刻保持警戒，去測量別人說的話是否僭越了他的階級用語，去描繪自然現象，或以最客觀的數據分析。他已忘了最初參與記錄員比賽的動機，或許他可以接受平民的景仰，屍體被置放於閃亮的玻璃棺內。

他繼續走著、走著，似乎已迷失於時間之中。說也奇怪，他的傷口自我療癒，精神復原，此外，他的步伐也越來越快。他環顧四周，試圖回想這地方的名字。

藍石之林。

林裡的樹葉如同珊瑚一樣火紅，像是要燃燒起來似的——**太美了**！

好長一段時間，他都沒有使用這個字，彷彿它是個禁忌似的。

為了那幻象中出現的老人，他繼續走著。他正朝他走去！他知道，他會告訴他一切！也許，他還會告訴他未來！喔，不，他停住，他不該被下任何定義！他要自己決定未來，或是**創造**出全新的自己。現在，他還不知道自己能成為什麼，但是，總有一天，他會知道的！他想像那條路被藏在森林深處，但最終會在他面前開展。

現在是秋天嗎？抑或只是它原本的色調？他再繼續走著，好奇這如火焰般燃燒的森林，怎麼會住著體溫如此之低的族群？那些流著藍色血液的貴族，難道他們的血液不因這樣的溫度而變調嗎？喔，不，他閉起眼睛，深深的呼吸進這裡的空氣，微風溫和而不燥熱，難怪他們可以保持這樣的血液色調……或者，這只是那本辭典的設定嗎？

再走啊走啊，日昇日落，星辰閃爍，累的時候，他稍稍靠著路旁的樹木歇息；渴的時候，他飲下葉上的露珠，或幸運的，樹木本身甜美的汁液。在這路途上，有時他想起鬼蝸牛，那健談的好同伴。但他現在孤身一人，這也很好，他可以和自己對話，一字一字的拆解字典裡的謎團。說來也奇怪，他在「換光儀式」接受的新眼睛，給了他一個完整而安定的世界，而現在，新的文字撼動了他原本的信仰，卻提出了更多疑問，當然，伴隨著更多興奮與熱情。他現在所擁有的，是更新的眼睛嗎？那麼，它們還是紫色的嗎？

不遠處有座小橋，他跨了過去，進入一團光亮的霧裡。喔！沒錯，琉璃之林！他加快腳步，無暇顧及兩旁美景，繼續往前進。那扇門還在前方，而那位老人——他姑且先稱他為智者，應該還活著吧！他絕不能被殺，至少在他揭曉謎底前。天剛破曉，五光十色隱滅，成一片青蔥翠綠之狀。他必須繼續往前走，他看見，他就藏在有刺的玫瑰荊棘底下，而在那之前，有著彎彎曲曲的暗黑地道，而兩旁有數不盡的衛兵埋伏……

此刻，他真希望自己有面鏡子，他想看自己的臉。最重要的是，他那雙眼睛，那雙洩密的眼睛！假如朵拉看見，他眼睛顏色有變的話，那麼……他不敢想下去，摸了摸身上，不禁苦笑，他哪來的鏡子！他連筆都丟了！更別提那本手冊，他該如何對皇后交代？突然間，他聞到一股玫瑰香氣……

「喬生？」背後一個聲音響起：「你在這裡做什麼？」

他轉過身去，看見朵拉和賽加洛。

「我……」他想據實以告，但一想到說出實話的下場，他沉默了。

「你……不是被蝕魂之花抓走了嗎？」

起初，當他在「換光儀式」被賜予新的視野時，她已隱藏了到這裡的路線。誰帶他來的？誰給了他新的一對眼睛？

「我逃出來了！」喬生說。

「那麼……你到這裡是要找誰？」朵拉感到狐疑。

「沒有，」喬生答：「我逃跑後，只覺得筋疲力盡、又累又渴，只想快點回來。我在這附近迷路了……」

「喔，是嗎？」朵拉遲疑起來。然而，眼前還有更重要的事要辦，她無空多想，在空中輕輕招手，喚來鬼蝸牛。

「好好照顧他。」朵拉下令。

「是的，我的皇后。」鬼蝸牛說。

「還有，」她對喬生說：「絕對不可以再到這裡來。」

「當然，我的……我的皇后。」喬生記起他的禮節。

等他們都離開後，朵拉便舉起權杖，說：「全部起身吧！」

一大片蔓延於地的玫瑰花叢忽地拔地而起，往兩旁退去，出現一個通往地底的入口，賽加洛不禁看了一眼，發現那又長又暗的階梯往下蜿蜒，恍若深不見底的洞。接著，朵拉用那權杖在空中畫了個圈，從那入口飛出許許多多的小火，並繞著他們旋轉。

「來吧！我的愛人。」朵拉說。

於是，他們手牽手，往前踏出一步。當他們踩上第一階時，那旋飛的火瞬間織成一片網，將他們如蟬蛹般包裹住，騰飛而起，再「咻」的往下直衝。雖則是被火包住，但由內往外看卻是一片透明。賽加洛只見兩旁如影子般扁細的衛兵，一個接一個的對他們單膝下跪。

「他們是真人嗎？」賽加洛問。

「你說呢？」

不一會兒，他們便抵達了地底。那火熄滅，成了一縷輕煙。

眼前有一扇門。

朵拉拿出鑰匙，把門打開。

門裡只有一張床，和一扇窗戶。

床上坐著一位老人。

「好久不見了，」朵拉說：「法亞。」

他雙眼闔上，雙唇緊閉。

「還是，你不想見到我？」她問。

「答案很明顯。」終於，那老人開口說話。

「今天，我為你帶了位朋友。」

「我朋友都已經被殺，」他繼續說：「妳知道是誰，也知道原因。」

朵拉深吸了口氣，試圖在賽加洛面前壓抑帶有罪惡感的怒氣。

「是我。」賽加洛向前跨出幾步。

這次，他睜開左眼，看見另一位訪客。突然間，他的眼睛閃爍著光芒，彷彿一顆星星落入灰燼，激活了一潭死水。

「賽加洛！」法亞說：「你回來了！」

賽加洛不得不驚嘆於法亞的好眼力，距離他們上次相見，已過了六百年；如今，他借用別人的軀殼，聲音、五官、外型皆已改變，他如何一眼就認出他呢？不愧是修羅王御用的一流記錄員。

「沒想到，你居然認得出來！」賽加洛佩服的說：「我已不是從前的我。」

「你的本質並未改變，」法亞微笑，數百年來的暗黑讓他的感官更加敏銳：「你的眼睛、神情、背後的翅膀，以及腳步聲，都證明了你的身分！狩獵群王，賽加洛．伊凡．修！」

「翅膀？」朵拉問：「你看見他的翅膀？」

「腳步聲？怎麼說？」賽加洛感到好奇。

「慣於飛行的人腳步聲總是輕些。」法亞解釋。

「我們今日來尋求您的智慧與引導。」賽加洛微微笑著。

「給我們那段文字！」朵拉的語氣相當蠻橫。

「請她先離開吧！」他對賽加洛說。

「什麼！」朵拉的音調又高了幾度。

「我可以給妳那段文字，」法亞說：「但請把右眼還給我。」
朵拉啞口無言，因為羞愧而臉迅速脹紅。
「是你弄瞎了他的眼睛嗎？」賽加洛問。
「我……」
「好吧，」賽加洛建議：「妳先走吧！」
「我……我……那……好吧……」她看起來做錯事的小女孩，擔心賽加洛會減少對她的愛。
「走吧！」賽加洛加強語氣。
「我……我可以解釋，我……」
賽加洛搖了搖頭，不發一語。
朵拉見狀，低下頭，緩緩走出門外。
當朵拉離開後，賽加洛單膝跪地，執起法亞的右手，親吻其手背。
「您是修羅王最尊貴的記錄員，我代替朵拉所有任性行為向你道歉，請原諒她吧！」
「這沒有分別，我已失去了右眼。」
「但比我們的雙眼都看得更寬、更廣。」
一抹隱約的笑容浮現，隨即又消逝於無形。
「這麼長的一段時間裡，你去哪裡了？」
賽加洛便開始描述自己的旅程。他被逐出王國後，掉入另外一個世界，之後，被一名黑衣人抓起來，又因為一連串原因，而回到這裡。

「這兩個地方有很大的時間差異：我在那裡不過數月，當我回來時，已過了數百年的光陰。」賽加洛說。

「嗯……」法亞沉思：「這或許可以理解，畢竟……不同地方的人們遵循不同的系統。另外，我想問你一件事。」

「請說。」

「當你在那個世界時，是否……有與人交合？」

賽加洛瞪大雙眼，臉紅了紅，道：「怎麼……可能，我雖化為蛇形，但意識依舊是人，總不可能找了條蛇在草地裡交合！我忙於逃竄，也對女體興趣缺缺……」

「這就奇怪了，你的身體為何有異族的氣味？或者，你有吸取任何人的血液嗎？」

經法亞這麼一說，賽加洛才猛的想起，的確有這麼一回事！

「不錯！當時我從月亮掉了下來，根本不知身在何處……我十分驚慌，而有個女孩恰巧擋住我的去路，我以為她要將我抓走，便咬了她一口……」

「這就是了，」法亞說：「她的身體會產生一些變化，但過了段時間應該無礙。只是……你的身體已經被汙染了。」

「被汙染？」賽加洛眉頭輕皺：「怎麼說？」

「即使我給你那段文字，你也不可能完全恢復……你的血液已不再純粹，就算強行恢復，也是個有缺陷的身體。」

「是會斷了手臂？還是缺條腿呢？」

法亞搖搖頭，說：「這……我無法肯定。」

賽加洛低頭，沉思了好一會兒，接著，緩緩抬起頭來：「我……還是渴望我原本的臉和身體。」

法亞安靜的看著他，似乎知道他想說些什麼。

「我先被貶為蛇形，或匍匐前進、或蜷曲在濕冷的牆角；人們看見我不是尖叫、就是對我唾罵……我張嘴吐信，那蛇的舌頭也吐不出人話。之後，我陰錯陽差，附在此人身上，這軀殼是好看，但是，畢竟不屬於真正的我……我已迷失了太久，只想回到從前，以真正的身體擁抱朵拉。」

「從前是無法回到的，」法亞說：「朵拉……也早已不是從前的朵拉，她已經變了，我後悔給她部分的文字，讓她擁有對你的部分記憶，因為，修羅王……也是她殺的。」

賽加洛點了點頭：「我知道。」

「你知道？」法亞不禁有些訝異：「那麼，你還是愛著如此殘暴的她嗎？」

「殘暴？」賽加洛嘆了口氣：「修羅王……是怎樣的一位國王，身為御用記錄員的您，應該比任何人都更清楚吧！」

法亞靜默了一會兒，說：「但她後來……」

「是的，」賽加洛接下去說：「她手上已流了太多血，我無從辯解，但您還記得，她最初是位如此仁慈而害羞的新娘嗎？我相信，只要我回到她身邊，我們能一起去彌補她犯下的過錯……」

法亞閉上左眼，試圖去回想原先的朵拉，不僅如此，他還想到修羅王死去那日，自己拿著筆的手顫抖不已，正當他寫下第一個字時，阿葵巴帶著一支兵隊衝了進來……接踵而來的，是六百年的黑暗，這無從逃脫的死牢，但他們不讓他死，那……可能嗎？回到從前？身為記錄員的他，歷經時代更迭，一直覺得這是個謬論，但是如今，賽加洛居然回來了！或許……他真能改變朵拉？或許，他真的能帶來一絲新的契機？

「求求您，法亞！」見他久久不語，賽加洛不禁擔心起來：「我知道……我們欠您太多！我願意做一切來補償您！」

終於，他睜開眼睛，看著賽加洛。

「好吧，只是……有兩個條件。」

「當然！請說！」賽加洛欣喜若狂。

「第一，放了我，有生之年我都不再踏進這裡一步！第二，在文字被釋放而出前，你必須先離開這男人的身體，否則……他會被你撐裂而死！」

＊＊＊

當蓓蓓與左菲士醒過來時，他們發現自己在一座四面都是石牆的地牢裡，中間有一扇木門，門旁有一小小的窗戶。

「這……這裡是哪裡啊？」蓓蓓感到有些頭暈。

「應該是皇后的地牢。」

「喔……」她揉了揉自己的太陽穴，分不清楚什麼是現實或夢境。

「妳還好嗎？」左菲士問。

「我……」她深深的吸了口氣，試圖清醒些。

「想喝點水嗎？還是……」

蓓蓓搖了搖頭：「我們……怎麼在這裡啊？」

「妳忘了嗎？在舞會上……」

喔，是的，現在，她總算一幕幕的回想起來了。

「這裡……」蓓蓓環顧四周：「我們有辦法逃出去嗎？」

「很難，」左菲士答：「除非獄卒把門打開。但是，他們通常由那扇小窗口送食物進來。」

「也許這後面有出口？」蓓蓓掙扎著站了起來，沿著牆壁摸索，她想起之前讀過的故事書情節。

「嗯……不太可能。阿葵巴非常聰明，這薩月宮內，所有機關都是他一手設計的。」

「喔，那名小丑嗎？他總是在微笑……有些嚇人。」

「是的……對了，」左菲士想起了一件事：「謝謝。」

「謝謝？」

「謝謝妳救了莎夏。」

「喔！」她有些羞赧：「這……這沒什麼。」

「在面具舞會上，妳有看見什麼嗎？」見她臉紅，左菲士改變了話題。

「沒有，」蓓蓓說：「但是，我看見那位黑衣人！」

「把蛇抓走的那個人嗎？」

「是的！我很訝異！我想他真的在那裡……並不僅僅是我的幻覺！」

「妳有和他說上話嗎？」

「很可惜！」蓓蓓說：「當我試著想接近他時，有人把酒潑到我身上，因此，我失去了他的蹤影！」

「但是為什麼呢？他跟著妳來到我們的世界？」

「我不確定……我猜想，他也把那蛇帶進舞會了。」

「蛇？」左菲士感到納悶：「我看到一些古怪的動物穿著人類服裝，但沒看見妳所謂的蛇。」

「他就是和朵拉跳最後一支舞的男人！」

「妳是指他已經化為人形？」左菲士想起那位神祕男子。

「不，不是這樣子，」蓓蓓說：「我是說，我猜那蛇住在我朋友的身體內！」

「妳朋友？那男人？我不懂！」

當蓓蓓想再做更進一步的解釋時，那門打開了。

兩名士兵走進來，看起來相當嚴肅。

「皇后有令！身為她的俘虜，你們有兩項選擇。」

「說吧！」左菲士浮現一絲冷笑。

「第一，直接上絞刑台！第二，參加死亡遊戲！」其中一名士兵宣布。

「當然是死亡遊戲。」不與蓓蓓商量，左菲士直接說道。

「那就跟我們來吧。」兩名兵領他們走出牢門，穿越這碩大迷宮內的彎曲通道，再走上數百級階梯。當他們終於抵達另一入口時，蓓蓓已精疲力盡。

「那麼，請享用死亡盛宴吧！」兩名士兵打開門，將他們推了進去。

蓓蓓雙腿癱軟，跌落於地，左菲士則扶她站了起來。他們環顧四週，呼吸停止片刻。只見碩大的廳堂內是以象牙連綿鋪綴的光滑地板，幾乎望不到底，猛一抬頭，則是亙黑無邊的星空，無以計數的星星正在生成、或是幻滅，彷彿這是以宇宙盡頭所開闢的戰場。此時，大廳中央，出現了一個人影，當蓓蓓和左菲士走近一看，這才發現她是隻綠色人魚！額頭刺有魚骨圖案，灰藍漸層的雙眼如陰天之海，桃紅色的長髮捲如波浪。此外，她珍珠白的尖銳指甲以水鑽點綴，尾鰭不斷「啪躂啪躂」地拍打著地面。

「呵呵……」那人魚的聲音又低又沉：「歡迎來到我的戰場，兩位皆是我的貴賓。現在，來點音樂吧！」她從頭髮裡取出一枝金色長笛，騰飛而起：「第一章，宿命，迷幻之火！」

當她開始吹奏時，只見那些音符與五線譜都成了立體，從笛子末端流瀉而出，一層又一層，形成光幕，衝向他們，將蓓蓓與左菲士分開。過了一會兒，他們分別被包裹起來，看起來像兩個巨大的繭。說也奇怪，他們並不覺得害怕，反而通體舒暢，那音樂彷彿遠方的牧笛聲，將他們的意識召喚到青蔥翠綠的草原上。那是個閒散的下午，風吹得很低、很輕柔，而他們躺在樹下，逐漸進入夢境……

突然間，左菲士看見童年的自己。

他在琉璃之林玩捉迷藏。夜色已深，但樹木皆玲瓏剔透，如煙火般閃耀，照亮了樹林裡的每一條路徑。現在，他準備要躲起來了！他跑啊、跑啊、跑啊……等等，他在哪裡呢？這地方看起來相當陌生，且他失去朋友的蹤跡了！橫在他眼前的是一處湖泊，由於好奇，他朝它走去。當他彎下腰時，一束不知名的藍色螢火從天上滑落！那火砸到他的手，開始燃燒！

「啊——」他驚聲慘叫，衝進水池。

他想澆滅那藍火，但它卻一直燃燒著！他的手已經扭曲變形！此刻，他再也沒有力氣喊叫……因此，他從衣服裡抽出一把短劍——

「但願妳從來沒出生過！」母親說。

「怪胎！」姐姐說。

「滾出去！妳不屬於這裡！」

「看到妳就噁心！」哥哥說。

「妳……滾回妳房間去！」

為什麼？為何每個人都對她避之唯恐不及？她回到自己的房間，關上門，拿出俄羅斯娃娃，打開，取出裡面的娃娃，再打開，拿出更小的娃娃……當她打開倒數第二個娃娃時，發現它沒有了頭——

突然間，她的瞳孔劇烈晃動，而就在那裡！那名黑衣人！他正提著一個鳥籠，但等等，他開始搖晃、搖晃……喔！他的頭掉了下來，在地上滾啊滾啊……滾到她的腳邊，她把它撿了起來。當她想看清楚他的臉時，他的臉被撕開，從中伸出一隻手，緊緊抓住她的手臂。

「啊！放開我！」她大聲喊叫。

那手仍然緊抓住她的手臂，把她往前猛力一拉——她雙眼緊閉，不知道她會被拉去哪！

這是地獄來的手嗎？

「醒醒啊！蓓蓓！清醒一些！」

是左菲士！

她睜開眼睛，周圍的影像皆已消失不見！沒有母親、娃娃或是人頭！就在那兒，只有左菲士和人魚！

「真不錯，」人魚在空中游過來、游過去：「你們居然破解了這道謎題。」

「快讓我們通過！我們還有更重要的事情要辦！」左菲士說。

「喂喂，」人魚問：「你知道人類共通的宿命是什麼嗎？」

左菲士沒有回答，只是抽出長劍，準備開戰。

「就是死亡。」

人魚又拿出長笛開始吹奏，這次，那些音符幻化成一把劍，向左菲士衝了過來。隨著音調的高低起伏，那劍也跟著上上下下，在這場激戰中，只見刀光劍影、聽見鏗鏘作響之聲，兩者皆十分迅速，來無影、去無蹤跡；時而如蝴蝶振翅，時而如飛鷹俯衝！蓓蓓在一旁觀戰，或說是觀察。她必須想出一個辦法打敗這條人魚！倘若她再吹出個怪物，那他們落敗的機率很大！她瞪著她看，從頭到腳、再從腳到頭，一心只希望找出她的弱點。

此時，她的瞳孔又晃動了一下。

蓓蓓心下大喜，原來，這人魚是隻機器人魚，是阿葵巴的另一個作品！那條尾巴——那大大的尾鰭是她的發條，只要有辦法砍斷她的尾鰭，他們就贏了！

然而，兩人還聚精會神地奮戰著，無暇顧及其他！蓓蓓在自己身上上下摸索，試著找尋一些微小的武器。有了！她摸到一瓶小玻璃罐，想也不想，便往那人魚丟了過去！那人魚一時分了心，少吹幾個音符，使得那劍突然停擺在半空中，「唰！」的一聲，左菲士將那劍砍下，它掉落於地，消失不見。

「雕蟲小技！」人魚十分生氣。

「砍斷她的尾鰭！她的弱點在那！」蓓蓓大喊。

左菲士便向她衝了過去，使出快劍；但那人魚動作更快，她往上飛衝，來了一個大大的甩尾！讓左菲士只能站在地面上，對著她乾瞪眼。

「妳……妳到底是誰？怎麼看得出來？」

蓓蓓沒有回答，一心想著下一步該怎麼走。

「哈哈……」她又再度大笑：「反正，這也不重要了。現在，我為你們吹奏最後一曲——」

她拿出笛子：「終章，安魂曲！」

忽然之間，場景又倒回到先前的畫面。

左菲士抽出那把短劍，把劍尖的位置從上臂移到心臟部位，舉得高高的，刺了下——

在看清楚那黑衣人的臉之後，蓓蓓瞪大眼睛、無法呼吸——

突然間，一枝冷箭襲來，射穿長笛，擦過她的耳邊！

「啊——」

曲調中斷，光幕消散，蓓蓓和左菲士又回到了現實！

他們回頭一看，是莎夏和一位獵人！

「你們來了！」左菲士說。

「哼……」人魚嗤之以鼻，丟開那支損壞的笛子：「無論來了幾個都一樣！」

「她的尾鰭！射穿它！」蓓蓓對莎夏和獵人大喊。

「明白了。」灰鷹又射出一箭，但她迅速閃躲，在空中來回悠游。灰鷹一箭又一箭地射了出去，但那人魚飛來飛去，根本無從捉摸。

「我是已進化的生物！孱弱的人類無法打敗我！」她取出另一支長笛，不僅為純黑色，還冒著黑煙：「送給你們全部的禮物——月光，煉獄之曲！」

「等等！」

一聽到這聲音，他們全都回頭看。門旁站了一個細瘦、矮小的人影。

他一步步、緩慢的朝他們走來，最後，在他們面前站定。他們這才看清楚他是一位老人，而右手臂上還盤著一條蛇。

「折翼蛇！」蓓蓓十分驚訝：「那……那安禮呢？」

「朵拉，停止這一切吧！」法亞向空中大喊。

剎那間，懸浮的人魚、頭頂的星空、以及腳下的象牙地板全都消失不見。這是朵拉的薩月宮大廳，她正坐在自己的寶座上，旁邊站著阿葵巴。

「唷，賽加洛把你放出來了？」朵拉撥弄著自己的水晶指甲：「我看到正精彩的部分呢！你毀了我看戲的好興致！還有你——」朵拉看著獵人：「你怎麼在這？你這個叛徒！」

「皇后，」他沒有鞠躬：「我不是妳的黑鷹，是他的孿生兄弟：灰鷹！」

「喔？」朵拉觀察他：「你們看起來一模一樣。」

「不，我們不同。他被囚禁了，我是來救他的。」

「救他？」朵拉大笑：「他在這裡過得很快活呢！」

「我們獵人應該在曠野裡狂奔與狩獵，而非在宮殿裡腐爛，這……不是**玫瑰辭典**的條款嗎？」

「你這什麼意思？」朵拉問。

「看啊！」法亞高舉他的手，向她展示那條蛇。

當看清楚那條蛇時，朵拉迅速起身，步下座前的階梯。

「發生什麼事了？你……你最好給我一個好答案！」她說。

「妳應該也知道，他不是賽加洛吧，」法亞解釋：「我答應給他那段文字，只是，他必須先離開那人的身體；不然，當真正的賽加洛被釋放而出時，那人會死亡。」

聽到這，蓓蓓的心跳不由得快了一拍。

「那還等什麼？」朵拉說：「那文字在哪？說！」

「當然，我可以說出來，」法亞說：「只是，要不要讓賽加洛回來，由妳來做決定。」

「快說吧！別再等了！」朵拉催促著他。

此刻，大廳內一片靜默，每個人都在豎耳傾聽。

「十三森林內的第十三座森林，灰燼之林，由一隻獨角獸看守，」法亞說了下去：「我把它放在獨角獸的心臟裡。」

「啊！」全部的人都十分震驚，尤其是朵拉。

「不錯，我的皇后，」法亞以挖苦的語氣說：「要取出那段文字，就得殺了獨角獸，只是，聖獸一死，所有的文字、回憶都會被喚醒，妳也不再是皇后朵拉，所有人都會知道真相！也就是妳，妳是史上最大的騙子！」

「什麼文字？什麼記憶？」莎夏又害怕又興奮。

「告訴他們一切真相吧！」法亞說：「不要再隱瞞！」

看著他們的表情，朵拉深深吸了一口氣後，再把它吐出來。

「六百年前，沒有十三森林，而是神之國域。」

「神之國域？」左菲士問。

「是的，」朵拉說了下去：「當時，統治者是神的第一千七百八十二代子孫，修羅王凱爾，玫瑰辭典是我創造而出的。在這之前，原有的法典是修羅神典，那是神寫下的律法！而凱爾的記錄員，就是現在站在你們眼前的這位老人，法亞。」

「但……為什麼？妳要推翻一切？」左菲士又問。

「凱爾垂涎我的美貌，逼我為妻！他自己就娶了很多妻子，我不過是其中一位罷了，想當然爾，我們從未相愛！至於賽加洛，」朵拉看著那條蛇：「他是唯一了解我的處境的人，他真正關心我，自然而然的，我們便相愛了……然而，不知道為什麼，凱爾發現了我們的戀情！」

蓓蓓越聽越入迷，此刻，她開始同情起朵拉。

「凱爾勃然大怒，這對國王是莫大的羞辱！他不專一，卻要求妻子絕對專一！」朵拉憤憤不平：「他毀去賽加洛的雙翅，將其貶為蛇形、逐出王國。另外，每個關於賽加洛的字都從修羅神典拿掉，交給法亞私底下保管。自那時起，再沒有人認識賽加洛！」

「當然，當時我並不知道這件事。賽加洛消失後，我只把那漂浮玫瑰當作平常禮物罷了！對於我而言，賽加洛等於不曾存在過！直到有一天，法亞可能是同情或可憐我，來到我的房內，給我部分文字，最終，我記起了賽加洛，但那麼短的文字不足以讓我想起他的臉！」

說到這裡，朵拉深情的凝視著那蛇。於是，法亞將蛇取下，讓牠纏繞在朵拉的右肩之上。

「在我知道實情後，我除了震驚之外，感受到的是更深的憤怒……凱爾粗暴、愚蠢而醜陋，只因為他是神的後裔，他就能以自己的好惡決定別人的命運？為什麼？到底是為什麼？沒有人可以給我一個滿意的答案！法亞不能，修羅神典也不能！」

碩大的廳堂又陷入一片深沉如海的靜默。

「經過漫漫長夜的思索後，我決定了！」朵拉聲調變得激昂：「我要成為自己的主宰，我要創立新的遊戲規則！這個世界得繞著我轉！於是，我找來一直對我忠心耿耿的阿葵巴，聯手偷取權杖，殺了修羅王！接著，我燒毀修羅神典，那書的灰燼成了灰燼之林。之後，我再花了好長一段時間，編寫玫瑰辭典，將這領土變為十三森林。只是，不知道為什麼，似乎有人開始挑戰我的權威了……」說到這，朵拉看了莎夏和左菲士一眼。

「他們應該是收到我的種子了。」法亞說。

「什麼種子？」朵拉感到困惑。

「是這個嗎？」左菲士、莎夏與灰鷹同時拿出那片枯萎的花瓣。

「不錯，」法亞點點頭：「在妳燒毀修羅神典之前，我從中偷了一段文字出來，將其揉碎成細小的種子。趁著獄卒送來食物時，放進他的頭髮裡。我早已算好了！那天的風強度很大，風向則是吹往十二森林。只是，這種子要六百年的時間才會成熟，在此之前，就算有人碰觸到它，它也不會開花、或釋放訊息。」

「原來如此……」朵拉嘆了口氣。這解釋了一連串奇怪的事件。

「你總共送出幾粒種子呢？」灰鷹問。

「四粒。」

「這個女孩子，蓓蓓，她在幻象裡看見五朵花！」左菲士說。

「或許你也把賽加洛那段文字也算進去了。」

「最後一個種子在哪？」灰鷹感到納悶。

「喬生。」朵拉說。

「喬生・班？記錄員？」左菲士問。

「早些時候，我遇到他，他說了些奇怪的話，當時，我沒想太多……而如今看來，這倒是解釋了他的反常。」

「所以，」法亞問：「妳要讓賽加洛回來嗎？」

「是的，」朵拉撫摸著那蛇：「全心全意。」

第十二章　灰燼之林

在皇后朵拉的帶領下，喬生、鬼蝸牛、阿葵巴、法亞、左菲士和灰鷹等一行人來到迷霧森林的入口。

「我從未想過，這輩子有踏進灰燼之林的一天！」左菲士說。

其他人雖沉默不語，但是都心有戚戚焉，彷彿這句話是從他們嘴裡說出來似的。數個世紀以來，灰燼之林乃是禁忌之地。層層環繞，長年不散的厚重煙霧，使得陽光無法穿透，因此極度的陰寒濕冷，光是呼吸都讓人感到胸口疼痛。此外，它臨近玻璃墓園，一眼望去，沒有任何生命跡象，環繞他們的，只是漫無邊際、碰不到底、無聲的死寂，恍若末日降臨。

「好冷啊！」蓓蓓顫抖著。

「我來開路吧！」朵拉揮舞著權杖，那迷霧向兩邊退去，從中開出一條道路，雖則還是有淡薄的水氣和煙霧，但能見度卻清晰許多，而溫度也回升了一些，於是，他們跟隨著朵拉，進入灰燼之林。

在這小小的隊伍裡，朵拉、阿葵巴與折翼蛇走在最前面，喬生、鬼蝸牛、法亞處於中間，接著是蓓蓓和莎夏，而左菲士和灰鷹走在隊伍末端。

「沒想到，妳願意為了賽加洛放棄王位。」阿葵巴說。

朵拉沒有回話，逕自的走著。

「妳有想過讓修羅神典復活的後果嗎？人們，是的，每個人都會知道是妳殺了國王！妳忘了弒君的下場嗎？」他又問。

「我知道，」朵拉說：「我以為我會快樂。但是，即使我貴為皇后，我還是孤獨的。」
此時，她肩上的折翼蛇張嘴吐信，舔了舔她的臉頰。
「妳並不是孤獨的，」阿葵巴說：「我一直都在。」
「神之國域，」喬生問：「是什麼樣的地方？」
法亞的左眼閃過一絲光芒：「是個有希望的地方。」
「希望是什麼？」喬生感到好奇。
「你將會明白。」
「這對我而言並無分別，」鬼蝸牛說：「無論是在玫瑰辭典或修羅神典，我只是阿葵巴培育的品種。」
「和我一起遊走吧。」喬生說。
「做什麼？」鬼蝸牛說：「你也不再是記錄員了。」
此時，蓓蓓彎腰，撿起一片黑色的枯葉。
灰燼之林真是名副其實，這一路走來，腳底下踩著的盡是一層層的黑葉，它們堆疊在一起，卻一踩就碎，嘎吱作響。迷霧裡藏著又高又細的黑色林木，上面長不出一片葉子，若隱若現。
「妳有遇見藍夜和綠娃娃嗎？」蓓蓓問。
「我們沒找到他們，」莎夏說：「在我和灰鷹抵達他們住處後，屋內亂七八糟，地上橫七豎八地躺了一堆屍體，他們已不知去向……」
「喔！」蓓蓓感到擔心，因為綠娃娃傷勢十分嚴重。
「別太擔心了，」在後頭聽見他們談話的灰鷹說：「藍夜不只是位卜師，還會使用藥草！」

「沒錯，」左菲士說：「我猜火吻也會幫忙！」

蓓蓓露出一抹虛弱的微笑，內心卻依舊擔心著。

他們走啊、走啊、走的，有時閒談小聊，有時則沉默不語，彷彿他們的聲音已被吸進這神聖場域之中。他們懷抱著複雜的心思而來，橫在他們眼前的，將是一場莫大的改變；他們會變成什麼呢？會是嶄新的紀元？亦或古老的年代將回歸？

這天氣並非無法忍受，卻依舊寒冷。他們只能聽見自己的呼吸聲，以及腳步聲。沒有風穿透這巨大濃厚的霧，也沒有沙沙作響的樹葉。眼前只有一條路，而這是一條漫漫長路。突然間，蓓蓓想到，如果他們有輛車的話，那事情就會簡單多了！接著，她不自覺地在心裡笑了。她越來越融入這個世界，而真實世界的記憶已漸漸變得模糊。

「到了！」朵拉宣布。

眾人跟著停了下來，不知道自己身在何處。

朵拉向一株黑木走過去，它看起來與其他的樹木並無不同。

「這是灰燼之林的中心！」她的手置於其上，並舉起權杖：「聖獸啊！百年的獨角獸！最純潔的靈！現在，我呼喊你榮耀的名！來吧——自最黑暗的角落現身！」

那權杖射出萬丈光芒，穿透厚重迷霧，眾人皆以手遮眼，迴避這樣的強光！

「踢躂、踢躂、踢躂……」他們雙眼緊閉，聽見馬蹄向他們飛奔而來。過了一會兒，那刺人的光芒逐漸減弱，他們這才緩緩睜開眼睛。

一見到這傳說中的生物，眾人皆發出「啊」的輕嘆之聲。這是隻銀色的獨角聖獸。牠的線條輕巧優雅，額前凸起的角尖銳如稜，雙眼烏黑而清澈，看起來聰敏而富有靈性。此外，牠的全身籠罩著神祕的寶石藍光芒，形成一個獨特的場域，如此漂亮而孤獨！彷彿最深的夜裡、最遙遠的星星。

「給我花瓣吧！」

聽法亞這麼一說，喬生、莎夏、左菲士和灰鷹紛紛把花瓣交給他。

「取出牠心臟裡的種子，和這四枚花瓣放在一起，修羅神典才會被喚醒。」法亞指示。

「等……等等！」蓓蓓心下一驚，難道說這無辜的生物會被殺害嗎？

那獨角獸往後退了一步，彷彿知曉了他們的企圖。

「請原諒我們，」朵拉把權杖對準了牠：「為了喚醒修羅神典，你的犧牲是必須的！」

一聽到她的這番話，那獨角獸的前蹄躍起、後腳踩地，發出「嘶——」的悲鳴，彷彿在抗議人類的殘暴和愚蠢。

此刻，朵拉默念咒語，只見一道光圈緩緩成形。接著，那光圈斷裂、成了一把銳利的光束，直接往獨角獸的心臟刺了下去！

一道黑影忽地閃過，打掉光束！它掉落地面，瞬間消失不見。朵拉十分震驚，在這千鈞一髮之際，手裡一空，權杖已被人奪了去！

「你……」朵拉看著他，說不出半個字。

「哈哈……」此時，從迷霧裡走出一個黑影，當他走近他們身邊時，他揭開連身衣的帽子，露出一張醜陋、蒼白的臉孔。

一看見他的臉，蓓蓓的瞳孔就劇烈晃動著，感到天旋地轉、頭暈目眩，她馬上蹲了下來，莎夏也跟著彎下腰，查看她的情況。

「你！你怎敢！阿……阿葵巴！」

阿葵巴手裡握著權杖，沒有說話，臉上依舊掛著笑容。

「他沒有背叛你，」黑衣男子說：「他是為了你才這麼做的。」

「你是誰？」朵拉十分驚恐。

「我是Desire。」

所有的人看著他，心中藏有大大的疑問。

「呵呵……你欠我一個大大的人情，」Desire說了下去：「賽加洛可是我帶回來的。」

朵拉越聽越糊塗，難道他和賽加洛有什麼關聯嗎？

「有慾望的地方，我就會出現；而心裡的慾望越強，我就被賦予越強的能力。」他繼續說著：「當那蛇從月亮掉了下來，我就被他的慾望召喚而去！他渴望愛人，也渴望被愛，他要回到他的領土，我知道……喔是的，只要我能滿足他的慾望，他就會帶我去更遠的地方——甚至是月亮的彼端！」

「另一端？」左菲士推測道：「你和蓓蓓來自同一個世界？」

「蓓蓓？」Desire問：「她是誰？」

「我是……你的女兒。」

「什麼！」所有人，包括Desire，全都瞪大了眼睛看著她。

「我是你的女兒。」蓓蓓慢慢從地上站起來，看著Desire，再說了一遍。

「妳到底在說什麼？」Desire問。

「她說得沒錯。」一個沉穩而清晰的聲音穿過迷霧，傳了過來。

眾人皆往發聲的方向看過去，只見霧裡出現一個修長的人影，徐徐地朝他們走來。

「安禮！」蓓蓓大喊。

「賽……」與此同時，朵拉想說出「賽加洛」這三個字，但她及時停住，驚覺真正的賽加洛已經離開這人的軀殼。

「喔，我的朋友！」Desire說：「要和我敘舊嗎？」

「你忘記自己十八年前做的事了嗎？」安禮疾言厲色地問。

「十八年前？」Desire把頭側向一邊：「我做了很多事。」

「哼……」安禮嗤之以鼻：「十八年前，你還在貓耳朵工作。有天，來了位名叫Vivian的少婦，當時她的請求是回到和初戀情人接吻的那天。你負責這件案子……而你！你卻強暴了那名可憐的女子！」

Desire沒有說話，或顯示任何表情。

「當我第一眼見到蓓蓓，我就有種熟悉之感。她那雙黑色眼睛如此純潔，卻混合了未知的邪惡。它們提醒了我某人的存在……某個久遠之前的人，某個我不願意說出名字的人！她天賦異稟，遺傳到你的力量，使她有時可以看見事物的核心！但是她尚不能好好掌握、運用自己的天賦，因此，我決定將她留在身邊，訓練她的能力。有一天，也就是千語來求救的那天，蓓蓓看見一名黑衣人！一名她認識、卻看不到臉的黑衣男子，當下我就猜到是你。接著，我對Vivian進行了一些調查，原來，她就是蓓蓓的生母！我只是沒料到，在我運用力量來到這兒後，竟會被蛇所附身！」

直到現在，眾人才了解事實的真相！尤其是蓓蓓，對於自己的身世真是百感交集。她身世的謎底終於揭曉，但答案未免過於殘酷！喔，她從未想過自己竟是罪犯的女兒——一名強暴犯。她曾經引以為豪的眼睛，只是醜惡慾望的產物，而這也解釋一切了：她骯髒的血液已玷汙了空氣。他們——她所謂的家人——這些正常的人類，一定緊緊摀住鼻子吧；或者，在底下竊竊私語著那難聞的氣味。她注定要被驅逐而出，她從不屬於他們——因為，她是個侵入者，沒有頭的娃娃！

人類共同的宿命，是去面對自己的來源，並不斷地與之抗爭。

「總之，」朵拉打破沉默：「把權杖還來！這不是你的！」

「這把權杖真正的主人是誰，妳倒是說說看。」。

朵拉有些窘迫，沒有回答。

「把權杖給她吧！我們必須回到原來的世界，讓你接受法律的制裁！」安禮說。

「不可能！」Desire說：「我要建立一個以慾望為主的世界。」

「這太荒謬了！」左菲士說：「難道你要摧毀玫瑰辭典，另外再建立一套系統？」

「想都別想！」莎夏大喊。她費盡千辛萬苦，可不能這麼輕易地毀於一旦！

喬生和法亞在思索著什麼；灰鷹抽出背後的箭，隨時準備射擊。

「阿葵巴！你……你怎麼可以背叛我？他只是個外人！」朵拉又驚又怒。

「很久以前，我就已經背叛過妳了。」阿葵巴說。

「什麼？」朵拉感到困惑。

「難道，妳從未想過，為何修羅王會發現妳的秘密？」

朵拉睜大雙眼，瞪著他看，過了許久，才吐出一句話：「是……你？」

阿葵巴沒有回答，只用那一貫的笑臉看著她。

朵拉的胸膛劇烈起伏著，她真的了解阿葵巴嗎？他是永遠站在她背後、守護她的小丑？是謹守她每個命令、逗她開心的小丑？阿葵巴——到底是誰？

「為……為什麼？為何你……你要這……麼做？」朵拉結巴的問。

「愛。」

「愛？」朵拉問。

「他愛妳啊，皇后！」Desire諷刺地說：「妳這自私又目中無人的皇后！」

「我……」失去權杖後，朵拉的氣勢削弱許多。

「嘻嘻嘻……」阿葵巴先是低聲的笑，最後終於忍俊不住，放聲大笑：「哈哈哈哈哈哈……」

一時之間，偌大的森林迴盪著他那瘋狂而奇異的笑聲。在場的人，包括那隻獨角獸，沉默地盯著他看。

最後，那笑聲終於停止，由於他笑得太厲害，眼角甚至滲出淚水，妝被燻壞了一大半。

「喔，愛，愛啊，愛啊，」阿葵巴一邊喃喃自語，一邊向朵拉走去：「妳不懂嗎？我愛妳，我的皇后，我的朵拉皇后。」他拉起她的手。

「第一次看見妳的笑容，我就愛上妳了！那個時候，妳純真、善良、害羞、脆弱，我對自己發誓，我一定要保護妳！我就知道，我知道妳不可能愛上凱爾——那個光頭的酒鬼！那個又蠢又醜的胖子！所以，我相信，只要我耐心等待，總有一天，妳會愛上我！可是我沒想到，妳居然選擇了賽加洛！那個……那個會飛的男人！不，我不允許！我不要！我不接受！所以我向凱爾告密，妳要殺了凱爾？要毀了整座王國？我可以幫妳達成……甚至要尋找賽加洛，我也可以假裝陪妳尋找，我只是沒想到，他真的還活著！」

他深吸了一口氣，再吐出來：「現在，我的機會來了！Desire要權杖，就給他吧！我不在乎是誰又統治了世界，我只知道，修羅神典一復活，賽加洛又會回復成狩獵群王……我不要！我已經等了六百年了！我只要和妳在一起，即使只有片刻的時間也好！」他將朵拉拉進懷裡，粗暴而冷酷的吻了她。

每個人都愣住了，不知道該做何反應。

「嘶！」突然間，朵拉肩上的蛇咬了阿葵巴的脖子一口。阿葵巴往後退幾步，感到疼痛異常。

「可惡，你這條蠢蛇！」阿葵巴十分生氣，伸手要去抓那條蛇，但那蛇反應很快，轉瞬間又咬了他的手臂一口。阿葵巴更加憤怒，想將蛇從朵拉身上扯開，朵拉迅速向後退了幾步，使阿葵巴撲了個空。

「不要傷害他！」朵拉大喊。

「哈哈……」此時，Desire把權杖對準那蛇，畫了三個圈，再往後一拉，那蛇便從朵拉手臂上鬆脫，掉到地上。

「啊！」朵拉大聲驚呼，正想衝過去救牠時，Desire又把權杖對準了牠，發出電波。那蛇在地面上跳了好幾下，痛苦的蠕動著。

「不要——」朵拉驚聲尖叫。她衝過去拉阿葵巴的手，連忙懇求：「別傷害他！我……我……拜託！我可以給你任何東西！」

「嘻嘻嘻……」阿葵巴再度笑道：「吻我……喔不，我親愛的皇后朵拉，吻我的腳！」

朵拉感到猶豫，但是，當她看見那蛇變得越來越虛弱，她掙扎著跪下，並……

「脫掉我的鞋子！」阿葵巴命令。

她照著他的吩咐做——喔是的，她彎下腰去，顫抖著、小心翼翼地，親吻了他的腳。

「哈哈哈……」阿葵巴再度瘋狂地笑了起來。

最後，阿葵巴示意Desire停止那致命的電波。

朵拉衝向那蛇，只見牠眼睛緊閉，全身都是灼傷的痕跡，一動也不動，像條繩子似的。她緊緊將牠擁入懷裡，落下了六百年來的第一滴眼淚。

此時，鬼蝸牛自喬生肩上騰空飛起，並伸出長長的觸角，試圖奪過Desire手裡的權杖，但此舉無異於飛蛾撲火，Desire用那權杖輕輕一揮，鬼蝸牛的觸角瞬間縮回殼內，掉到地上，滾啊滾的，滾回喬生腳邊。喬生趕緊把它撿了起來，放到耳朵旁傾聽，然而，他聽不出任何聲音，彷彿它只是個死殼。

左菲士抽出腰側的長劍，向Desire衝了過去，一個不注意，Desire的臉頰被他的快劍所傷！接著他再一劃，劃破他的衣服，傷了他的肩膀！Desire連忙向後退，拿出權杖，對準了他，發射電波——在這千鈞一髮之際，一道白影衝出，帶著左菲士往上衝，那電波射擊到地面後，反彈到鄰近的樹木上。

左菲士定睛一看——居然是火吻！牠將他銜在嘴裡，越飛越高。

「這段時間你在哪裡？我好擔心！」左菲士又驚又喜。

火吻聽見主人這番話，太興奮了，一時之間忘記自己還在飛翔。他們的高度下降許多，那電波便擊中了火吻的翅膀！

「砰！」火吻掉落於地，左菲士也無法倖免。

「你們……沒事吧！」藍夜及時趕到現場，查看他們的傷勢。

此時，綠娃娃仍然傷勢嚴重，朝著空中一吹，那鎖風石便從嘴裡吐了出來，懸浮在半空中。

「去尋找你的主人吧！」綠娃娃說。

一聽到這個命令，那鎖風石便朝莎夏飛去，穩穩的貼在她的額上。

現在，莎夏覺得身體在漂浮著，恍若背上長出隱形雙翅，而風在血液裡流動似的。與此同時，Desire的注意力還在火吻與左菲士身上，她朝Desire衝了過去，試圖把權杖搶回來！Desire只覺得一陣風吹過，轉眼間，眼前便站了一個女孩子！他心下大驚，發現權杖幾乎已被她奪了去！他用蠻力將它狠狠一拉，，莎夏重心不穩，跌落於地。她速度或許很快，卻沒有強壯到能和男子對抗！

「呵呵……」Desire舉起權杖，對準莎夏。

「爸爸！不要！」蓓蓓大喊。

他的心中掠過一陣奇異之感！Desire遲疑片刻，而「唰」的一聲，一枝箭插進了獨角獸的心臟！

「嘶──」牠發出悲鳴，前腳揚起，在空中不斷踢踏，鮮血從牠胸前汩汩流出，染紅了牠純而亮白的毛皮。法亞見狀，飛奔到獨角獸身旁，試著取出最後一顆種子。

「滾開！」Desire大叫，揮舞權杖，一個大玻璃罩子成形，蓋住了獨角獸。

「喔！」法亞大喊：「在牠死之前，這段文字一定得釋放出來！一旦牠的心臟停止跳動，這文字會永遠被密封起來！」

「唰！」灰鷹對著Desire又是一箭，但他這次躲了過去。

他沒有放棄嘗試，射出一箭又一箭。Desire舞動權杖，形成一道光流，保護自己不受到攻擊。

「別動！」不知何時，阿葵巴已溜到莎夏身邊，以一把刀架住她的喉嚨。

「不！」左菲士大叫。但他傷勢太重，無法起身。

「把弓放下！」阿葵巴說。

灰鷹遲疑著，因為他還留有好幾支箭。
「你聽見我說的話，」他加重語氣：「放下！」
終於，他將它放在地上。
「還有你的箭。」
他生氣地把它們丟掉。
「現在後退！」
看見她無助的臉，灰鷹後退一步。
「再後退！」
他接著退了兩步、三步、四步……直到他退到一棵樹旁為止。
「閉上眼睛！」
灰鷹憤怒地瞪著阿葵巴，握緊拳頭，閉上雙眼。
「你該得到一點教訓！」不知從哪得來的，阿葵巴抽出另一把刀射擊，但他第一次沒射中。他又試了第二次，這刀擦過灰鷹的耳朵，射穿樹木！
「看看那張英俊的臉，」阿葵巴說：「得在上面鑿穿一個洞！」
接著，他又嘗試了好幾次，終於，一把刀插進他的右肩膀！
「啊！」灰鷹單膝跪下。
「這原本是應該射進你心臟！」阿葵巴微笑，再度射擊。
出乎意料之外，一片雪花落下，擊退那把短劍！

阿葵巴變得十分警醒，把對著莎夏的刀刃握得更緊。
越來越多雪花落下，有些悠遠緩慢，有些則十分迅速，它們消融進了灰燼裡。
一名高大而俊美的男子現身，白色的長髮飄揚，在他身後是更多位閃亮白髮的男子。
「阿薩密斯！」左菲士喊道。
聽見他的名字，灰鷹緩緩睜開眼睛。
「別擔心，」阿薩密斯說：「我來救你了！」
「你……」朵拉說：「你還活著？」
「是的，我的皇后朵拉，」阿薩密斯鞠躬：「灰鷹曾救了我的性命。我是來回報他的！」
「我……」朵拉苦笑：「我已不再是皇后！」
「妳曾是、也將永遠是我的皇后！」阿薩密斯說。
「牠快死了！」法亞再度大喊：「打破蓋子！」
此處酷寒的天氣使精靈們可以製作冰之武器，阿薩密斯揮了揮手，片片雪花成了刀片，頃刻之間，便衝向那隻獨角獸——
「啪啪啪啪啪……」上百片雪花敲打著那玻璃蓋子，然而，在這樣狂暴的攻擊後，它依舊完整無缺。
「哈哈哈……」Desire大笑：「放棄吧！你們這群輸家！」
獨角獸逐漸閉上眼睛，微微顫抖著。
「火！」突然間，蓓蓓大喊：「用火攻擊！」
火吻試著站起來，但牠的腳已受傷，只能嘶叫。

「藍火呢？」阿薩密斯再度揮揮手，雪花成了波浪般的藍火，再度向它攻擊。那蓋子被藍火包覆，一時半刻，沒人看得清裡面發生什麼事。過了一會兒，火勢漸弱，一點一滴，被吸進了玻璃蓋子裡。

阿薩密斯和他的同袍皺眉，面面相覷。

「真正的火！」蓓蓓再度大喊：「只有真火才能擊破冰層！」

「投降吧！」Desire大聲宣布：「稱我為你們的國王！我正在改寫歷史！」

「唰！」一支箭射中阿葵巴的手，他尖叫出聲，刀從手中掉落。

「黑鷹！」灰鷹大喊。

莎夏一脫困，便跑向獨角獸，把火種丟向它！

「砰！」它一碰到那火，就立即溶解。然而，獨角獸也跟著起火了！

「不！」法亞驚呼。他爬著靠近那火，把手伸了進去！

與此同時，阿薩密斯揮揮手，無以計數的雪花聚集在一起，旋轉成一條冰河，向法亞流去，試著撲滅火勢。

看見這情景，Desire迅速舉起權杖，想阻擋這道光流，但是，一道黑影跳出，被Desire的力量所擊中——

「蓓蓓！」安禮和藍夜驚聲尖叫，馬上跑向她。

Desire大吃一驚，一時之間呆愣著。

「蓓蓓！」安禮再喊了一次，看見血從她嘴裡流出。

「找到了！找到了！」法亞大叫，他已在獨角獸的心臟裡取得最後一顆種子！

藍夜在她胸口敷上一些東西，希望能治療她的傷口。

法亞拿出其他的花瓣，全數往半空中抛——

只見最後一顆種子瞬間開出白色的花，並且隨即凋零。而其中一枚白色花瓣，與原來的四枚花瓣，懸浮在空中，並且以星狀合體，開始慢慢的飛昇、旋轉，在這旋轉的當下，它越變越大，並且越轉越快，到最後，已經形成覆蓋整片天空的巨大花朵，每個人都看著天空，不知道接下來會發生什麼事。

突然間，那巨大花朵從邊緣發散出強烈的金光，花瓣同時往五個方向「咻」的飛射而去，剎那間，天搖地動，狂暴的時刻降臨！覆蓋於森林上方的百年雲霧以排山倒海之姿，全數散去，是無以計數的枯木與灰燼，恍若連綿不絕到末日的廢墟。此時，他們感到地面又再度搖晃，過了一會兒，那震動越來越強烈，彷彿天將崩毀、而地將斷裂！他們聽見一巨大的吼聲，像是上百隻獅子同時咆哮——地上所有的灰燼全數飛了起來，恍若成千上萬隻的黑色蝴蝶，往天空振翅而去！

與此同時，在另一度空間的水晶廳堂也開始劇烈搖晃。而那位不知名的精靈，時間的守護者，也知曉了自己的命運。他打開黃金盒，發現裡面的字已經開始變形、融化，而盒子也變得越來越滾燙。於是，他將盒子傾斜，裡面的金色液體如岩漿般流瀉而出，在地面上迅速蔓延。那由碎冰凝結而成的地面漸漸融化，滴下的水珠被這廣漠無邊的黑暗吸了進去。在精靈身後，那水晶廳堂正在倒塌之中，而腳底下的地板面積正迅速縮小；他手裡緊抱著那個空盒子，唇邊掛著一抹微笑，閉上眼睛，往後躺了下去……

回到灰燼之林，那些飛昇的蝴蝶開始不斷變形，有些是翅膀逐漸缺了一角、有些是身體變長後再斷成幾節、有的則是彎曲而起再鏤空、有的則是頭腳分離後變得粗扁……仔細一看，發現它們正不斷地脫胎換骨，變成一個又一個的書寫文字，撲簌簌地、義無反顧地往天空飛去——

「啊！」莎夏與其他人紛紛發出驚嘆之聲！每一個文字、記憶、影像都回來了！神之國域——那古老、美麗而遙遠的王國！他們使用神的語言，遵循神的律法，日出而作、日落而息，他們被玫瑰鏈條束縛得太久、太久，而今，他們的心如同被放出牢籠的囚鳥，喜悅地啁啾與跳躍著！

當全數灰燼散去，地面光禿禿的，顯得更加荒蕪。此刻，溫暖的陽光現身，普照大地，所有的枯木立即變成粗壯的大樹，樹上綠葉茂盛、青蔥蓊鬱，最美麗的花朵盛開，飽滿多汁的果實懸掛於枝葉間，七彩絢爛的鳥正在飛翔，而柔軟的綠色草原覆蓋於地。好幾隻松鼠從樹後跳了出來，好奇地看著這些人。一隻大膽的松鼠甚至跑到喬生身邊，聞一聞、舔了舔他手上的蝸牛殼，滴下幾滴口水。

風，從遙遠的地方吹了過來，樹葉沙沙作響。

第十三章 終曲

混沌之初，有神修羅，自冥空搏土塑形，改其星宿航道，配雌雄偶數對，量其眼耳鼻口舌身心意，萬物躬逢其盛，今傳一千七百八十二代孫……

——〈修羅神典．首卷〉

修羅神典是神寫下的律法，就像大自然一樣，神不一定是仁慈的；很多時候，神是混亂、任性而嚴酷的。例如，天空會下好幾天的大雨，帶給人類災難；或是農作物一夜之間死去。這些，都沒有確切的原因可循。在神之國域裡，人多少有階級之分，但人可以去反抗或改變，此外，修羅神給人很多條命運線，因此，人沒有預定的命運，一切在於人的選擇，即使貴為神祈，祂也無權干涉；另，修羅神認為，從來沒有「對」或「錯」的道路，一切只在於人是否能信守自己最初的承諾，以及展現決心。

此刻，折翼蛇已恢復成狩獵群王之身。在陽光的照耀下，他銀白色的長髮隨風飄盪，綠色雙眼如綠寶石般閃爍。他體格壯碩，王者天成，背後的翅膀一開一合、碩大而美。朵拉凝視著他，幾乎是崇拜性的。受到Desire的重擊後，他全身多處有燒傷的痕跡。早先藍夜給他一些藥物治療。在滲入了千語的血液後，他，狩獵群王，失去了飛翔的能力。

「我想帶著妳一起去飛，但是……」

「我不在乎，」朵拉撫摸著他受傷的翅膀：「只要跟你一起看紫色的天空……」朵拉注視著天空，發現天空早已變成淺藍，漂浮著棉花糖般的雲朵。「日落……日落還是金色的嗎？」

「是，」不知何時，法亞已來到他們身邊：「妳只能再看三次的日落。」

賽加洛將朵拉擁入懷中，沉默不語。

「原有的秩序已經恢復，時間裂痕已被彌補，賽加洛遁入了異世界，逃過了時間之河，但妳只是靠一些粉末和之前的語言設定存活，而我也是。現在，一切都已煙消雲散，我們只能再活三天而已。」

「已經……沒有辦法了嗎？」賽加洛問。

「這是懲罰嗎？」朵拉似乎自言自語著：「那些人……那些我殺死的人，他們的鬼魂……他們要來復仇！」

「嗯……」法亞低下頭去。

「我們……我們是被詛咒的戀人，」朵拉說。

「幫幫我們！法亞！幫幫我們！」賽加洛說。

「我不確定……」法亞說：「去尋找吧！十三森林的邊界已被打破！如今，已是全然一體的疆域了！也許在那裡，在某處有解藥……」

「我會陪伴您，我的皇后，」阿薩密斯引領他的同儕，來到她身旁。

「你的記憶已經恢復，」朵拉說：「你已經知道了過去……我是個罪人，歷史上最大的罪人！」

「你有更重要的任務！」法亞說。

「喔？」

「找到下一個修羅王！把權杖交給他，他體內流著神的血。」法亞遞給阿薩密斯權杖。

「權杖會引領我嗎？」

「不，權杖是死的，但人是活的。」

阿薩密斯看著法亞，感到困惑。放眼望去，一望無際，他該往東走、或向西行呢？

「神的後裔都有一共同的特徵，那就是……」

「胸膛上的掌印嗎？」朵拉問。

「不錯，」法亞點頭：「照著這個線索去找吧，那是神的印記。」

接著，他向黑鷹與灰鷹招手：「來吧！」

灰鷹的右肩已纏上綳帶，但他仍感到疼痛，靠在樹旁休息。黑鷹攙扶他站了起來，慢慢走向法亞。

此時，法亞從袖子裡拿出一顆蛋，呈現半透明狀，卻又覆蓋著柔軟而粗厚的刺。

「這是……」黑鷹感到十分好奇。

「這是獨角獸的轉生之蛋。養育牠、在曠野裡訓練牠，等牠長大，將牠送回國王身邊。」

黑鷹深深的吸了口氣，接過這顆蛋，只見它在陽光下閃閃發光。

「在朵拉之後，我們還需要國王嗎？我已經厭倦再一次被統治了！」灰鷹說。

「這是神的旨意。」

「未來的國王會和凱爾一樣愚蠢嗎？」灰鷹又問。

「我們絕不要預測神的旨意。」

＊＊＊

阿葵巴站在全身鏡前，注視著自己。

有多久了？他已忘了有多久沒有這樣看著自己。

他是一道影子嗎？遇見朵拉後，他找到自己的靈魂了嗎？他以前是什麼？國王的馬夫？他當時沒有心——直到遇見了她。

一開始，他只是個瘦弱的男童。當年，國王凱爾各選了一千名男童、女童入宮，獎賞各為５００與３００枚金幣，除了讓他們擔任僕役、做些簡單的清掃工作，也為各個王公貴族送花，俗稱花侍。當時，阿葵巴被分配到朵拉身邊，每天為她送上一束花，宮中花園奇大無比，隨著春夏秋冬交替，百花爭妍，數不盡的奇珍異卉，讓年幼的他看傻了眼。他也不知道該選什麼，只好隨意摘了蝴蝶蘭送過去。第一眼見到朵拉，他便被她的大眼睛深深吸引，裡面似乎藏了很多祕密似的，閃閃發亮。只是，這位國王的新娘看起來有些鬱鬱寡歡。無論他送什麼花去，她也只是點點頭、淡淡一笑，給他塊糖、或說聲謝謝，再將它們隨意擱在房間的某個角落。有時，他會從窗戶好奇的偷窺，發現她會望著桌上的玫瑰出神，或是逗弄著那朵玫瑰，像是和一隻小鳥玩似的。

有一天，他捧著花（這次是滿天星），小心翼翼地走出宮殿花園，再過了幾座橋，那大把的花束遮住了他的視線，走啊走的，一個不小心，「噗通」一聲，他跌進了橋邊的水池內，當時四下無人，掙扎了好一陣子他才爬起來，只是變得灰頭土臉，衣服也又濕又髒。他顧不得自己，趕緊把花撿起來，三步併作兩步地跑向朵拉住處。

「叩！叩！叩！」

一名婢女前來應門，而朵拉一如往常的坐在桌前發呆，似乎心不在焉。

「皇后，花童送花來了。」

她抬起頭，而當她看見他那狼狽的模樣時，先是杏眼圓睜，接著一陣竊笑，最後她忍俊不住，大笑起來。

十二歲的他愣在那裡，一來是因為嚇住了，二來是因為她的笑如此迷人，他感到自己的心猛烈跳動——像是第一次知道它的存在似的，那一刻，他便愛上了她。

「你的臉……怎麼變這樣子？」她笑著問。

「皇后，我……我剛剛不小心跌進水池裡了，希望沒弄髒您的花……」他雙手奉上那束花，看起來害羞靦腆。

「好了，好了，我讓珍珠帶你去換套衣服……你的臉……哈哈哈……」一看到那張臉，朵拉又笑了出來。

阿葵巴出神似的望著她的笑容，直到婢女珍珠低聲催促著他，他才回過神來。珍珠帶他到另外一個小房間，裡面擺了面鏡子、乾淨的臉盆與衣服，他看著鏡中的自己，發現自己的臉變得一陣黑一陣白的，沾上了泥巴與不知名的乳白色液體。他摸了摸自己的臉，把它們攪拌成灰色，竟有種說不出的喜感。

「嘻嘻嘻……」他笑了出來，沒錯，就是這樣，他要再看她的笑容！他渴望一張取悅朵拉的臉！

而今，他是個斷了線的木偶，沒有觀眾的表演者。

他拿出一條紙巾，開始卸妝。

***

「伯爵。藍夜伯爵。」綠娃娃說：「在原來的世界裡，你也是貴族。」

「可妳也還是一隻貓。」藍夜說。

「當貓好啊，」綠娃娃又開始舔自己的手掌：「我喜歡當一隻貓。」

「我以為妳是受了詛咒的女孩，當修羅神典復活，妳也回復人身！」

「當人類很麻煩的！」綠娃娃嘟起嘴巴。

「哈哈哈……」藍夜不禁哈哈大笑。

「人類女孩和我，誰比較漂亮呢？」

「嗯……」藍夜陷入沉思中：「這很難說。」

「好吧，」綠娃娃再問：「朵拉、莎夏、蓓蓓和我，誰比較漂亮？」

「嗯，」他答：「妳比女孩還要麻煩。」

「喵！」她抗議似的叫了一下。

「哈哈哈……」藍夜又再度哈哈大笑：「你不是驕傲地不肯說貓的語言嗎？」

「那是因為你聽不懂！」

藍夜變得沉默，輕輕撫摸著她。

「如果……我變成人類的女孩呢？」

他銀灰色的眼裡綻放光亮，如最深的黑夜裡爆裂的煙火。

＊＊＊

「興奮嗎？」左菲士問。

「別再問了，」莎夏說：「你讓我更緊張！」

此刻，左菲士與火吻的傷早已痊癒，他們正全速飛往傳說中的奇景——天鏡。

在最高最高的山上，有一湖最澄澈的泉水，沒有人的臉曾經映照過在上面。

聽說，第一位在湖面上看見自己倒影的人，就可以看見神的臉！但是，旅途卻異常危險與瘋狂。首先，他們必須先往上飛，並爬行八千英里，此外，暗處埋伏著未知的野獸與守護之鳥。當他們越飛越高，空氣也越稀薄，適才他們感到呼吸困難，看不見的障礙正阻擋著他們，火吻便飛往一平坦處，在那稍作歇息。

「我們可以循著這階梯往上爬。」莎夏提議。

「真是奇怪啊！」左菲士說：「這是個陷阱嗎？誰建了這些階梯？有誰曾爬到這麼高的地方過嗎？」

「等等就知道了。」

於是，一步又一步，他們慢慢往上走，費力地呼吸著。

突然間，無以計數的石頭開始舞動、並繞著某個中心旋轉……最後，成了一個人的形狀。但是，它的臉與身體卻是漆黑一片，完全的混亂……

「你將會觸怒神，」它說：「如果你堅持繼續前進的話。」

「那來吧，」左菲士抽出他的的劍：「詛咒我吧！」

＊＊＊

「回去吧！」安禮伸出手。

「即使你讓我接受法律制裁，」Desire說：「人類的慾望只會不斷膨脹，越來越大……它們不會消失或滅絕。人類身上有很多洞……很多……你要把影像放進眼睛裡，聲音放進耳朵，食物與酒放進嘴裡，愛慾放進心裡……」

「沒錯，」安禮說：「罪犯的藉口。」

「父親，」蓓蓓以微弱的聲音說：「回……回去吧！」

Desire似乎動了動嘴巴，卻沒有發出聲音。

「蓓蓓不一樣，」安禮說：「她可以看見事物的核心，而你，你只看見醜惡的慾望！」

「我們……每個人……都必須……必須面對……他自己。」蓓蓓再說了一遍。

「我……抱歉。」終於，Desire對她道歉。

兩位身著白色衣服的人向他們走來，帶走Desire。

「原……原諒我……」看見Machine和Space，Desire再度道歉。

在他們離去後，安禮將她擁入懷中，溫柔地梳理她的頭髮。

「我會……會死嗎？」

「當然不會！」安禮說：「我會治癒妳！」

「是的，」蓓蓓微笑：「我還有好多……好多想看的……」

「藍夜已幫助你度過危機，妳只需要多休息、服用藥物。」

「我想留在這裡……這個世界……好美……」蓓蓓想起她原生世界那冷漠的家庭，以及擁擠、工業般的小巷弄。

「這麼說，妳要辭掉已經找到的工作嗎？」安禮打趣的說。

「我……」蓓蓓不禁笑了出來：「現在只想好好的呼吸，以及生活。」

「好的，」安禮展現了他一貫溫柔的微笑：「我們就留在這裡吧。」

＊＊＊

「快一點、再跑快一點！跑啊！給我像狗一樣的跑！」

大肚子伯納公爵，喔不，世紀已翻過新的一頁，他早已不是公爵，只是伯納。他滿頭大汗、上氣不接下氣，不敢出聲，只敢聽命的往前狂奔。

「太慢了吧！你是被鵝肝餵得太肥了！」

「跑遠一點！快！跑得太慢就不好玩了！」

風聲自他耳邊呼嘯而過，他早已聽不清楚身後的聲音。

猝不及防的，一支箭自背後襲來，擦過他的耳朵！

他吞了口口水，腳步慢了半拍，腿一軟，跌坐在地上。

剎那間，上萬支箭如暴雨落下，啪啪啪啪啪啪啪，插滿了他身邊的地板，將他圍困在地上。

「不好玩不好玩，真是太無趣了！」遠遠走來十幾個俊美的身影，帶頭的是阿薩密斯和獵犬神射手。

「獵犬，這怎麼辦？他跑得比烏龜還慢！一下就抓住他了！」

「可惜了！我的快箭派不上用場！」

阿薩密斯不禁摸了摸手上那把權杖，可惜，他無權動用這把權杖，也不想濫用。

「不然……」他靈機一動：「在他肚子上點根蠟燭如何？那肥油可以燒上七天七夜！」
「你是說……先射穿他的肚臍眼，再插上根蠟燭嗎？」獵犬問。
聽到他們你一言、我一語的，伯納害怕得全身發抖，幾乎快暈過去。
「原……原……原諒我……啊……啊……」
「不錯，好主意！先射穿他的肚子，再來是他的眼睛，最後是他的心臟！」阿薩密斯說。
「我……我錯……我錯了……」眼淚自伯納的眼角流下。
「你早該料到有今日！」阿薩密斯厲聲說道。
「我……」
「我改變主意了！先挖出他的雙眼，再剁去他的雙手和雙腳，掛在樹上！最後，用箭射穿他的心臟和肚子，在上面點上一根大大的蠟燭！」阿薩密斯提議。
「不……喔……」伯納搖了搖頭，泣不成聲。
「沒錯，順便叫他的同伴來觀賞！」獵犬附和。
「動手吧！」阿薩密斯一聲令下，幾名俊美男子便走上前去，抓住他的四肢，再……
「啊——」淒厲的叫聲不斷傳出，阿薩密斯背過身去。
「要剁去他的舌頭嗎？」一名男子問。
阿薩密斯點了點頭，接著，那叫聲便漸漸隱沒，只聽見背後傳來悉悉簌簌的聲響。
「交給你去處理吧！」阿薩密斯拍了拍獵犬的肩膀，便獨自往另外一個方向行去。
走啊走的，不知道走了多久，他走到一處荒野之中，一抬頭，滿天星斗，鋪綴綿延，沒有盡頭。此刻，沒有風，沒有雲，也沒有月亮。

他手握權杖，閉上眼睛，想著接下來的任務。

那麼，他該往東走、還是向西行呢？

他在黑暗裡站著。過了許久、許久，彷彿，他聽見在遠處，一個嬰兒的哭啼聲。是在哪裡？他睜開雙眼，那哭聲卻又消失了，似乎被這靜默的黑暗給吸了去。

他再度閉上眼睛，繼續安靜的等候。

＊＊＊

馬維斯蹲在河邊，看著昆汀的屍體緩緩隨著河面漂流。

昨夜，他費力運來昆汀的屍體，並自己撿些草繩與樹枝織成木筏。他費時很久才完工，畢竟，他的手並不那麼巧。接著，他把屍體拖放上去，從枝頭摘了些雪白梅花撒在他的屍體上。已經沒有玻璃棺了，紫櫻樹也早已凋謝。新的紀元已經來到，他只能盡其所能的，給予昆汀一些撫慰。

他還記憶猶新——畢竟那是前幾天才發生的事。當舊有的世紀甦醒，他們當時還在圖書館內，傾刻間天搖地動，書櫃傾倒，所有的文字都從書頁間掉了出來，喀喀喀喀……一碰到地面就碎掉。而書頁則往上飛，衝破屋頂，再往上飛昇……那碩大的玫瑰迅速燃燒起來，化為灰燼，時鐘毀棄，原有的時間觀念不復存在，一時之間，他跟昆汀跌坐在地上，看著彼此，不知該做何反應。就在十分鐘前，昆汀還在抱怨他打掃書櫃的速度，以及他要再幫喬生做最後一階段的寫作訓練……

此刻，「碰！」的一聲，他們往聲音的方向看過去：死亡之井！那小房間已經炸裂，往上暴衝的火焰如火山爆發，那些鬼魅般的文字也被一一吐出，在地上爬來爬去，當它們嗅到他們的氣味時，改變了漫無目標的前進方向，如一大群螞蟻般向他們湧來。馬維斯害怕得全身發抖，用手摀住眼睛，過了一會兒，他才從指縫中看見，這些螞蟻越過他們，手舞足蹈的往出口跑去……不僅如此，那火焰在噴發的過程中，竟然一一褪去溫度、型態與顏色，最終成了一陣微風，迴盪在這偌大的圖書館，喔不，空屋裡面。

那之後，昆汀便將自己鎖在宮內一處小屋子內，不說話也不進食。馬維斯擔心這位嚴厲的舊主人，每天都送餐給他吃，最後，他終於吃了一點點，但又吐了出來。

「主人，您還好嗎？」馬維斯趕緊又端了杯熱茶給他。

「你走吧！」昆汀揮了揮手：「你早就自由了！而我，我很清楚，我的死期也快到了。」

「我……」失去了原有的身分，馬維斯也不知道該何去何從。他不是書之守護者嗎？那些書，那成千上萬的書，都是虛構的嗎？也就是，他那小小的身子、傾盡心力守護的，不過是個謊言罷了。

他相信，他的舊主人，皇家紀錄員昆汀巴倫，受到的傷害一定更深吧。沒有人再談論「傳奇的記錄員」，也沒有人在意他的紀錄……

他的世界，一夜之間天翻地覆。

自始至終，昆汀沒有向他抱怨一個字，只說他有些累了，想小睡片刻。

這一睡，便再也沒有起身。

馬維斯輕輕地摸著他的頭，還有他的臉，像是安慰小嬰兒一樣。

「睡吧，睡吧。你永遠是傳奇的昆汀巴倫。」

現在，昆汀的屍體越漂越遠，而在最遠處，便是一個巨大的瀑布……

「你還好嗎？」一個聲音自背後傳來。
馬維斯沒有回頭，也沒有說話。
「跟我走吧！」
馬維斯仍然望著河面。
「你會發現另外一個世界……比書窟更寬廣、更巨大。」
「你要去哪裡呢？」終於，馬維斯問。
「我要去看這個世界。」
「我……」馬維斯不知道是否該跟著新主人的腳步，當然，他也不再是他的主人了。
「跟我走吧！」他再催促一次。
「我需要時間想一想。」馬維斯說。
「那好吧，」喬生拿出一副眼鏡，交給馬維斯：「我要踏上探險的旅程了，如果你改變心意，戴上這副眼鏡，你就可以看見我的腳印，知道我往哪裡去。」
「謝謝你，喬生，」新的意識將他提升到與喬生平等的層面上。
「後會有期。」
喬生轉過身，邁開腳步，大步往前走去。此刻，鬼蝸牛依舊駐留在他的肩上。
他決定當個說書人，四處雲遊，把自己的所見所聞寫下來，並且重新詮釋，轉換成另外一種形式，成為「故事」、「夢」或是「希望」，各自包裝標價後，再把它們賣出去。此外，鬼蝸牛在受到電擊後，喬生尋求了上百種方法來治療它。最後，它失去了飛翔與錄音功能，但眼睛已經恢復，可以在夜晚發光。因此，在夜晚的森林裡，喬生可以就著蝸牛燈泡書寫。另外，紫色的天空消散，喬生的眼睛變成了深深的黑色。

「我們能收錄有趣的字詞，編纂過後，做出一本小字典。」喬生提議。

「又是一本字典？」鬼蝸牛問：「怎麼做？」

「像是愛，或是其他，我決定要接受挑戰、尋找定義。」

「也許有些字就是無法定義？」

「我不知道，我們可以在旅程中尋找答案。」喬生說：「『未知』就是旅行的定義。」

（全文完）

後記

突然間夢想成真，反而有些恍惚起來。

從敲下第一個字到校稿最後一個字結束，經歷了太多、時間軸也拉得很長——差點斷掉。

學生時主要閱讀中文名家（張愛玲等，族繁不及備載），滿溢的想像力讓我看到一隻蝸牛跌倒也可寫首詩出來。有一天，在二輪電影院看了《魔戒》之後，驚為天人，創作觀感頓時扭轉、改變，可說是到了某個未竟之地，讓我開始想嘗試寫架空、奇幻的小說。

Anyway，大學之後我常翹課（喂～），看著大量的雜書與電影。除了《魔戒》、《地海傳說》、《冰與火之歌》外，我也喜愛英國劇作家王爾德（Oscar Wilde）的絕美、幽默與戲謔。這本小說的本意是「我想寫一本關於文字與療癒的小說」。另外，《愛麗絲夢遊仙境》的紅皇后影子應該也蠻明顯的。就這樣，這部小說來自以上的大量素材，以及現實生活中，遇到的一張張臉。

感謝名單（比柯基犬的腿還短）：

謝謝總是親自下廚、以美食餵飽我的胃和心的*Grandmom*。

最棒的R.B.B.。You are simply amazing。

總是陪伴著我的謬思L.B.。

美女律師&小提琴手。

曾在寫作上鼓勵我的師長與朋友。
秀威的齊安編輯的慧眼（？）（&封面我好喜歡，雖然原本想像是一顆皇后華麗的頭）。
希望繼續寫下去，YEAH～

釀奇幻33　PG2263

皇后·玫瑰·貓耳朵

作　　者	汪星曼
責任編輯	喬齊安
圖文排版	林宛榆
封面設計	楊廣榕

出版策劃	釀出版
製作發行	秀威資訊科技股份有限公司 114 台北市內湖區瑞光路76巷65號1樓 電話：+886-2-2796-3638　傳真：+886-2-2796-1377 服務信箱：service@showwe.com.tw http://www.showwe.com.tw
郵政劃撥	19563868　戶名：秀威資訊科技股份有限公司
展售門市	國家書店【松江門市】 104 台北市中山區松江路209號1樓 電話：+886-2-2518-0207　傳真：+886-2-2518-0778
網路訂購	秀威網路書店：https://store.showwe.tw 國家網路書店：https://www.govbooks.com.tw
法律顧問	毛國樑　律師
總 經 銷	聯合發行股份有限公司 231新北市新店區寶橋路235巷6弄6號4F 電話：+886-2-2917-8022　傳真：+886-2-2915-6275

出版日期	2019年5月　BOD一版
定　　價	330元

國家圖書館出版品預行編目

皇后.玫瑰.貓耳朵 / 汪星曼著. -- 一版. -- 臺北
市 : 釀出版, 2019.05
面； 公分. -- (釀奇幻 ; 33)
BOD版
ISBN 978-986-445-328-3(平裝)

857.7 108006018

讀者回函卡

感謝您購買本書，為提升服務品質，請填妥以下資料，將讀者回函卡直接寄回或傳真本公司，收到您的寶貴意見後，我們會收藏記錄及檢討，謝謝！

如您需要了解本公司最新出版書目、購書優惠或企劃活動，歡迎您上網查詢或下載相關資料：http:// www.showwe.com.tw

您購買的書名：________________________________

出生日期：________年________月________日

學歷：□高中（含）以下　□大專　□研究所（含）以上

職業：□製造業　□金融業　□資訊業　□軍警　□傳播業　□自由業

□服務業　□公務員　□教職　□學生　□家管　□其它_____

購書地點：□網路書店　□實體書店　□書展　□郵購　□贈閱　□其他

您從何得知本書的消息？

□網路書店　□實體書店　□網路搜尋　□電子報　□書訊　□雜誌

□傳播媒體　□親友推薦　□網站推薦　□部落格　□其他__________

您對本書的評價：（請填代號　1.非常滿意　2.滿意　3.尚可　4.再改進）

封面設計____　版面編排____　內容____　文／譯筆____　價格____

讀完書後您覺得：

□很有收穫　□有收穫　□收穫不多　□沒收穫

對我們的建議：________________________________

____

____

____

請貼
郵票

11466
台北市內湖區瑞光路 76 巷 65 號 1 樓
秀威資訊科技股份有限公司 收
BOD 數位出版事業部

....

（請沿線對折寄回，謝謝！）

姓　　名：________________　年齡：________　性別：□女　□男

郵遞區號：□□□□□

地　　址：____

聯絡電話：(日) ________________ (夜) ________________

E-mail：____